दस प्रतिनिधि कहानियाँ

शैलेश मटियानी

किताबघर

किताबघर प्रकाशन

नयी दिल्ली

दस प्रतिनिधि कहानियाँ सीरीज़

10 प्रतिनिधि कहानियाँ

शैलेश मटियानी

प्रकाशक
किताबघर प्रकाशन
4855-56/24, अंसारी रोड, दरियागंज, नई दिल्ली-110002
फ़ोन : 011-23266207, 41584421
E-mail : kitabgharprakashan@gmail.com
website : www.bookshindi.com

पेपरबैक संस्करण : 2024

आवरण : रवि शर्मा

मूल्य : दो सौ पच्चीस रुपये

मुद्रक : आर. के. ऑफसेट
शाहदरा, दिल्ली-110095

DAS PRATINIDHI KAHANIYAN *(Stories in Hindi)*
by Shailesh Matiyani
Price : ₹ 225 (Paperback Edition)

ISBN—978-81-7016-380-0

क्रम

अर्द्धांगिनी

टिकटघर से आखिरी बस के जा चुकने की सूचना दो बार दी जा चुकने के बावजूद नैनसिंह के पाँव अपनी ही जगह जमे रह गए। सामान आँखों की पहुँच में, सामने अहाते की दीवार पर रखा हुआ था। नजर पड़ते ही सामान भी जैसे यही पूछता मालूम देता था, कितनी देर है चल पड़ने में ? नैनसिंह की उतावली और खीझ को दीवार पर रखा पड़ा सामान भी जैसे ठीक नैनसिंह की ही तरह अनुभव कर रहा था। उसमें एक हल्का-सा कंपन हुए होने का भ्रम बार-बार होता था, जब कि लोहे के ट्रंक, वी०आई०पी० बैग और बिस्तर-झोले में कुछ भी ऐसा न था कि हवा से प्रभावित होता।

सारा बंटाढार ट्रेन ने किया था, नहीं तो दीया जलने के वक्त तक गाँव के ग्वैठे में पाँव होते। ट्रेन में ही अनुमान लगा लिया था कि हो सकता है, गोधूलि में घर लौटती गाय-बकरियों के साथ-साथ ही खेत-जंगल से वापस होते घर के लोग भी दूर से ही देखते कि ये अपने नैनसिंह सूबेदार-जैसे कौन चले आ रहे हैं ? खास तौर पर भिभुआ की माँ तो सिर्फ धुँधली-सी आभा-मात्र से पकड़ लेती कि कहीं रमुवा के बाबू तो नहीं ? 'सरप्राइज भिजिट' मारने के चक्कर में ठीक-ठाक तारीख भले ही नहीं लिखी, मगर महीना तो यही दिसंबर का लिख दिया था। तारीख न लिखने का मतलब तो हुआ कि वह कृष्णपक्ष, शुक्लपक्ष—सब देखे।

कैसी माया कि छुट्टियों पर जाने की कल्पना करने के समय से ही चित्त के भटकने का एक सिलसिला-सा प्रारंभ हो जाता है। कैंट की दिनचर्या जैसे एक बवाल टालने की वस्तु हो जाती है। स्मृति में, मुँह सामने के वर्तमान की जगह, पिछली छुट्टियों में का व्यतीत छा जाता है। पहाड़ की घाटियों में कोहरे के छा जाने की तरह, जो खुद तो धुंध के सिवा कुछ नहीं, मगर जंगलों और पहाड़ों तक को अंतर्धान कर देता है। आखिर यही मोहग्रस्तता घर के आँगन में पहुँचने-पहुँचने तक, कहीं भीतर-भीतर उड़ते पक्षियों की तरह साथ-साथ चलती है।

दिखाई कुछ भी सिर्फ सपनों में पड़ता है, लेकिन आवाज तो जैसे हर वक्त व्याप्त रहती है। क्या गजब कि टनकपुर के समीप पहुँचते-पहुँचते आँख लग गई थी, जबकि आँख खुलने के बाद, फिर रात से पहले सोने की आदत नहीं। जाने कौन साथ में यात्रा करती महिला कहीं बाथरूम की तरफ को निकली होगी, बिलकुल भिभुवा की माँ के पाँवों की-सी आवाज हुई थी। छुट्टियों में घर पर रहते हैं, तब ध्यान नहीं जाता। लौट आते हैं, तब याद आता है कि भैंसिया छाते में इंतजार करते, सिगरेट पीते, कोई फिल्मी गाना गा रहे होते। आसमान में या चंद्रमा होता था, या सिर्फ तारे। रात के सन्नाटे में एक तरफ सौंलगाड़ का बहना कानों तक आ रहा था—दूसरी तरफ, घर

का काम निबटाकर आ रही सूबेदारनी के झाँझरों की आवाज !

आवाज ही क्यों, धीरे-धीरे आकृति भी उपस्थित होने लगती है। धीरे-धीरे तो बाबू-बच्चों—सभी की, मगर मुख्य रूप से उसी की, जो कि दो-तीन वर्षों के अंतराल में छुट्टियों की तैयारी शुरू होते ही, प्रकृति की तरह प्रकट होती जाती है। जिसके साथ पिछली छुट्टियों में बिताया गया समय कबूतरों की तरह कंधों पर बैठता, पंख फड़फड़ाता अनुभव होता है। मन में होता है कि यह ट्रेन ससुरी, तो बार-बार ऐसे अड़ियल घोड़ी की तरह रुक जाती है—यह क्या ले चलेगी, हम इसे उड़ा ले चलें। रेलगाड़ी-बस से यात्रा करते भी सारा रास्ता पैदल ही नाप रहे होने की-सी भ्रांति घेरे रहती है। गाड़ी रुकते ही, देर तक गाड़ी के डिब्बे में पड़े रहने की जगह, आगे पैदल चल पड़ने का मन होता है। एक गाड़ी से नीचे, तो अगला कदम सीधे घर के आँगन में रखने का मन होता है। घर पहुँच चुकने के बाद तो उतना ध्यान नहीं रहता, लेकिन पहले यही कि सुबह के उजाले में क्या आलम रहता है और शाम के धुँधलके या रात के अँधेरे में क्या उस स्थान का, जहाँ कि सूबेदारनी हुआ करती है। स्मृति के संसार में विचरण करते में जैसे और ज्यादा रूप पकड़ती जाती है। स्वभाव भी क्या पाया है। अकेले ही सारी सृष्टि चलाती जान पड़ती है। सृष्टि है भी कितनी। जितनी हमसे जुड़ी रहे।

पींग-पींग की लंबी आवाज सुनाई पड़ी, तो भ्रम हुआ कि कहीं कोई स्पेशल बस तो नहीं लग रही पिथौरागढ़ को, लेकिन यह तो ट्रक था। निराश हो, नैनसिंह ने मुँह फेरा ही था कि फिर पींग-पींग हुई। घूमकर देखा, तो वही ट्रक था। जैसे ही रुख बदला, फिर वही पींग-पींग !—अब ध्यान आया कि ठीक ड्राइवर वाली सीट की बगल में बाहर निकला कोई हाथ, 'इधर आओ, इधर आओ' पुकार रहा है।

नैनसिंह ने नहीं पहचाना। बनखरी वाली दीदी का हवाला दिया, तो नाता जुड़ा कि अच्छा, क्या नाम कि जसौंती प्रधान का मँझला खीमा है। हाँ, सुना तो था कि इन लोगों की गाड़ियाँ चलती हैं। खीमसिंह का बोलना, देवताओं के आकाशवाणी करने-सा प्रतीत होता गया और साथ चलने का 'सिग्नल' पाते ही, नैनसिंह सूबेदार सामान ट्रक में रखवाने की युद्धस्तर की तत्परता में हो गए। जैसे कि यह ट्रक ही एकमात्र और आखिरी साधन रह गया हो गाँव पहुँचने का। अच्छा होता, अंबाला से ही एक चिट्ठी बनखरी वाली दीदी को भी लिख दी होती कि फलाँ तारीख के आसपास घर पहुँचने की उम्मीद है। घरवालों ने जागर भी बोल रखा है और हाट की कालिका में पूजा भी देनी हुई। तुम भी एक-दो दिनों को जरूर चली आना। बहनोई तो पाकिस्तान के साथ की दूसरी लड़ाई में मारे गए, पेंशनयाफ्ता औरत है। भाई-बहन के साथ-साथ, कुछ एक ही कर्मक्षेत्र का रिश्ता भी बनता है। पिथौरागढ़ के ज्यादातर गाँवों की विधवाओं में तो फौज में भर्ती हुए लोगों की ही होंगी, नहीं तो पहाड़ के स्वच्छ हवा-पानी में बड़ी लंबी उम्र तक जीते हैं लोग।

ट्रक के स्टार्ट होते ही, नैनसिंह को जैसे पंख लग गए हों। ट्रक का रूप कुछ ऐसा हो गया

था, जैसे कि नैनसिंह सूबेदार बैठे हैं, तो वह भी चला चल रहा है पिथौरागढ़ को, नहीं तो कहाँ इस साँझ के वक्त टनकपुर से चंपावत तक की चढ़ाई चढ़ता फिरता ।

खीमसिंह ने पहले ही बता दिया था कि रात तो आज चंपावत में ही पड़ाव करना होगा, लेकिन सुबह दस तक पिथौरागढ़ सामने । यहाँ, टनकपुर में ही ठहर जाने का मतलब होता, कल संध्या तक पहुँचना । हालाँकि घर तो जो आनंद ठीक गोधूलि की वेला में पहुँचने का है, दोपहर को कहाँ ! शाम का धुँधलका आपको तो अपने में आवृत्त रखता हुआ-सा पहुँचाता है, लेकिन जहाँ घर पहुँचना हुआ कि उसे कौन याद रखता है ।

देखिए तो काल भी अजब वस्तु है । सब जगह—और सब समय—काल भी एक-सा नहीं । संझा का समय जो मतलब पहाड़ में रखता है, खास तौर पर किसी गाँव में, वह मैदानी शहरों में कहाँ ? पिछले वर्ष ठीक संध्या झूलते में पहुँचना हुआ और संयोग से घर के सारे लोगों से पहले रुक्मा सूबेदारनी उर्फ भिभुवा की अम्मा ही सामने पड़ गईं, तो क्या हुआ सूबेदारनी का हाल और क्या खुद सूबेदार साहब का ? क्या गजब कि पंद्रह साल पहले, चैत के महीने में शादी हुई थी और बन की हिरनी का-सा चौंकना अभी तक नहीं गया ।

भीड़भाड़ वाला क्षेत्र पार करते-करते, खीमसिंह के साथ आशल-कुशल और नाना दीगर संवाद करते तथा कैप्सटन सिगरेट की फूँक उड़ाते भी, नैनसिंह सूबेदार व्यतीत के धुँधलकों में डूबते ही चले गए । खीमसिंह ट्रक के साथ-साथ, खुद को भी ड्राइव करता जान पड़ता था । उसकी सारी इंद्रियाँ जैसे पूरी तरह ट्रक के हवाले हो गई थीं । और देखिए तो यह टनकपुर से पिथौरागढ़ की तरफ को जाते, या उस तरफ से आते, हुए रास्ते पर गाड़ी चलाना भी किसी करिश्मे से कहाँ कम है । पलक झपकते में ऐसे-ऐसे मोड़ हैं कि ड्राइवर का ध्यान चूकते ही, बसेरा नीचे घाटी में ही मिलना है ।

ट्रक, रफ्तार से ज्यादा, शोर उत्पन्न कर रहा था । आखिर दो-तीन किलोमीटर पार करते-करते में ही, पहले ट्रेन में रात-भर ठीक न सो पाने की भूमिका बाँधी और फिर आँखें बद कर लीं, नैना सूबेदार ने, मगर नींद कहाँ । आँख बंद रखते में सड़क ट्रक के साथ ही मुड़ती जान पड़ती थी, ट्रक सड़क के साथ जाता हुआ । नीचे अब अतल लगती-सी मीलों गहरी घाटियाँ हैं और खीमसिंह का या खुद ट्रक का ध्यान जरा-सा भी चूका नहीं कि···

सूबेदार नैनसिंह ने, हड़बड़ाकर, आँखों को खोल दिया, तो सामने का एक-एक परिदृश्य 'आँखें क्यों बंद कर ले रहे हा' पूछता-सा दिखाई पड़ा । सचमुच में नींद हो, तो बात और है, नहीं तो टनकपुर-पिथौरागढ़ की अधर में टाँगती-सी सड़क पर कहाँ इतनी निश्चिंतता कि आँखें बंद किए, रुक्मा सूबेदारनी की एक-एक छवि को याद करते रहो । पिछली छुट्टियों में रामी, यानी रमुआ सिर्फ डेढ़ साल का था और स्साला उल्लू का बच्चा बिलकुल बंदर के डीगरे की तरह, माँ की छाती से चिपका रहता था । इस बार की छुट्टियों के लिए तो सूबेदार ने तब एक ही कोशिश

रखी कि दो लड़के 'मोर दैन सफिशिएंट' माने जाने चाहिए, जरूरत अब सिर्फ एक कन्याराशि की है। कुछ कहिए, साहब, जो आनंद कन्या के लालन-पालन में है, जैसे वह आईने की तरह आपको अपने में झलकाती-सी बोलती-बतियाती है—वह बात ससुरे लड़कों में कहाँ ! इसलिए पिछली बार प्राण-प्रण से लड़की की कोशिश थी और उसी कोशिश में थी यह प्रार्थना कि—'हे मइया, हाट की कालिका ! आगे क्या कहूँ, तू खुद अंतर्यामिनी है।'

चलते-चलाते ही, यह भी याद आ गया नैनसिंह सूबेदार को कि अबकी बार घर से इस प्रकार की कोई खबर चिट्ठी में नहीं आई। लगता है, मइया पूजा पाने के बाद ही प्रसाद देगी। वह भी तो आदमी के सहारे है। जैसी जिसकी मानता हो, वैसा समरूप वो भी ठहरी।

निराशा के सागर में आशा के जहाज की तरह ट्रक लेकर उदित होने वाले खीमसिंह के प्रति अहसान की भावना स्वाभाविक ही नहीं, जरूरी भी थी, क्योंकि मिलिट्री की नौकरी से घर लौटते आदमी की छवि ही कुछ और होती है, लोगों में। फिर खीमसिंह से तो दीदी के निमित्त से भी रिश्ता हुआ। लगभग हर दस-पंद्रह किलोमीटर के फासले पर ट्रक को विश्राम देते हुए, खीमसिंह को चाय-पानी, गुटुक-रायते को पूछना खुद की जिम्मेदारी ही लगती रही सूबेदार को। बीच-बीच में सीटी बजाने और गाने की कोशिश भी इसी सावधानी में रही कि खीमसिंह को पता चले, ये सब तो बहुत मामूली बातें हैं। बस का किराया बच भी गया है, तो घर में बच्चों के हाथ में रखने को तो कुछ रुपए ज़बरदस्ती भी देने ही होंगे। टिकट के पैसों से दूने ही बैठेंगे, क्योंकि अभी तो चंपावत में पड़ाव होना है और वहाँ रात का डिनर भी तो सूबेदार के ही जिम्मे पड़ेगा। मगर खुशी इस बात की है कि टनकपुर अगरचे कहीं होटल में रहना पड़ गया होता, तो जेब जो कटती, सो कटती, यह आधा पहाड़ कहाँ पार हुआ होता। अब तो जहाँ आती-जाती, खेतों में काम करती औरतें दिख रही हैं, सभी में रुक्मा सूबेदारनी की छाया गोचर होती है।

अभी-अभी भूमियाधार की चढ़ाई पार करते में, वो ऊपर के धुरफाट में न्यौली गाती कुछ औरतें अपने को ही हृदय का हाल सुनाती जान पड़ रही थीं। जैसे कहती हों कि पलटन से लौट रहे हो, हमारे लिए क्या लाए हो। मन तो हुआ कि कुछ देर को ट्रक रुकवाकर, या तो उन औरतों के पास तक खुद चल दिया जाए और या उन्हें ही संकेत किया जाए कि यहाँ तक आकर न्यौली 'टेप' करा जाएँ। फिलिप्स का ट्रांजिस्टर-कम-टेपरिकार्डर, यानी 'टू इन वन' इसी मकसद से तो लाए हैं—लेकिन सर्वप्रथम याबू से कुछ जागर गवाना है—तब खुद सूबेदारनी की न्यौली 'टेप' करनी है। माँ तो परमधाम में हुई। कुछ ही साल पहले तक दोनों सास-बहू मिलके न्यौली गाती थीं और ज्यादा रंग में हुईं, तो एक-दूसरे को कौली भर लेती थीं।

स्त्री तत्त्व भी क्या चीज हुआ ! सारे ब्रह्मांड में व्याप्त ठहरा। कोई ओर-छोर थोड़े हुआ इनकी ममता का। अपरंपार रचना हुई। नाना रूप, नाना खेल। देखिए तो क्या कर सकता है, हजार बंदिशों का मारा बंदा। इच्छा कर लेता है, सब्र कर लेता है। सूबेदारनी से मिलती-जुलती,

और खुद के हृदय का हाल सुनाती-सी औरतों का ओझल होना देखते चल रहे हैं नैनसिंह सूबेदार भी । सवारी का साधन भी एक निमित्त-मात्र हुआ, चलने वाला तो हर हाल में आदमी ही ठहरा । आदमी चलता रहे, तो गाड़ी-मोटर, सड़क, खेत-खलिहान, पेड़-जंगल और पशु-पक्षी भी साथ चलते रहे । आदमी रुका, तहाँ सभी रुक गए । आदमी को दिखते तक में अपरंपार सृष्टि का सभी कुछ प्राणवान और विद्यमान हुआ । आदमी से ओझल होते ही, सब कुछ शून्य हो जाने वाला ठहरा ।

क्या है कि ध्यान धरता है आदमी । ध्यान करता है आदमी । ध्यान से ही सूबेदारनी भी ठहरी । औरतें सब लगभग समान हुईं और लगभग सभी माता-बहन-बेटी इत्यादि, लेकिन किसी की कोई बात ध्यान में रह गई, किसी की कोई । माँ का स्वयं के परमधाम सिधारते समय का, 'नैनुवा रे' कहते हुए पूरी आकृति पर हाथ फिराना ध्यान में रह गया है, तो रुक्मा सूबेदारनी का देखते ही हिरनी का-सा चौंकना, फोटू कैमरामैन हो जाने वाली ठहरी यह औरत और आपके एक-एक नैन-नक्श को पकड़ती, प्रकट करती ऐसा ध्यान खींच ले कि पंद्रह सालों की गृहस्थी में भी आँखों की आब ज्यों-की-त्यों हुई । और बाकी तो शरीर में जो है, सो है, मगर आँखें क्या चीज हुईं कि प्राणतत्त्व तो यहीं झलमल करता हुआ ठहरा । फिर कमला सूबेदारनी का तो हाल क्या हुआ कि खीमसिंह 'स्टीयरिंग व्हील' को हाथों से घुमा रहा है, तो आपको सूबेदारनी सिर्फ आँखों से घुमा सकने वाली ठहरीं । यह बात दूसरी हुई कि अनेक मामलों में वो 'रिजर्व फॉरिस्ट' ही ठहरीं ।

नैनसिंह सूबेदार का अनायास और अचानक का ही हँस पड़ना, जैसे जंगल की वनस्पतियों और पक्षियों तक में व्याप्त हो गया । खीमसिंह का ध्यान भी चला गया इस अचानक के हँस पड़ने पर, तो उसने भी यही कहा कि "फौज का आदमी तो, बस, इन्हीं चार दिनों की छुट्टियों में जी भर हँस-बोल और मौज-मजा कर लेता है,दाज्यू ! कुछ जानदार वस्तु तो आप जरूर साथ लाए होंगे ? यहाँ तो पहाड़ में ससुरी आजकल डाबर की गऊमाता का दूध-मूत चल रहा है । मृतसंजीवनी सुरा ! थ्री एक्स रम, ब्लैकनाइट-पीटरइस्कौट व्हिस्की और ईगल ब्रांडी-जैसी वस्तुएँ तो औकात से बिल्कुल बाहर पहुँचा दीं सरकार ने ।

चंपावत आते ही, खीमसिंह ने ट्रक को पहचान के ढाबे के किनारे खड़ा कर दिया । कुछ ऐसे ही मनोभाव में, जैसे गाय-भैंस थान पर बाँध रहा हो । उँगलियों की कैंची फँसाकर, लंबी जमुहाई लेते हुए, "जै हो कालिका मइया की, आधा सफर तो सकुशल कट गया ।" कहा उसने और दृष्टि सूबेदार की तरफ स्थिर कर दी ।

अर्थ तो रास्ता चलते ही समझ लिया था, और मन भी बना लिया कि जाता ही देखो, तो

दिल दरिया बना लो। हँसते हुए ही इंगित कर दिया कि मामला ठीकठाक है। खीमसिंह का तो रोज का बासा हुआ। जितनी देर में खीमसिंह ढाबे की तरफ निकला, सूबेदार ने अपनी वी०आई०पी० अटैची खोलकर, उसमें हैंडलूम की कोरी धोती में लपेटी हुई कोटे की 'थ्री-एक्स' बोतलों में से एक बाहर निकाली। कुछ द्विविधा में जरूर हुए कि कोई खाली अद्धा पड़ा होता, तो 'फिफ्टी-फिफ्टी' कर लेते। ड्राइवरों-क्लीनरों की नजरों से तो बाकी छुड़ाना कठिन हो जाता है। जब तक किसी तरह की व्यवस्था करते, खीमसिंह न सिर्फ कटी प्याज, बल्कि कलेजी-गुर्दा-दिल-फेफड़े के साथ ही आलू मिलाए हुए भुटुवे की, भाप उठती प्लेट लेकर उपस्थित! कहो कि पानी का जग लाना रह गया, तो इतने में आधी बोतल थर्मस में कर लेने का अवसर मिल गया। चलो, अब कहने को हो गया कि कुछ रास्ते में ले चुके, बोतल में बाकी जो बच रही, सो ही आज की रात के नाम है।

गनीमत कि क्लीनर हरीराम कुछ ही दूरी पर के अपने गाँव चला गया और खीमसिंह ने भी मरभुक्खापन नहीं दिखाया। सच कहिए, तो आदमी के बारे में अपने हिसाब, या अपनी तरफ से आखिरी बात भूलकर तय न करे कोई। बहुत रंगारंग प्राणी हुआ करता है। इसकी आँखों में पढ़ रहे हैं आप कुछ और ही, मगर दिल में उसके जाने क्या है। एक-एक पैसे को साँसों की तरह इकट्ठा करके चलना होता है। छुट्टियों पर, क्योंकि बंधन हजार हैं। ऐसे में पैसा शरीर में से बोटी की तरह निकलता जान पड़ता है, क्योंकि गाँव-घर, अड़ौस-पड़ौस में ही अगर न हुआ कि नैनसिंह सूबेदार का छुट्टियों पर घर आना क्या होता है, तो नाक कहाँ रही। और अब इसे भी तो नाक रखना ही कहेंगे कि भुटुवा और पराठे-शिकार-भात, डिनर का सारा खर्चा खीमसिंह ने अपने जिम्मे लगा लिया कि—"दाज्यू, चंपावत से अपना होमलैंड शुरू हो जाता है। आज तो आप हमारे 'गेस्ट' हो। खाने का बंदोबस्त हमारी तरफ से, पीने का आपकी। मरना हमारा, जीना आपका, सीना हमारा, चाकू आपका। कोई चीज किसी वक्त में हो जाती है और उसे 'गॉड-गिफ्ट' मान लेना, मनुवा! आप हमको कड़क फौजी ड्रेस में बस अड्डे पर खड़े दिख गए, यह भी भगवान की मर्जी का खेल ठहरा! ठहरा कि नहीं ठहरा? अगर नहीं तो कौन जानता है, भेंट भी होती या नहीं। आप 'भरती होजा फौज में, जिंदगी है मौज में' गाते-बजाते, छुट्टी काटकर, चल भी देते।"

प्रेम है कि नफ़रत है, जहाँ शराब कुछ भीतर तक उतरी, तहाँ आदमी की असलियत बोलने लगती है कि वह दरअसल है क्या। इस वक्त कम-से-कम खीमा साथ है, तो कुछ घर का-सा वातावरण है। कहीं टनकपुर में ही अटक गए होते, तो फिर वही आधे अंग का खाना-पीना और सोना। कैंप छोड़ा था, तब से ही लगातार यही हुआ कि संपूर्णता नहीं है। प्रत्येक क्षण किसी की स्मृति है और, बस, थोड़े-से फासले पर साथ-साथ चल रही है। इस मायामयी छाया को शरीर धारण करने में अभी भी बहुत समय लगना है। कल जाकर गाँव पहुँचेंगे, तब ही यह व्याकुलता थमेगी।

"जब तक सुदर्शनचक्र हाथ में है, तब तक तौबा है! इसको छोटे मुँह बड़ी बात मान लेना, दाज्यू! कौन हसबैंड ऑफ मदर झूठ बोल रहा है! खीमसिंह ड्राइवर का नाम लेकर इन्क्वायरी

कर सकता है हर शख्स, जो कि चलता है, टनकपुर-सोर की इस लाइन में, जहाँ कि जरा-सा बेलाइन हुए आप, श्रीमानजी, तो समझिए कि मुरब्बा तैयार है !" कहते हुए, खीमसिंह ने भुटुवे की प्लेट को उठाकर, उसमें लगा तेल-मसाला चाटना शुरू कर दिया, तो मध्यम कोटि के सरूर में सूबेदार का ध्यान गया सीधे इस बात पर कि रास्ते में जाने कितनी बार सचमुच यही झस्-झस् हुई थी कि कहीं ऐसा न हो…

आइडेंटिटी-कार्ड साथ में रहता है, शिनाख्त जरूर पहुँच सकती है, लेकिन आदमी की जगह, सिर्फ उसकी शिनाख्त का पहुँचना कितना खतरनाक हो सकता है, इस बात की तमीज तो ससुरे इस सृष्टि के सिरजनहार तक को नहीं रही । एक खूबी इस चीज में है । एकदम लाइन के पार नहीं निकल जाए आदमी, तो पुल पर का चलना है । नीचे आपके मंथर गति की नदी बह रही है और आसपास के पहाड़ ससुरे ऐसे घूर रहे हैं, जैसे कि घरवाली मायके जाती हो । कल्पना अगर किसी चिड़िया का नाम है, तो ठीक ऐसे ही मौके पर पंख खोलती है । जितनी बार खतरनाक मोड़ पड़ते थे, उतनी ही बार सूबेदारनी जंगल में हिरनी-जैसी व्याकुल होती जान पड़ती थीं, क्योंकि ध्यान में तो बैठी रहती हैं वही—और भीतर-ही-भीतर दोनों हाथ बार-बार इसी प्रार्थना में उठ जा रहे थे कि—हे मइया, हाट की कालिका !

औरत है कि देवी है—माया-मोह और भय-भीति का ही सहारा है । अटैची में चमचमाता लाल साटन डेढ़ मीटर रखा हुआ है और पौने इंची सुपरफाइन गोट और सितारे । चोला मइया का सूबेदारनी खुद अपने हाथों तैयार करेगी । जब तक मइया का ऐसा ध्यान है, तब तक रक्षा जरूर है । नहीं तो, फौज की नौकरी में कौन जानता है कि सरकार ने कब दानी-पानी छुड़ा देना है । कैवेलरी की जिंदगानी है । जीन-लगाम ही अंगवस्त्र हैं । पिछले साल अचानक ही कैसा ब्लूस्टार ऑपरेशन हो गया और कितने वीर जवान राष्ट्र को समर्पित हो गए । अग्नि को भी समर्पण ही चाहिए । राष्ट्र की ज्योति जली रहे ।

अब नैना सूबेदार का मन हो रहा था, एक प्लेट भुटुवा और मँगा ले, फिर चाहे थर्मस तक भी नौबत क्यों न आ पहुँचे । जाने को तो यह जिंदगी ही चली जाने के लिए ही है, लेकिन कुछ वक्त ऐसे जरूर आते हैं जो चाँदी के सिक्कों की तरह बोलते मालूम पड़ते हैं कि हम साथ रहेंगे । अब जैसे कि रुक्मा सूबेदारनी का ही ध्यान है, यह मात्र एकाध जनम का ही साथ देने वाली वस्तु तो नहीं है । पहले कैसे धोती के पल्ले में नाक दबा लेती थीं सूबेदारनी साहिबा, पिछली बार की छुट्टियों में निमोनिया की पकड़ में थीं, तो दो चम्मच ब्रांडी पिलाना मछली का मुँह खोलकर, पानी का घूँट डालना हो गया । बाद में खुद कहने लगीं कि खेत-जंगल के कामों से टूटता बदन कुछ ठीक हो जाता है ।

चूँकि भुगतान करने का जिम्मा खीमसिंह ने लिया, इसीलिए संकोच था कि यह जोर डालना हो जाएगा, मगर अपने भीतर की भाषा खीमसिंह में फूट पड़ी—"सूबेदार दाज्यू, भुटुवा बहुत जोरदार

बना ठहरा ! एक प्लेट और लाता हूँ ।"

आखिर-आखिर थर्मस खँगालकर पानी लेना पड़ा, लेकिन न खीमसिंह आपे से बाहर हुआ, न सूबेदार । धीरे-धीरे जाने कहाँ-कहाँ की फसक-फराल लगाते में, रिमझिम-रिमझिम जज्ब होती चली गई । कैंप की कैंटीन से बाहर निकलने की-सी निश्चिंतता में, दोनों अब भोजन प्राप्त करने ढाबे की बेंच तक पहुँचे, तो देखा—ढाबे की मालकिन ही पराठे सेंक रही है और इतना तो खीम-सिंह ने पहले ही बता दिया था कि यहाँ के खाने में रस है । औरत भी क्या चीज है, साहब । जो स्वाद सिल पर पिसे मसालों का, सो पुड़िया में कहाँ है । और पराठे स्साला कोई मर्द सेंक रहा हो, तो घी चाहे जितना लगा ले, मगर यह भुवनमोहिनी आवाज और हँसी कहाँ से लाएगा ? इधर पराठा बेलती है, सेंकती है और उधर मजाक भी करती जाती है कि सूबेदारनी बहुत याद आ रही होंगी ! कहाँ-कहाँ तक फैला दिया इसे भी, फैलाने वाले ने, जहाँ देखो, वैसी ही आभा है । जहाँ आप जल रहे, जाने कब शक्कर हो गई । बोलती है और अचानक ही हँस देती है, तो दुकानदारी करती कहाँ दिखाई देती है । कैसे पलक झपकाते में दाँव लगा दिया कि 'आदमी तो दूर देश और बरसों का लौटा ही चीज होता है ।'—प्रौढ़ावस्था को प्राप्त हुई में भी एक आँच है । वातावरण में घर की-सी ऊष्मा मालूम देने लगी ।

'हाँ-हाँ' कहने के सिवा और क्या कहना हुआ । तीन साल के बाद लौटने में तो अपने इलाके का इस पेड़ से उस पेड़ की तरफ कूदता-फाँदता बंदर भी अपना-सा ही लगता है । यह तो अन्नपूर्णा की-सी मूरत सामने है । होने को तो कुछ सुरूर 'थ्री-एक्स' का भी जरूर है, मगर जब तक भीतर की धारा से संगम ना हो, नशा चाहे जितना हो ले, यह दिव्यमनसता कहाँ !

चूल्हे की आँच में वह किसी वनदेवी की प्रतिमा की-सी छवि में है । सोने का गुलूबंद झिलमिला रहा है । पराठा पाथते में हाथों की चूड़ियाँ बज रही हैं । बीच-बीच में माथे पर के बाल हटाने को बाईं कुहनी हवा में उठाती है, तो रुक्मा सूबेदारनी की नकल उतारती-सी जान पड़ती है । कांक्षा हो रही है, दो के सिवा और कोई उपस्थित न हो । कोई-कोई समय जाने कैसी एक उतावली-सी भर देता है भीतर कि कहीं यह बीत न जाए ।

नैनसिंह सूबेदार को एक-एक ग्रास पहले पर्वत, फिर राई होता गया । आँखों की दुनिया अलग होती गई, हाथ-मुँह-उदर की अलग । खीमसिंह को तो, शायद, यह भ्रम हुआ हो कि थ्री-एक्स ने भूख का मुँह खोल दिया है, लेकिन सूबेदार को जान पड़ा कि यह अकेले का खाना नहीं । बस, यहीं फिर सूबेदारनी का ही सामने बैठा होना-सा प्रतीत हुआ नहीं कि डकार भी आ गई । गिलास-भर पानी एक ही लय में गटकते, सूबेदार हाथ धोने नल की तरफ बढ़ गए ।

कुछ क्षण होते हैं, विस्तार पकड़ते जाते हैं और कुछ विस्तार, जो धीरे-धीरे, क्षणिक होते जाते हैं । रास्ते का एक दिन कटना पर्वत, लेकिन घर पर महीने-भर की छुट्टियाँ कपूर हो जाती हैं । पक्षियों-सा उड़ता समय कान में आवाज देता रहता है, लो, आज का दिन भी बीता

तुम्हारा। अब बाकी कितने हैं।

बाबू ने थोड़े आँखर जागर गा तो दिया, अपशकुन क्यों करते हो कहने और सूबेदारनी बहू की गाई न्यौली के कुछ बंद सुन लेने पर, लेकिन आखिर तक उनका यह अफसोस गया नहीं कि जितनी रकम इस फोटूकैमरे और ट्रांजिस्टर-टेपरिकार्डर में लगा दिए सूबेदार ने, उतने में घर के कितने जरूरी-जरूरी काम निबट जाते। अलबत्ता जर्सी, बूटों और थ्री-एक्स की तीन बोतलों से उनकी आत्मा जरूर प्रसन्न हो गई कि 'यार, पुत्र, जाड़े की मार से बचाने को आ गया तू।'

चार सेल वाला टार्च भी उन्हें बहुत जमा और दस-पाँच दिन बीतते न बीतते तो खुद ही इस मजेदार मूड में आ गए कि—'यार, पुत्र, पैसा तो स्साला हाथ का मैल ठहरा! पुरुष की शोभा ठहरी जिंदादिली और रंगीनी! ले, आज तू भी क्या याद करेगा, चार आँखर भगवती-जागरण पूरी श्रद्धा से कर देता हूँ। क्या करता हूँ कहता है तू, रिकौर्ड ऑन करता हूँ?—तो कर फिर औन—हरी भगवान जी, प्रथम ध्यान मैं किसका धरता हूँ? तो ध्यान करता हूँ, उस चौमुखी विरंचि विधाता का, मइया महाकाली, जिसने कि यह अपूर्व सृष्टि रची और आकाश की जगह पर आकाश, धरती की जगह धरती और पहाड़ की जगह पहाड़, नदी की जगह नदी, अग्नि की जगह अग्नि और क्या नाम, माता गौरी शंकरी खप्परधारिणी, कि पानी की जगह पानी को उत्पन्न किया। और फिर फूल को पत्तों, दूध को कटोरे के आधार पर रखा। हाड़-मांस के पुतले में रखी प्राणों की संजीवनी। अहा री मइया सिंहवाहिनी—कैसी अपरंपार हुई सृष्टि कि सारे ब्रह्मांड में एक महाशब्द व्याप्त हो गया। मनुष्य, तो मनुष्य हुआ, पाताल में का पक्षी भी 'मैं यहाँ, तू कहाँ' गाता दिखाई दिया। कहीं ऊँचा हिमालय रखा, कहीं गैला समुन्दर। कहीं धूप रखी, कहीं छाया। कहीं मोहिनी रखी, कहीं माया। विरंचि के बाने सृष्टि रची, विष्णु के रूप पोषण किया और शिव के रूप किया संहार—दूसरा स्मरण तेरा है, माता भगवती, कि तूने भी जब गौरी पार्वती से माया का रूप महाभद्रा-महाकाली रखा, तभी संहार किया महिषा-सुरन का और तभी स्थापना हुई तेरी भी हाट का कालिका, घाट की जोगिनी के रूप में, घर को घरिणी तू हुई, बन को हिरणी, पूत के माता हुई, पिता को कन्या कुआँरी—'

बाबू देवी जागरण गाए जा रहे थे। जाने कब गिलास में बाकी बची रम को एक ही घूँट में चढ़ाकर, खूँटी पर से हुड़का भी उतार लिया उन्होंने और 'दुड़-तुक्कि-दुड़-दुड़' का लहरा लगाते, पूरी तरह लय में हो गए। उनके माथे पर की चुटिया तक रंग में आ गई। पूरी पट्टी में कौन है उनके मुकाबले में भगवती महाकाली का जागरण रचाने वाला? लेकिन नैना सूबेदार का ध्यान तो 'कन्या-कन्या' सुनते ही इस तरफ चला गया, तो फिर लौटना मुश्किल हो गया कि आज तो उन्नीसवाँ दिवस, उन्होंने तो घर पहुँचने के पहले ही दिन मजाक-मजाक में सूबेदारनी के पाँव ही पकड़ लिए थे कि—'भगवती, कन्या ही देना।' हाँ, तरंग तो कुछ तब भी जरूर रही होगी ··· लेकिन दृश्य भी उत्पन्न तभी होता है, जबकि भीतर कोलाहल हो। जागर में भी तो यही बताया बाबू ने कि प्रथम तो उदित हुआ शब्द, तब कहीं जा के सूरज।

इसी बात पर तो, खीमा के साथ ट्रक में की जात्रा की तरह, फिर अचानक हँसी फूट पड़ी

और बाबू ने समझा कि कुछ ज्यादा चढ़ गई होगी। एक-दो बंद और गाकर, हुड़के की पाग को गले से उतारकर, हुड़के में ही लपेट दिया, "कल का दिन बीच में है, नैन! परसों शनिवार—तीन दिन का जागर मइया हाट की कालिका के दरबार में लगना ही है, जा, सो जा, बहू रास्ता देखती होगी। मइया के दरबार में देखना कैसा जागर लगाता हूँ। आखिरी जागर होगा यह..."

बुढ़वा जी बदमाश हैं, 'बच्चे रास्ता देखते होंगे' नहीं कहते। क्या कह रहे थे उस दिन कि जीवन की चक्की का एक पाट जाता रहा, एक रह गया। माँ को परमधाम गए ठीक-ठीक कितने साल बीते होंगे?

ज्यों-ज्यों छुट्टियाँ पूँछ रहती जाती हैं, बीता और विस्तार पाता चल रहा है। चंपावत में रात कैसी बीती थी? भीतर-भीतर कोई यहाँ तक जोर बाँधने लगा था कि राइफिल की नोक पर सामने बिठाए रखो इस औरत को और बताओ इसे कि रोम-रोम में जो व्याकुलता जगाए चली गई हो, इसका देनदार कौन है? हवा की जगह आँधी का रूप रखती खुद गायब हुई जा रही हो, और नैनसिंह सूबेदार पेड़ की डालों से लेकर पहाड़ की चोटियों तक काँपता पड़ा रह गया है, रात के इस अनंत लगते हुए-से सन्नाटे में? रूप भी शरीर से है, इसे तुम क्या नैना सूबेदार से कुछ कम जानती हो, भगवती? आँखों से लाचार खींचता है, बलवान तो हाथों से काम लेता है।

बस, इसी बलवान वाली बात पर सूबेदार को खीमसिंह के साथ चुपचाप उठ जाना पड़ा कि कहीं 'जम्बू बोले यह गत भई, तू क्या बोले कागा?' वाली बात न हो जाए। बद अच्छा, बदनामी बुरी।

तब का व्यतीत, अब तक साथ है।

अड्डे तक सचमुच दस बजे से भी कुछ पहले ही पहुँचा दिया था खीमसिंह ने। सुबह-सुबह चंपावत से लोहाघाट तक कितनी गहरी और गझिन धुंध थी। ट्रक-समेत कहीं अदृश्य लोक में प्रवेश करते होने की-सी अनुभूति होती थी और भय। सारा ध्यान इसी बात पर टँगा था कि क्या सचमुच इसी जनम में फिर रुक्मा सूबेदारनी होंगी और उनके साथ का तालाब में की मछली का-सा इस कोने से उस कोने तक का उड़ना? घर पहुँचने के बाद, थोड़ा एकांत पाते ही सूबेदारनी एकाएक दोनों पाँव जकड़ लेंगी और सोते-से फूट पड़ेंगे धरती में। जन्म-जन्मांतरों की-सी व्याकुलता में, उनकी पीठ तक हिलती होगी। तब, हाथ काँखों में डाले, ऊपर उठाएँगे सूबेदार और सांत्वना देते में, एकाकार हो जाएँगे। तब ट्रक की यात्रा में ही जाने कितनी बार हुआ कि परमात्मा तो अंतर्यामी है, उससे क्या छिपा है, मगर बगल में ड्राइवर की सीट पर बैठा खीमसिंह भी न देख रहा हो। जब कोई जागता है हर क्षण आदमी की स्मृतियों में, पशु-पक्षी भी भीतर तक झाँकते गोचर होते हैं।

सूबेदारनी साहिबा से क्या कहा था उस पहली रात ही कि "एक आँख से हम देख रहे हैं, एक से तुम। वह भगवती पराठा सेंकती जाती है और मँजीरा-सा बजाती है कि 'एक पराठा तो

और लो, सूबेदार साहब !'—और हमें आप ही सेंकती-खिलाती नजर आती हो। ये तो आपने अब बताया कि कल रात का व्रत रखा था। देखिए कि हम बिना खबर हुए ही दो जनों का भोजन कर गए।"

क्या रखा है स्साले किसी आदमी की जिंदगी में, अगर कहीं पाँवों से लेकर, सिर से ऊपर तक का, गहरे तालाब-जैसा प्रेम नहीं रखा है। कहाँ तो एक मूकता का-सा आलम था प्रारंभ में। फिर शब्द फूटा एकाएक, तो सचमुच एक सृष्टि होती चली गई। जीभ में लपेटा तागे का गुच्छा हट गया और वाणी झरना होती गई। जाने कब, कहाँ रात बीती। सूबेदारनी साहिबा ने नहीं टोका एक बार भी, सिर्फ इतना कहती, उठ खड़ी हुईं कि विहानतारा निकल आया है। सूबेदार को भी यही हुआ कि माता भगवती, तू नहीं, तो और कौन है। कौन जागता है, दिन-रात हमारे लिए कौन देता है इतना ध्यान। किसे पड़ी है हमारी इतनी चिंता।

वह गाँव पहुँचने की पहली ही रात थी। किंतु डोंगरे बालामृत वाले कलेंडर में माँ हाट की कालिका के पाँवों के नीचे आ पड़े शिवशंकर की-सी जो दशा अनुभव हुई थी, वह अब तक साथ है। फर्क इतना कि शंकर अनजाने आ गए, पाँवों के नीचे, नैना सूबेदार अंतःप्रेरणा से। सूबेदारनी 'विहानतारा निकल आया' कहती खड़ी हुई ही थी कि बिस्तर से पाँव बाहर रखते तक में, नैना सूबेदार ने उन पर अपना मत्था टेक दिया था। मुँह से कुछ नहीं बोले, मगर सूबेदारनी ने सब सुन लिया।

छुट्टियों के लिए अर्जी लगाने के दिन से लेकर, यहाँ पहुँचने के दिन तक की सारी व्याकुलता पर कैसे अपने ही रक्त में से बार-बार अवतरित होती, रोम-रोम में छा जाती रहीं सूबेदारनी। बाजार निकलते, तो कैसे साक्षात् उपस्थित होती-सी खुद ही ध्यान दिलाती रहतीं पग-पग पर कि उनके लिए क्या-क्या वस्तुएँ लेनी हैं, और क्या बच्चों और बाबू के लिए। इनका जाने कब, कहाँ से अचानक छाया की तरह का प्रकट होना और सारा ध्यान अपनी ओर खींच लेना, बस, गाँव पहुँचकर ही थमा है। पाँव छूते ही मिट्टी के घड़े की तरह का फूट पड़ना और सारा जल सूबेदार पर उँड़ेल देना किया था सूबेदारनी ने, तब कहीं खुद के पूर्णांग हुए होने की-सी तृप्ति हुई थी।

कल और भी क्या हुआ था। उधर बाबू देवी जागरण में हैं और इधर सूबेदारनी के साथ का एक-एक दिन बाइस्कोप के चित्रों की तरह आँखों के सामने हुआ जा रहा है कि कौन-सा सूबेदारनी के साथ कितना बीता और कितना खेतों, कितना जंगल और नदी-बावड़ी में। कितना एक बगल सूबेदारनी हैं, दूसरी बगल भिमुवा या रमुवा ! सूबेदार कह रहे हैं–'भिमुवा की अम्मा !'–सूबेदारनी–'रमुवा के बाबू !'—और यह कि 'इजा की जगह, अम्मा क्यों कहने लगे हो ?'

सूबेदार एकाएक अपनी फौजी अंग्रेजी ठोके दे रहे हैं—"एभ्री डे एंड एभ्री नाइट—माई डियर सूबेदारनी, यू वाज ऑन माई ड्रीम।"—और सूबेदारनी पालिएस्टर की नई साड़ी का छोर

मुँह में दबा ले रही हैं, "आग लगे तुम्हारी इस लालपोकिया बानरों की जैसी बोली को ।"

अंग्रेजी का अ-आ नहीं जानती हैं, लेकिन अंग्रेजों का रंग गुलाबी होता है, इतना उन्हें पता है । सूबेदार समझा देते हैं कि "इतना तो, माई डियर, बिलकुल करेक्ट पकड़ लिया आपने कि यह लालपोकिया अंग्रेजों की लैंग्विज है ।"

रातों को काफी ठंड है और छोटे रमुवा ने सोये-सोये ही लघुशंका निबटा दी है, तो सूबेदारनी मजाक कर रही हैं, "वहाँ फौज में भी ऐसा ही कर देते हो क्या ?"—सूबेदार बदले में कुछ और गहरा मजाक करने की सोच ही रहे हैं कि सूबेदारनी की आँखें एकाएक आर्द्रा नक्षत्र में हो आती हैं, "मेरे लिए रमुवा में तुममें क्या अंतर हुआ !"

इसीलिए कहने और मानने को मन करता है कि देवी मइया, तू नहीं, तो कौन है । दो-तीन साल बलि के बकरे की तरह का टँगा होना होता है वहाँ और कौन है वहाँ, जिससे बातें करते खुद के ऊँचे-ऊँचे पर्वतशिखरों पर आसीन होने और साथ में किसी के अपने में से ही झरने की तरह फूट, या नीचे नदी की तरह बह रहे होने की प्रतीति हो । जहाँ सिर के ऊपर जाने ससुरे कितने कप्तान-कर्नल-जर्नल लदे रहते हैं, वहाँ सूबेदार की औकात क्या होती है । लेकिन यहाँ—और स्मृति की मानो, तो वहाँ भी—एक तेरा स्पर्श होता है कि शरीर में वनस्पतियाँ-सी फूट पड़ती हैं ।

हाट की कालिका मइया के दरबार में जाने का दिन सिर पर आ रहा है और तत्पश्चात् ही सामने होगी--विदा होने की घड़ी । सूबेदारनी के साथ बीते एक-एक दिन को घुप्प अँधेरे में बिखेर देने का मन करता है और टॉर्च हाथ में लेकर, ढूँढ़ने को । आज भी सूबेदारनी अभी-अभी, रोज की तरह, विहानतारे को गोद में लेकर दूध पिलाने को उतावली, छाती पर पाँव रखती-सी निकल गई है, लेकिन झाँवरों की आवाज अभी भी मधुमक्खियों का-सा छत्ता डाले हुए है ।

"चहा तैयार है, बाबू !" कहता भिमुवा देली पर खड़ा दिखाई दिया, तब हुआ कि सुबह हो गई होगी । आज का दिन बीच में है, कल ही हाट की जात्रा पर जाना है । सूबेदारनी कल कह रही थीं कि "हँहो, रमुवा के बाबू, तुम कह रहे थे इस बार बाँज की पाल्यों कैसी हो रही है ?"

जंगल गाँव के उत्तरी छोर में है । एक सिलसिला-सा है, जो सात-आठ गाँवों के सिरहाने की सघन हरीतिमा की तरह, आर-से-पार तक चला गया है । नीचे-नीचे तक कई बार हो आए हैं सूबेदार, लेकिन चूँकि शिकार खेलने को मना कर देती रही हैं सूबेदारनी कि "हँहो, यह अपनी भड़ाम्म-भड़ाम्म वहाँ अपनी मिलेटरी में ही किया करो । हमको नहीं लगती अच्छी हत्या—"--इसलिए सूबेदार भी, बस, राइफल को कंधे पर सैर-भर करवा के लौट आते रहे हैं--लेकिन दो-दो तनतनाते बकरे हाट की कालिका के मंदिर में काटे जाने हैं, एक भिमुवा की बधाई का भाखा हुआ है, दूसरा रमुवा की—देवी मइया नहीं कहती होगी कि हमें नहीं अच्छी लगती हत्या ?—खैर, वो क्या है कि बाबू देवी-जागरण में कैसे बताते हैं कि एक हाथ में खड्ग लिया, दूसरे में कृपाण, एक में शंख लिया, दूसरे में चक्र, एक में त्रिशूल लिया और दूसरे में गदा, एक हाथ में—सोलह हाथों में मइया

कालिका ने आयुध धारण किए और दो हाथों में खप्पर···

इससे ज्यादा दूर तक मस्तिष्क जा नहीं पाता है। क्योंकि वह तो जब तक दो हाथों वाली है, तब तक हमारी पहुँच में है। आगे का रूप ऋषि-मुनियों के ज्ञान की वस्तु हुई।

चाय पीने को बाहर आँगन में निकल आए सूबेदार, तो अब तक का सारा मायालोक जैसे कमरे में ही छूट गया। भीतर चित्त का विस्तार था, बाहर प्रकृति उपस्थित है। गाँव की बाखलियों (घरों की शृंखला) से नीचे घाटी में, नदी के किनारे तक खेतों का सिलसिला चला गया है। लगता है, सुबह-सुबह—विशेष तौर पर सर्दियों की ऋतु में। नदी में स्नान करके, कोई सीढ़ियों पर पाँव रखती-सी, वो ऊपर जंगल में निकल गई। दो-चार दिन घट (पनचक्की) की ओर निकल गए थे, तो सूबेदारनी कपड़े धोती रही थीं और वो देखते रहे, तालाब में मछलियों का खेल, जीवन का खेल जल-थल, सब जगह एक है।

आजकल गेहूँ खेतों में अन्नप्राशनी के बाद के बच्चों-जितना सयाना हो आया है। घुटनों के बल खड़ा होने की कोशिश करता हुआ-सा—लेकिन अभी कोहरे में धोती के पल्ले के नीचे दुबका पड़ा-सा अंतर्धान है। कहीं आठ-नौ बजे तक कुहासा ठीक से छँट पाएगा। अभी तो भूमिया देवता के कमर से नीचे के परिधान की तरह व्याप्त है। गाँव भी तो कितना छोटा है यह। पहाड़ का बच्चा मालूम देता है।

दस बजे तक में सबको खिला-पिलाकर, सूबेदारनी ने सीढ़ी के पत्थर पर दराती को धार लगाना शुरू किया, तो सूबेदार भी वर्दी में हो लिए। खूँटी पर से उतारकर, राइफल कंधे पर रखी। हवाई बैग में टेपरिकार्डर, कैमरा और सिगरेट का डिब्बा रखा और चल पड़े।

आँगन से लेकर, जंगल की तरफ वाली पगडंडी में परिचितों-विरादरों से 'राम-राम, पायलागों—जीते रहो' निबटाते हुए, पूर्ण एकांत होते में ही सिगरेट का एक जोरों का कश लिया। फिर थोड़ा रुककर, पीछे-पीछे आती हुई सूबेदारनी को बराबरी पर रोकते हुए, कंधे पर हाथ रख दिया, "आज आपको बहुत जी-जान से गाकर सुना देनी है न्यौली, माई डियर ! घर में और खेतों में 'भौइस' दबवा दी थी आपने। अब तो चलाचली का वक्त है। कल पूजा हो जानी है। बस, दो-चार दिन और बासा मानिए। फिर वही, आफ्टर मिनीमम टू और थ्री एयर्स वाली बात गई। आप उस न्यौली को जरूर गाना आज अपने फुल भौल्यूम में—काटते-काटते फिर पाल्योंता जाता है बाँज का जंगल—दि फारेस्ट ऑफ मिरीकिल्स !"

सूबेदारनी कुछ नहीं बोलीं, प्रकृति बनी रहीं। लगभग एक मील के बाद अरण्य का संपूर्ण वृत्त, वनस्पतियों से भरी झील हो गया। दूर-दूर गाय-बकरियाँ चरती दिखाई दे रही थीं और कुछ औरतें। बाँज-फ्रल्यांट के पल्लव बटोरतीं। सूबेदारनी को इतना संकोच तो था कि पहले साथ-साथ

जाने वाली औरतें जहाँ और जब आमना-सामना होगा, मजाक जरूर उड़ाएँगी, लेकिन इनका संग तो सदैव का है, सूबेदार का कहाँ। ये तो फूल की तरह खिले और वो भी दो-तीन बरसों में एक बार। एकाध महीना अपने संग-संग हमें भी खिलाए रहे और फिर अचानक एक दिन, आँख-ओझल।

अब जंगल तो रेशा-रेशा जाना हुआ है। एकांत ढूँढ़ने में ज्यादा समय नहीं लगा। सूबेदार बच्चा जो गए कि पाल्यों कटे न कटे, न्यौली पहले निबटनी है। चौरस जगह टोहकर, सूबेदारनी अपने नए, रंगीन घाघरे को ठीक से फैलाती बैठ गईं। हरी क्रेप के घाघरे में लाल रंग की गोट है। कमर में धोती का पीतांबरी फेंटा है। पिठाँ-अक्षत माथे पर ऐसे हैं, जैसे गर्भ से ही साथ हों। नाक में चंदकों वाली, तीन तोले की बाएँ कान के पास तक का स्थान घेरती नथ है—कानों में सोने की मुद्रिकाएँ ! गले में मोतीमाला, काला चरेवा और गुलूबंद हैं। हाथों में पहुँचियाँ और पाँवों में झाँवर। पूरे आभूषण धारण किए हैं आज नैना सूबेदार के आग्रह पर। एक हाथ में दराती है, दूसरे में अभी तक बांज-फ्रल्यांट के पल्लव रखने का जाल था, अब उसमें रंग-बिरंगे फून्नोंवाला घमेला है। क्या रूप है। क्या रंग है।

सूबेदार एकाएक उठे अपनी जगह से सूबेदारनी साहिबा के सिर पर हाथ फेरते हुए 'ओक्के' कहा और जंगली मृग होते हुए, कुलाँच मारते-से, कुछ फासले पर हो गए। कभी कहें—माई डियर, जरा-सा दाएँ। कभी बाएँ। कभी मुस्कुराओ, कभी खिलखिलाओ और कभी न्यौली गाने की, फिर कभी जंगल में किसी खोऐ हुए को ढूँढ़ने की-सी मुद्रा में हो जाओ—सूबेदारनी साहिबा को भी जाने क्या हुआ कि जैसा कहा, तैसी होती गईं। बीच में सिर्फ इतना ही बोलीं, "देखो, जैसे तुम्हारा मन अघाता है, तैसा कर लो।—मगर इस वक्त के फोटू मिलेटरी में चाहे अपने दोस्तों- दोस्तानियों को दिखाते फिरना, यहाँ रमुआ के बूबू (दादा) और दूसरे लोगों की नजर में नहीं पड़ने चाहिए—बहुत मजाक उड़ाएँगे लोग ! कहेंगे, घर में जगह नहीं मिली—"

सूबेदारनी साहिबा का खिलखिलाना हिलाँस पक्षी के चंद्राकार झुंड-सा उड़ता हुआ, जाने हिमालय के शिखरों तक कहाँ-कहाँ चला गया। सारा अरण्य डूब गया। नैना सूबेदार के मुँह से इतना ही निकला—"हमको तो आप ही देवी हैं—"

सूबेदारनी में सारा संकोच पतझर के समय का पत्तों-सा झरता, और ऋतु वसंत के पल्लवों-सा उगता चला गया। कहाँ फोटो में गाता दिखाई पड़ने-भर को न्यौली शुरू की थी, कहाँ एक लड़ी-सी बँधती चली गई।

काटते-काटते फिर पल्लवित हो आता है
बाँज का वन···
समुद्र भर जाता है, मेरे प्राण,
नहीं भरता मन !
आश्विन मास की नदी चमकती है

असेला मछली···
अब जाते हो
कौन जानता है, फिर कब होगी भेंट !
वो देखो, उधर हिमालय की द्रोणियों में
कैसी चादर-सी बिछ गई है बर्फ···
पक्षी होती मैं, मेरे प्राण,
उड़ती, बस उड़ती ही चली जाती
तुम्हारी दिशा में !

'टेप' की गई न्यौलियों को खुद सूबेदारनी ने सुना, तो पहले मुग्ध हुईं और फिर फूट-फूटकर रो पड़ीं। कल रात से अब तक में एकत्र सारा सुख, जैसे अपने सारे आवरण पृथक् करता हुआ-सा, एक साथ प्रकट हो गया।

लौटते-लौटते शरद ऋतु का दिन और छोटा पड़ता गया। सूबेदारनी के पाँव भारी हो गए हैं। एक गट्ठर सिर पर लदा है बाँज और फ़ल्यांट के पल्लवों का। एक भीतर इकट्ठा है। पाल्यों उतारने और जाल भर लेने के बाद के विश्राम में, सिर सूबेदारनी साहिबा की गोद में था और जूँ ढूँढ़ने की प्रक्रिया में उनके अँगूठों के नाखून आपस में जुड़ते थे, तो लगता था आवाज मीलों दूर तक जा रही होगी। तब याद आया था, अचानक, फिर वही खीमा के साथ की ट्रक-यात्रा में एकाएक उपस्थित होकर, सफर समाप्त होने तक लगातार विद्यमान रहा मृत्यु-भय ! सुख अकेले कहाँ आता है।

रात के सन्नाटे में, नीचे घाटी की दिशा से, सियारों का समवेत आता है। और याद आता है, सूबेदारनी का आँचल ओठों में दबाकर, यह बताना कि इसी वर्ष जुलाई में गाँव के तीन घरों में तार आए। सुना, उधर अमृतसर में कोई लड़ाई हो गई···एक साया फौजियों के घर मँडराता फिरता रहा है महीने-भर।

किसी भी दिन हो सकता है, अघटित का घटित होना। फौजी गुजरता है, तो सिर्फ तार ही देखने को मिलता है। रूप, आकार—उसी में सब कुछ देख लो। अच्छा ही है कि जीवन का अंत जब भी हो, सूबेदारनी साहिबा से कहीं बहुत दूर हो। हाट की कालिका के मंदिर में देवदार के जुड़वाँ पेड़ हैं। सैकड़ों वर्ष पुराने। जाना कल है, पेड़ आज ही क्यों याद आ पड़े ? दोनों को देखो, तो एक में से ही दो किए हुए-से दिखाई पड़ते हैं। लगभग बराबर ऊँचे, बादलों को छूने को बढ़ते हुए-से। बराबर सघन। धूप छतरी पर ही अटक जाती है। नीचे कितनी गहरी छाया। इनमें से एक को काट दीजिए, तो दूसरा सिर धुनता दिखाई पड़ेगा।

माता तू ही रक्षा करना !

सूबेदारनी देवी का चोला सिल चुकी हैं। चढ़ावे की अन्य सामग्रियों के साथ, दोनों घंटे भी एक कोने में रख दिए गए हैं। भीमू और रामू, लाख मना करते भी, कभी-कभी बजा देते हैं, तो घंटे के वृत्त में खुदे अक्षर उनका नाम पुकारते मालूम देते हैं—श्री भीमसिंह, आत्मज ठाकुर श्री

नैनसिंह, आत्मज श्रीमान् ठाकुर इंद्रसिंह, झुपुलीगैर निवासी—श्री रामसिंह, आत्मज ठाकुर श्री नैनसिंह, आत्मज श्रीमान्...

हर बार इन छुट्टियों-भर का उत्सव है । दोनों छोरों पर । इस बार मइया की कालिका के दरबार में बधाइयाँ जानी हैं, तो यही रंग सबसे ऊपर है । बच्चे अपने दादा की नकल में देवी-जागरण लगाते हैं । भिमवा ने क्या कहा था कि अगर कोई बहन होती, तो उसमें देवी का अवतार कराते ?

सूबेदारनी साहिबा की प्रतिच्छवि और उतर भी किसमें पाएगी ? आधी सृष्टि उसी पक्ष में है । आधी उससे बाहर ।

घर तो, घर है । ऊपर दोमंजिले पर व्यतीत होते जीवन में नीचे गोठ के पशुओं तक का साझा जान पड़ता है । कुछ ही दिनों को आए हैं, तो भी भैंस दुहने, नहलाने, उधर धार में के पेड़ों पर स्तूप की तरह चिनी गई घास की पुल्लियों को उतरवाने तथा लकड़ी फाड़ने, नाना प्रकार के छोटे-छोटे घरेलू काम हैं । यहाँ आकर समझ में आता है कि एक सूबेदारनी के सिर पर कितने काम । भाई कोई संग आया नहीं । बहनें थीं, एक आसाम कहीं है अपने परिवार के साथ, दूसरी चार दिनों को आई, बनखरी वाली दीदी, हवा के साथ-साथ लौट गई । सबके अपने-अपने कारोबार हैं ।

कहो कि बुड्ढे जी अभी भी छोटे-मोटे कई काम निबटा लेते हैं । इस बार यही तो समझा रहे थे कि आधी पेंशन पर ही चले आओ । सूबेदारनी भी यही चाहती हैं, मगर अभी और चार-पाँच साल खींच लेना ही ठीक है । फौज के रहे को फिर यहाँ कौन-सी नौकरी-दुकानदारी करनी । पूरी पेंशन लेकर घर बैठना । यही खेती-बाड़ी सँभालनी है और बच्चों को आगे बढ़ाना है ।

सोचते जाओ, तो जीवन के तर्क पीठ पर सवार होते जाते हैं, सूबेदारनी से कुछ छिपा नहीं रहता । कभी अड़ौस-पड़ौस घूमने में लगा देती हैं । कभी नमकीन और प्याज सामने लगा देती हैं । खाने-पीने की चीजों में कुछ छूट न जाए । दो-चार दिन घरेलू व्यंजनों की हौंस । कभी भट-मदिरा का जौला और लहसुन, हरी धनिया का नमक है । कभी चौमास से रखी करड़ी ककड़ी का रायता, गड़ेरी का भंग पड़ा रसदार साग और पूरियाँ । कभी मुट्ठी-भर लहसुन पड़ी और घी में जम्बू से छोंकी मसूर की दाल है, हरी पालक-लाही का टपकिया और ताजे-ताजे ऊखलकुटे घर के चावलों का भात ।

कभी घर में ही बकरा कट गया । सान-सून, भुटुवे से लेकर सिरी-गणुओं का शोरबा !—घर में न हुआ, कभी पास-पड़ौस से आ गया शिकार । कभी शहर से खाने-पीने, फसक-फराल—हर चीज की बहार । यही सब धूप-छाँव ठहरी आदमी के जीवन में, बाकी क्या रखा ठहरा । कैलाश का देवता भी आदमी के आँगन में उतरा, तो उसे भी आखिर-आखिर नाच-कूद के चल ही देना हुआ । बाबू बड़े गिदार हुए । कितनी कहावतें हुईं उनके पास । कभी तरंग में हुए, तो नातियों के साथ-साथ, बहू को भी बिठा लिया । बाप-बेटे, दोनों के सामने रम के पेग हुए । बाबू कभी 'और मेरे रंगीले, झुमाझूमी नाच ।' की मस्ती में, तो कभी 'सदा न फूले तोरई, सदा न सावन होय ।' के वैराग में ।

बाद के दिन तो भारी होते गए । हाट के देवी-मंदिर से लाया गया लाल वस्त्र आँगन-किनारे के खुबानी के पेड़ की टहनी में बँधा हुआ है, लेकिन नैना सूबेदार देखते हैं, तो रेलगाड़ी के गार्ड के हाथ में थमी हरी झंडी मालूम देता है । हवा में हिलता है, तो 'चलो, चल पड़ो' कहता सुनाई पड़ता रहा है । और इस वक्त हाल यह है कि सारा सामान बँधा पड़ा है, लेकिन कुली अभी तक कहीं नहीं दिखाई पड़ा । कल शहर स्कूल जाने वाले बच्चों से कहलवा भेजा था कि किसी मेट को भिजवा दे हिमालया होटल का बची सिंह, मगर कहीं कोई चिह्न ही नहीं है ।

गाँव का हाल है यह कि कुली का काम पी०डब्लू०डी० या जंगलात के ठेकों पर करने वाले अनेक हैं, लेकिन विरादरों का बोझ उठाना गुनाह है । माया-मोह में रह भी गए अंतिम गुंजाइश तक । अब अगर कल सुबह तक टनकपुर ही नहीं पहुँच पाए, तो अंबाला छावनी कहाँ समय पर पहुँचना हो पाएगा । कई बार जी में आता है कि खुद ही लादें और चल पड़ें । वापसी का सामान है, बहुत भारी नहीं, मगर जो देखेगा, सो ही हँसेगा । सारी सूबेदारसाहबी मिट्टी में मिल जाएगी ।

सूबेदार बार-बार सिगरेट सुलगा रहे थे और बार-बार घड़ी पर आँखें जाती थीं । बाबू बूढ़े और कमजोर हैं । बच्चे कच्चे । डेढ़-दो घंटे से कम का रास्ता नहीं बस-अड्डे तक का और दोपहर बाद तो आखिरी बस क्या, ट्रक मिलना भी कठिन हो जाएगा । नैना सूबेदार अभी हताशा और बेचैनी में ही डूबे थे कि देखा, सूबेदारनी बाबू से कुछ कहती, नजदीक पहुँची हैं और जब तक में वो कुछ ठीक से समझे, सूटकेस उठाकर सिर पर रख लिया और कह रही हैं कि "बिस्तरबंद इसके ऊपर रख दो ।"

सूबेदारनी के कहने में कुछ ऐसी दृढ़ता थी, और परिस्थिति का दबाव कि सूबेदार को पाँवों से सिर तक एक झुरझुरी-सी तो जरूर हुई, मगर इस तर्क का कोई जवाब सूझा नहीं कि "मुँह ताकते दो दिन निकल जाएगा । थोड़ी दूर तक तो चले चलते हैं, रास्ते में कुली जहाँ भी मिल जाएगा—"

नई बात इसमें कुछ नहीं, छुट्टी पर आते में कुली साथ आता है, वापसी में घर के लोग पहुँचा देते हैं । सिपाही-लांसनायक तक तो अपना सामान खुद नहीं उठाते, हवलदार-सूबेदार की तो नाक ही कटी समझिए ।

गाँव की सरहद के समाप्त होते-होते, चित्त काफी-कुछ व्यवस्थित हो गया । बाबू और बच्चों की आकृतियाँ धुँधली पड़ती गईं । गाय-भैंस बकरियों तक की स्मृति कुछ दूर तक साथ चलती आती है । सरहद तक तो खेत तक साथ चलते मालूम पड़ते हैं । दरवाजे के ऊपर चिपकाया गया दशहरे का छापा भी । दशहरे के हरेले के दिन सावन के रक्षाबंधन की सहेज रखी रक्षा बाँधते और हरेला सिर पर रखते हुए क्या कहा था, ठीक माँ की तरह—जीते रहना, जागते रहना, यों ही बार-बार भेंटते रहना । सियार की जैसी बुद्धि हो, सिंह का-सा बल ! बालकों का-सा हठ हो—योगियों का-सा ज्ञान !

रक्षा का मंत्र तो खुद सूबेदार को भी याद ठहरा—'येन बद्धो बलि राजा, दानवेन्द्रों

महाबलः····' ये तागे ऐसे ही हुए, दानवेन्द्रों से भी नहीं तोड़े से भी नहीं तोड़े जा सके, हम नर-बानर किस गिनती में। माँ जब तक हुईं, ठीक यही, इस गधेरे तक आती रहीं छोड़ने। यहीं रोककर, स्फटिक स्वच्छ गंगाजल अंजुलि में भर लाती थीं और सूबेदार के माथे पर छिड़कती हुई बाँहों में बाँध लेती थीं। तागों का एक पूरा जाल हुआ। घर पहुँचो, तो अदृश्य हो जाने वाला ठहरा। वापस लौटते में लोहे के तारों का गड़ना। यह सब जीवन का सामान्य प्रवाह हुआ। किसने पार पाया, कौन पा सकेगा। मुखसार की ऋतु में बैल खुले हैं, जुताई के वक्त कहाँ। एक के बाद दूसरा सिगरेट जलाते हुए, यही गाने को मन हो रहा कि—चल, उड़ जा रे पंछी -ई-ई-ई···

टेपरिकार्डर, कैमरा हवाई बैग में है। इसके अलावा टिफिन भी सूबेदार के हाथ में। रूल कभी-कभी उन्हीं से टकरा कर बज उठता है। सूटकेस और सफारी होल्डाल सूबेदारनी साहिबा के सिर पर हैं। यों तो अनेक का यही सिलसिला है। हवलदार साहब ट्रांजिस्टर लटकाए, रूल हिलाते, घड़ी बार-बार देखते और सिगरेट पीते आगे-आगे चल रहे हैं और पीछे-पीछे घरवाली—सामान सिर पर लादे हुए—मगर नैना सूबेदार के साथ यह पहला अवसर है। कभी भी, अपने से दो अंगुल कम करके तो देखा ही नहीं।

एकाएक बोले, "सूबेदारनी, आप जरा रुकिए, ये बैग और टिफिन आप पकड़ लीजिए अब। थोड़ी दूर तक अटैची-होल्डाल मैं ले चलता हूँ···"

सूबेदारनी पीछे को मुड़ीं, हौले-से मुस्कुराईं, तेजी से आगे बढ़ गईं। जैसे गंध प्रकट करती जाती हों अपनी। बोलती गईं—"मेरा तो यह रोज का अभ्यास हुआ, रमुवा के बाबू ! बेकार के संकोच में पड़ रहे हो। खेतों में पर्सा नहीं ढोती कि घास-अनाज के गट्ठर नहीं। उस दिन भी तुम्हारे पीछे-पीछे पाल्यों का जाल लिए चल रही थी—"

"वो घर का, रोजदारी काम हुआ—मगर ये तो—"

'एक प्रकार की कुलीगिरी हुई,' को सूबेदार ने अपने भीतर ही अंतर्धान कर लिया।

"आज बात करने में तुम 'माई डियर, माई डियर !' नहीं कर रहे हो—इतना उदास पड़ जाना भी क्या ठहरा—"

अब सूबेदार कैसे बताएँ कि अग्निपर्व बीत गया, राख रह गई। यहाँ से वहाँ तक, एक बुझा-बुझापन-सा व्याप्त हुआ पड़ा है।

"इज्जत तो भीतर की भावना हुई। हम निगोड़ी तुम-तुम ही तुमड़ाती रहीं जिंदगी-भर। तुमसे 'आप-आप' से नीचे नहीं उतरा गया। दुर्गा सासू कह रही थी, घरवाली को प्रतिष्ठा देना कोई इसके सूबेदार से सीखे। तुम जब वहाँ रात-दिन हम लोगों की चिंता में घुलते रहने वाले हुए, तब कुछ नहीं—एक दिन को तुम्हारा बोझ हमारे सिर पर आ गया, तो क्या पर्वत आ गया ठहरा ? सिर के ताज तो आखिर तुम ही हुए—"

सूबेदार को लगा कि सूबेदारनी का बोलना फिर कानों तक आते चला गया और सूबेदार को लगा, जैसे कलम से शरीर पर लिखे दे रही है कि अगली छुट्टियों में क्या-क्या लेते आना है।

फिर स्मृति में स्पर्श उभरते ही गए कि गाँव पहुँचने के दिन एक-एक वस्तु को कैसे हजार

आँखों से देखती-सी मुग्ध होती जाती थीं सूबेदारनी । सिंथाल की बट्टी को जब इन्होंने सूँघा, तब उससे सुगंध फूटनी शुरू हुई थी । लोभ नहीं है, लाए हुए को सार्थक कर देना है । इस वक्त 'यह मत भूलना, वह जरूर लेते आना' की सारी रट, सिर्फ सूबेदार की उत्साह और गरिमा बढ़ा देने के लिए है ।

गाँव से शहर तक की इस सड़क पर, यह कोई पहली बार का चलना तो नहीं । इन्हीं छुट्टियों में दो बार आ चुके हैं । एक बार शहर घूमा, कुछ खरीदारी की, मैटिनी शो देखा, वापस लौट गए । दूसरी बार, मेला घूमे, नाइट-शो देखा और हिमालया होटल में ही ठहर गए—हाँ, प्रसंग बदल गया है, तो सड़क भी पाँव थामे ले रही है ।

पिथौरागढ़-झूलाधार वाली मुख्य सड़क अब थोड़े ही फासले पर है । इस गाँव वाली सड़क के दोनों ओर पत्थरों की चिनाई हुई है । समतल नहीं, ऊबड़-खाबड़ है । बूटों की आवाज कानों को स्पर्श करती मालूम पड़ती है । नजर नीचे चली जाए, तो खेतों में घास बीनती औरतें या इनारे-किनारे की भूमि पर चरते पशु दिखाई पड़ जाते हैं । ऊपर आसमान की तरफ देखो, ये ही सब पक्षी बनकर उड़ते-से जान पड़ते हैं । जहाँ तक यह गाँव वाली कच्ची सड़क जाती है, सब एक है । पक्की डामरवाली सड़क आते ही, पृथक् हो गए होने का आभास होता है ।

दूर खड़ा भराड़ी का जंगल 'याद रखना, भूलना मत' पुकारता-सा आगे को आ रहा है और प्रकृति सूबेदारनी की ही भाँति घाघरा फैलाए बैठी मालूम पड़ती है । मुसन्यौले ज्यादा लंबे नहीं उड़ते, सिर्फ एक से दूसरी झाड़ी तक फुदकते हैं और चीं-चीं-चीं मचाए रहते हैं । याद आता है कि इस बार कन्या की कामना इतनी क्यों रही होगी, तो वहाँ अंबाला छावनी में साथ के एक फौजी अधिकारी के यहाँ आँखों में छा गई छोटी-सी बच्ची की आकृति स्मृति में उभरती आती है । याद आता है उसका 'अंकल-अंकल' कहना और कंधे पर चढ़ने की जिद करना । और यह कि बाबू की वृद्धावस्था और घर के वीरान पड़ जाने के डर में परिवार को साथ रखने का अवसर नहीं ।

कल यों ही पूछ लिया कि सूबेदारनी साथ चलोगी ? जवाब क्या आया कि किस बार नहीं चली हैं । जब छाय न रहे, तब समझो कि साथ नहीं हैं । और इस वक्त साथ चल रही हैं, तो छाया से ज्यादा कहाँ हैं ।

प्रकृति की ही भाँति, सूबेदारनी भी तो ज्यों-ज्यों ओझल, त्यों-त्यों और प्रत्यक्ष होती जाती हैं । हर बार यही होता आया है । बस में बैठते ही स्मृतियाँ पक्षियों के झुंडों की तरह उदित हो जाती हैं भीतर । कौन दिन कौन क्षण कैसा बीता सूबेदारनी के साथ, जंगल में की हवा की तरह बजने लगता है भीतर । यहाँ से कैंप पहुँचने तक नदी की यात्रा है ।

अचानक रुकीं और 'दो मिनट ठहरना'—कहते-कहते, सूबेदारनी ने सिर पर का सामान दीवार पर रखवा देने का इंगित किया । सूबेदार को लगा, चढ़ाई चढ़ते थक गई हैं । सामान ठीक से रखाते, कुछ कहने को हुए कि संकोच और शरारत में मुस्कुराती सूबेदारनी तेजी से नीचे खेतों

की दिशा में उतर गईं। जब तक में वो लौटीं, नैना सूबेदार को अचानक ही भराड़ी के जंगल में की वह जलधारा स्मरण हो आई, जिसे उद्गम में देखते, उन्होंने सूबेदारनी से मजाक किया था—यह नहीं शरमाती।...सूबेदारनी क्या बोलीं—धरती तो माता हुई। उसे सभी समान हुए।

शादी के बाद का एक बरसों लंबा सिलसिला है, जो सूबेदारनी को सयानी करता चला। आने के साल से अब तक में क्या से क्या हैं। भराड़ी के जंगल में से प्रकट हुई पतली-सी जलधारा, दूर तक क्या जाइए, नीचे घाटी तक में पनचक्की के पाट घुमाती नदी हो गई है। जाने कितने स्रोतों से जल इकट्ठा होता गया।

रोकते-रोकते भी, फिर सामान उठा लिया। चल पड़ने से पहले, बोलीं, "आप जाने लगते हो, तो जाने क्या होता है। भीतर-भीतर ठंड-सी मालूम पड़ती है। इस बार तो दूर तक का साथ हुआ—पिछली बार आँगन में ही खड़ी थी। आप आँखों से ओझल हुए कि—तब भी—"

जब तक में नैना सूबेदार कुछ कहने की कोशिश करें, वो चल पड़ीं। दो कदम पीछे चलते, साफ-साफ दिखती हैं। सिर पर के बोझ और असमतल रास्ते के कारण, कमर दाएँ-बाएँ लचकती है, तो सुनहली-सा गोरा रंग नजर थाम लेता है। पिंडलियों पर से घाघरे का पाट उठता है, तो मछली के पानी में करवट मारते होने की-सी झिलमिल। जाते समय सूबेदारनी, हर बार ऐसी हो आती हैं कि नदी का छूटना है। सफर करते में घंटों बाद कहीं कोई नहीं आता है रास्ते में, तो कैसे उसकी आब ऊपर तक आती मालूम पड़ती है। यह आद्रा कभी नहीं छूटती। बाहर ओझल होते ही, भीतर बहने लगती है।

बिलकुल चुपके आस्तीन से आँखें पोंछीं, तो भी कुछ आवाज़-सी आती सुनाई पड़ी। नैना सूबेदार ने जर्सी की जेब में से निकाल कर, चश्मा लगा लिया। सूबेदारनी चली जा रही थीं। उनका तेज चलना हाथ में बँधी घड़ी पर वजन डालता मालूम पड़ रहा था। दोनों हाथ ऊपर को उठाए चल रही हैं, तो औरत होना अपनी भाषा बोलता-सा सुनाई पड़ता है। नदी में नहाकर, किनारे जाइए, कपड़े बदलिए, वापस लौट चलिए। थोड़ा स्मृति पर जोर देने की कोशिश करिए कि नदी के बहते होने की आवाज—खास तौर पर पहाड़ में—कितनी दूर-दूर तक साथ आती है।

•

मुख्य सड़क तक पहुँचने से पहले ही, कुछ कुली कंधे पर रस्से डाले शहर की तरफ जाते दिख गए, तो सूबेदार ने जोरों से पुकार लिया। वो ठिठके, तो आने का संकेत किया। तब तक में सूबेदारनी ने सिर पर से सामान उतार, दीवाल पर रख दिया।

एक-एक रुपए के नोटों की एक नई गड्डी जर्सी से निकालकर, सूबेदारनी के हाथों में थमाई नैना सूबेदार ने। कहा कुछ नहीं। हाथों को कुछ क्षण यों ही थामे रहे। सूबेदारनी ही हँस पड़ीं, "इतनी ज्यादा रकम दे रहे हो मजदूरी में—अगली बार भी हम ही लाएँगी साहब का सामान—"

सूबेदारनी हँस रही थीं। हाथों को अलग करना कठिन हो गया। बेल लिपटी जान पड़ती है। एकाएक भराड़ी के जंगल में न्यौली गाते समय का परिदृश्य छा गया। भीतर कोई फूट-सा

पड़ा—छोड़ो यार, सूबेदार ! सारा बोरा-बिस्तर भूल जाओ यहीं सड़क पर । यों ही हाथ फँसाए, सूबेदारनी को ले उड़ो । खेत, घाटी, जंगल, नदी—सबको उलाँघते चले जाओ । जब थक जाओ, सूबेदारनी की गोद में सिर रखे, आँचल ऊपर उठा दो और पड़े रहो ।

इस हिमशिखर के पार का झरना साफ दिखाई देता है । झाँको तो खुद के प्रतिबिंब झलकते हैं ।

कुली ने सामान लाद लिया, तो सूबेदारनी ने पाँवों को स्पर्श किया और सिर तक समा गईं । उनकी उँगलियों की छुअन, बूटों तक के भीतर ही नहीं, पूरे स्मृति-जगत में व्याप्त हो गई । कुछ समझ नहीं पाए कि पाँवों पर झुकी सूबेदारनी को 'जीती रहो, जागती रहो' कैसे कहें । सूबेदारनी अब विदा लेने को खड़ी हुईं, तो पिठाँ-अक्षत जैसे एकाएक प्रकट हुए हों माथे पर । जाने कितनी गहरी रेखाएँ उभर आईं, आँखों के बीच की जगह अंतर्धान हो गई । दोनों, ऊपर तक डबडबा उठी थीं अब । नैना सूबेदार को लगा, पक्षी योनि से पहले इस झील का पार कठिन है, सूबेदार को हुआ, पंख होते हुए तो एक ही उड़ान में बोझिल हो जाते ।

ऊपर पक्की सड़क तक पहुँचते में सूबेदार मुड़े नहीं । गाँव की कच्ची सड़क का मुहाना मुख्य सड़क में समा गया, तब पलट कर देखा ।

सूबेदारनी इसी ओर टकटकी लगाए खड़ी थीं । ओझल होते, तो उन्हें ही देखना है ।

चील

अब सुबह हो चुकी थी और वह बाजार की ओर बढ़ रहा था, लेकिन कल रात का हादसा उसके अस्तित्व पर से अभी उतरा नहीं था।

उसकी उम्र लगभग बारह-तेरह वर्ष होगी। अपनी स्मृति पर जोर देने की कोशिश करता है, तो लगभग सात-आठ वर्ष पहले मर चुकी दादी और तीन वर्ष पहले मरे हुए पिता की आकृतियाँ अंधड़ में उठते धूल के गुब्बारों की तरह अपने भीतर ही गड्डु-मड्डु होती अनुभव होती हैं। उसके लिए इन दोनों का मरना आँखों के सामने दिखते के एकाएक अदृश्य हो जाने के समान विस्मयकारी है। और अफसोसनाक।

उसका बाप, अक्सर, देसी के नशे में लड़खड़ाता हुआ घर लौटता था और गंदी-गंदी गालियाँ बकता हुआ खटोले पर लुढ़क जाता था। उसकी दादी पंखा झलकर मक्खियाँ हटाती हुई, नजदीक जाती थी और धोती के छोर से अपने बेटे के नशे में खिंचे हुए-से बदसूरत ओठों में लगी गंदगी को पोंछ देती थी। यहाँ 'अपने बेटे के नजदीक' कहने की वजह यह कि उस बुढ़िया के समूचे अस्तित्व में वृंदावन को शराब में धुत्त देखकर एक जो लय-सी कायम हो जाती थी, उसे न तो बुढ़ापे की और न गरीबी की दोहरी मार कहा जा सकता था, न ही उसमें वैसी लय इस पृथ्वी पर के किसी दूसरे के लिए कायम हो सकती थी। यहाँ तक कि खुद खिलावन के लिए भी नहीं, क्योंकि बाप की तुलना में वह भी नंबर दो पर था।

खिलावन को बिलकुल ठीक-ठीक याद है कि उसके बाप वृंदावन के लगभग हमेशा के लिए खटोले पर पसर चुके होने का-सा सन्नाटा कायम हो जाने पर, बुढ़िया चुपके से उसकी जेबें टटोलती थी और यदि कुछ पैसे हुए, तो उन्हें कमर में खोंसती, बिस्कुट या मीठी गोलियों की पुड़िया निकालकर, उसे, यानी खिलावन को कच्चे घर के आखिरी कोने की तरफ खींच ले जाती थी। खिलावन को याद है कि कितने भी नशे में उसका बाप उसके लिए कुछ-न-कुछ लाना भूलता नहीं था। उसकी जेब में मीठी गोलियों, बिस्कुट या केले या कुछ भी न होना ही उसका नशे में भी न होना हुआ करता था।

इन बातों के अलावा, पिता की सिर्फ इतनी-सी याद और है खिलावन को कि कुछ दिन वह उसे म्युनिसिपल प्राइमरी स्कूल के बच्चों और अध्यापकों के बीच भी छोड़ता रहा था, जहाँ से वह अपनी काली तख्ती लिए चुपचाप भाग जाता था। अक्सर रोता हुआ। लेकिन यह सिलसिला ज्यादा दूर तक गया नहीं, स्वर-व्यंजन, बाराखड़ी की त्रिवेणी को पार कर लेने से पहले ही उसका बाप मर गया और स्कूल छूट गया। दादी बाप से पहले मरी थी और मरी से ज्यादा, सोई हुई-सी

दिखती थी । डर नहीं लगा था । लेकिन बाप मरा, तो उसका खुला मुँह, आगे के तीन दाँतों के टूटे होने से, बहुत डरावना लगा था और काफी दिनों तक वह इस दहशत से उबर नहीं पाया कि उसका बाप किसी रात के घुप्प अँधेरे में फिर आएगा और उसकी माँ के ऊपर लेटकर, ठीक उसी मुद्रा में फिर मर जाएगा । आँखों की पुतलियाँ बाहर को गिरती हुई-सी, चेहरे पर की त्वचा खिंची हुई और निहायत विकृत ढंग से उघड़ा हुआ मुँह और नंगी टाँगें ।

तब तक वह उम्र के उस दौर में था, जहाँ सिर्फ कौतूहल ही संभव हो सकता था । पिटने पर यंत्रणा और बाजार ले जाए जाने पर खुशी हो सकती थी । अपने हमउम्र बच्चों के बीच तरह-तरह के खेल खेलने और गंदी गलियाँ बकने की दीक्षा उसे बहुत अच्छी मिल गई थी । बाप जिस तरह माँ से झगड़ता, उसे कभी-कभी पीटता और आखिर उसे अपने खटोले में खींचकर, नशे में लड़खड़ाती, लेकिन शराब की गमक से बुलंद आवाज में न जाने कितना तरह के डायलॉग मारता था । अपनी बुढ़िया माँ के साथ बैठकर भी वह प्रायः तरह-तरह की हरकतें करता रहता था । कभी उसके सिर के जूँ बीनने लगता था और इसी में प्रायः खुद बुढ़िया पर लुढ़क पड़ता था और कभी उसका सिर अपनी, कभी अपना सिर बुढ़िया की गोद में रख देता था । एक बार उसकी माँ ने बिरादरी की औरतों में कहा था कि वृंदावन दस साल की उम्र तक अम्मा का दूध पीता था—और हँस पड़ी थी, मगर वह सब कुछ उसके लिए सिर्फ कौतूहल का ही विषय था । उसे खाना और कपड़ा कहाँ से मिलता है, इस बात में उसे कोई दिलचस्पी नहीं रही थी । सिर्फ एक निहायत अमूर्त्त किस्म का आतंक-सा कहीं जरूर था, जिसे पहले वह पिता के जीवित होने के कारण और बाद में उसकी मृत्यु हो जाने की वजह से महसूस करता रहा ।

उसका पिता पहले रिक्शा चलाया करता था, बाद में अपने खोखल पड़ चुके शरीर के कारण असमर्थ हो गया और सेंट्रल-पब्लिशर्स में चपरासी की नौकरी पकड़ ली थी । वहाँ वह अक्सर कुछ किताबें चुराकर रद्दी के भाव बेचने लगा था, इसलिए निकाल दिया गया । कुछ महीने बाद ही उसकी मृत्यु हो गई । जीविका-विहीन जिंदगी और मृत्यु के बीच के इस अंतराल में उसके बाप का चेहरा डरावनेपन की हद तक कारुणिक होता चला गया था । और वह अकसर उसकी माँ, यानी अपनी घरवाली, सतनरायनी के पाँव पकड़कर वीभत्स स्वर में रोने लगता था ।

पिता की इन स्मृतियों के अलावा, एक और है । कर्नलगंज में रशीद मियाँ की गोश्त की दूकान से एक बार उसके पिता ने आधा किलो गोश्त खरीदा था और अपने गंदे-से रूमाल में बाँधकर उसके हाथ में थमा दिया था कि घर ले जाए और खुद बाजार की तरफ निकल गया था, देशी शराब की बोतल का जुगाड़ लगाने । रात के अँधेरे में जब वह वापस लौटा था, तो नशे में चूर था । उसकी माँ ने जस्ते की थाली में खाना परोसकर सामने रखा, तो वह गोश्त की जगह आलू की तरकारी देखकर, बौखला उठा था । कुछ देर गोश्त के टुकड़े टोहने के बाद उसने सारे आलू मुट्ठी में भींचकर मसल डाले थे । और जब उसकी माँ ने बताया था, कि गोश्त बनने की

जगह आलू की तरकारी क्यों बनी है, तो उसने खिलावन को 'तनिक इधर आव' कहते हुए, दो अँगुलियाँ हिलाते हुए पास बुलाया था और उसकी कनपटी पर झापड़ जड़ा था। तक उसे दुबारा याद आया था कि जब वह गोश्त लेकर लौट रहा था, तो बस्ती में घुसते ही उसे अपने सिर पर तेज अंधड़ का-सा झोंका महसूस हुआ था और यह समझ पाने में उसे वक्त लग गया था कि चील रूमाल में बँधा गोश्त लेकर उड़ चुकी है। थोड़े-से फासले पर चील से एक बार वह रूमाल गिर गया था, लेकिन जब तक वह अपनी दहशत से उबर पाता, चील दुबारा रूमाल उठा ले गई थी। सिर्फ कुछ बोटियाँ मिट्टी में पड़ी रह गई थीं, जिन पर पास ही लेटा हुआ कुत्ता टूट पड़ा था। तब खिलावन मुश्किल से तो दस साल का रहा होगा।

जिस दिन उसके पिता की मृत्यु हुई थी, उसके विकृत और डरावने चेहरे को देखते हुए उसे फिर एकाएक वह गोश्त वाली घटना याद हो आई थी। उसके मरने पर, माँ का चीखना अदृश्य सलाखों की तरह उसके कानों में धँसता रहा था और वह घर के बाहर निकलकर सड़क पर गिरे बीड़ी के ठूँठ पीता हुआ, भारद्वाज आश्रम की तरफ निकल गया था। करीब दो-तीन घंटे बाद उसके पिता की अर्थी उसी रास्ते से गई थी और कौतूहल में उचक-उचक कर देखने वाले बच्चों में वह खुद भी शामिल हो गया था।

अपनी बस्ती से निकलकर, रामचंदर हलवाई की दुकान तक पहुँचते-पहुँचते उसे अपना अतीत याद आता रहा और उसकी आँखें जमीन पर रेंगती रहीं। बीड़ी-सिगरेट के ठूँठ ही नहीं, कभी-कभार पैसे भी मिल जाते हैं, हालाँकि हफ्तों-महीनों में कभी एकाध बार ही ऐसा संभव होता है, लेकिन संभव होता है। एक बार तो उसे अठन्नी मिल गई थी, जिसमें से चालीस पैसे की सौ ग्राम जलेबी वह एक साथ खा गया था। यह पिछले वर्ष की बात है। इसके बाद वैसी तृप्ति फिर कभी मिली नहीं। उसे अब भी ठीक-ठीक याद है, जलेबी के दोने को एकांत में वह वैसी ही सर्तकता के साथ ले गया था, जैसे कोई आवारा कुत्ता हड्डी को ले जाता है। और तब यह भी ध्यान में आया था कि बाकी बचे दस पैसे की दही छुड़वा लेनी थी जलेबी के दोने में ही।

जाने क्यों है कि बहुत प्रारंभ से ही उसका चित्त खाने-पीने की चीजों पर ज्यादा रहा है, कपड़ों पर नहीं। नए कपड़े पहनने के अवसर उसे कुछ याद नहीं, लेकिन हलवा-पूड़ी या मीट-मछली खाने के संयोग जैसे उसकी स्मृति में खुदे पड़े हैं। उसकी कमीज का कालर फटकर पीठ की तरफ लटक गया है और माँ अब कितनी असमर्थ हो चुकी है, इस बात का अहसास उसे इधर तेजी से अनुभव होने लगा है। पहले चीजों के प्रति इतनी उदास वह दिखती न थी। कल रात ठीक उसके कच्चे घर के सामने शराबी और उचक्के किस्म के लोगों में झगड़ा हो गया था और उसका अंत अत्यंत भयावह हुआ था। जिसको छुरा भोंक दिया था, वह मरे हुए ढोर की तरह उलटा पड़ा था और उसकी अंतड़ियाँ मिट्टी में सन गई थीं। जहाँ वह गिरा था, खून के थक्के-से जम गए थे। अँधेरा उसके घर के बाहर तालाब में पड़ी भैंसों की तरह पसरा रहता है, लेकिन जहाँ कत्ल हुआ, वहाँ लैंप-पोस्ट की रोशनी थी। माँ उसकी सख्त बीमार है, नहीं तो शायद, वह भी बाहर जरूर निकलती और कौतूहल के बाद दहशत में धँसते हुए उसके कंधों पर धीमे से हाथ रखती हुई, तेजी

से घर वापस चली आती और बड़ी देर तक चुपचाप उसके सिर पर हाथ फेरती रहती ।

माँ को लेकर वह अपने भीतर एक तरलता-सी अनुभव करता है । वह रोती नहीं है, लेकिन अपने संपूर्ण अस्तित्व में उसे यह तरलता पसीने की तरह पसीजती महसूस होती है ।

अब वह सड़क पर था और उसकी आँखें रामचन्दर हलवाई के कारीगर के जलेबी बनाते हाथ के इर्द-गिर्द चक्कर काटने लगी थीं और भूख इतनी तीखी हो चुकी थी कि वह बदहवासी अनुभव कर रहा था । अपनी इस तरह की बदहवासी से रामखिलावन को डर लगता है । ऐसे में अक्सर उसे—चोरी सूझती है और इसी में वह कई बार बुरी तरह पिट भी चुका है ।

इस बार खाट पकड़ लेने से पहले तक उसकी माँ कई घरों में बर्तन माँजने और झाड़ू लगाने की नौकरी करती रही थी । कभी-कभार उसे भी साथ ले जाती वह । मौका ताड़कर घर के बच्चों की रंगीन किताबें पलटने लगता और अपनी पूर्व-स्मृति से काम लेता, जोर से पढ़ता—लौ-औ-ट-पौ-औ-ट—तो वह कैसे चौंककर देखती थी ? खिलावन का यह अक्षरज्ञान उसमें एक आलोक उत्पन्न करता मालूम पड़ता था ।

फटे-पुराने कपड़ों के अलावा, बचा-खुचा खाना और त्योहारों पर कभी पूरी-मिठाई । लगभग डेढ़ महीने से माँ काम पर नहीं जा पाई है, ए०जी० आफिस वाले शुक्ला साहब के यहाँ । अकेले गया था वह । किसी बड़ी चीज के लिए गुंजाइश नहीं रहती । दरवाजे से बाहर निकलते वक्त शुक्लाइन उसके पूरे जिस्म पर अपनी भैंगी आँखों को उँगलियों की तरह फिराती रहती हैं । बरतन धोते में सिर्फ दो छोटी चम्मचें उसने जाँघिये की जेब में डाल ली थीं, हालाँकि खुद उसके दिमाग में ही कुछ तय नहीं था कि उनका वह क्या उपयोग कर पाएगा । जाने की उतावली में वह 'बहूजी, हम जाइत हैं', की आवाज लगाने के साथ-साथ, तेजी से दरवाजे तक पहुँच गया था । तभी शुक्लाइन का चटख लाल चूड़ियों से भरा पंजा उसके जाँघिये की जेब पर पड़ा था और बदहवासी में उसके मुँह से चीख निकल गई थी ।

रामचन्दर हलवाई की भट्टी पर कड़ाही चढ़ी हुई है और जलेबी बनाने वाले कारीगर का हाथ गोल-गोल चक्कर काट रहा है । वह लयबद्धता में अपने सिर को हिलाता है और उसकी लंबी-सी चुटिया भी वृत्ताकार नाच रही है । छन्ने में से निकलती मैदे की लड़ी किसी अलौकिक-सी कला के स्पर्श से तेल की सतह पर वृत्ताकार घूम जाती है । अब, जबकि वह तली हुई जलेबियों को चाशनी में डुबो रहा है, खिलावन को लग रहा है कि उसकी जीभ इतनी चिपचिपी हो चुकी है कि लार बहने लगेगी । वह तेजी से कई बार थूक गटकता है और जोरों से एक सुट्टा खींचता है⋯

अपनी इस कम उम्र में सीखा हुआ एक विशेष शब्द वह जलेबी उतारते कारीगर की तरफ थूक की तरह उछालता है और उसे याद आता है कि शुक्ला साहब ने भी चम्मचों से उसके जाँघिए

को कोंचते हुए इसी किस्म की गाली दी थी। सुनते ही उनकी बेटी पद्मा दरवाजे पर से भीतर को चली गई थी और शुक्लाइन ने झिड़कते हुए कहा था– 'इन कमीने लोगों की खातिर तुम बच्चों के सामने गालियाँ मत बका करो। तुम्हारी आदत दिन-पर-दिन गंदी होती जा रही है'।—और पति-पत्नी के इस उलझने में से ही उसने अपना मौका ताड़ा था और अपने हाथों को डैनों की तरह फैलाता, चार-पाँच सीढ़ियाँ एक साथ कूद गया था। काफी दूर-दूर तक दौड़ते ही चले जाने में वह हाँफता-हाँफता बेदम हो गया था और 'चोर-चोर' की आवाजें जैसे उसके भीतर से निकल-निकलकर बाहर के वातावरण में फैलती चली गई थीं। छोटी-छोटी, भयाक्रांत चिड़ियों की तरह।

ऐसे अवसरों पर जबकि वह संयोग से साफ बच निकला होता है—अकसर ही अपने अतीत की स्मृतियों में खो जाता है। बाजार में निरुद्देश्य एक सिरे से दूसरे सिरे तक घूमता रहता है और बीड़ी या सिगरेट के अधजले ठूँठों को पीते, आर-से-पार तक भटकते हुए उसे अपनी दयनीयता घिनौनेपन की हद तक महसूस होती है। ऐसे तमाम अवसरों पर खिलावन को बाप याद आता है और गालियाँ भी।

रामो जमादारन सुबह-सुबह बस्ती के गंदे नालों को जिस तरह साफ करती है, बू से उसकी नाक भर जाती है। माँ की बीमारी के बाद से लगभग भुखमरी और लावारिसी के बीच का जिंदा रहना उसके अस्तित्व पर मक्खियों की तरह भिनभिनाने लगा है और वह अपने को चारों तरफ से गंद में घिरा पाता है। रात जब वह सोता है, तो जूँएँ खोपड़ी पर की त्वचा के कहीं भीतर से उदित होती-सी चलना शुरू कर देती हैं और अगर खुजलाते-खुजलाते वह एकाएक झुँझलाकर रो पड़ता है, तो समझना कठिन कि जूँओं के कारण रोया या किसी और वजह से।

उसकी माँ सतनरायनी—टाट और बुरादे में लपेटी हुई बर्फ की सिल्ली की तरह, धीरे-धीरे गलती आई हुई एक औरत ! जो कि ऐसे में तुरत उसके सिर पर हाथ ले जाती है—वह उसके बारे में सोचने की कोशिशें करता है, तो दारू के नशे से चूर पिता याद आने लगते हैं और एक-एक कर मर जाने वाले छै-सात छोटे-छोटे बच्चे पिल्लों की तरह जनती वह औरत—सतनरायनी ! शुक्र है, रामखिलावन के अलावा उनमें से कोई भी जीवित नहीं रहा।

सुभाष जनरल स्टोर्स के सामने पहुँचकर वह फिर खड़ा हो गया। काँच के मर्तबानों में भरे बिस्कुट और टॉफियों को घूरते हुए जैसी हलचल वह महसूस कर रहा है, अगर कहीं किसी ने देख लिया, तो तुरंत समझ जाएगा कि चोरी करने की आदतें उसके भीतर किसी सड़े फल में पड़े रहने वाले कीड़ों की तरह भरी हुई हैं। ये कीड़े जब कुलबुलाने लगते हैं, तो वह बदहवास होने लगता है और अपने आपको बर्दाश्त नहीं कर पाता। ऐसे में अक्सर उसे बहुत तेज पेशाब लगती है और उसे महसूस होता है कि इसके अतिरिक्त वह कुछ नहीं कर सकता। तब बड़ी देर तक वह पेशाब करने में जुटा रहता है और छोटे-छोटे लड़के-लड़कियों को अपनी ओर देखते पाकर, वह बंदरों की भाँति तरह-तरह की हरकतें करने लगता है और जब तक में लड़के उसे घेरें, वह किसी भी एक दिशा में, जहाँ भी उसे रास्ता दूर तक जाता दिखाई पड़े, इतनी तेज दौड़ लगाता है कि खुद ही समझ नहीं पाता कि कहाँ तक निकल आया है।

समय के इस थोड़े-से अंतराल में ही रामखिलावन बाजार के कई चक्कर काट चुका था। भूख उसकी आँखों में रतौंधी की तरह खुजलाहट उत्पन्न करने लगी थी और हलवाइयों, चाट तथा बिस्कुट-टॉफी वालों की दुकानों को अपनी आँखों से चाटते-चाटते वह थक चुका था।

शायद, उसकी माँ उसे कहीं बर्तन माँजने को कहती, लेकिन शुक्लाइन उन दोनों चम्मचों को लेकर, सतनराइनी के पास परसों ही पहुँच गई थी। उसकी बीमार माँ बार-बार रोती और माफी माँगती रही थी और जिंदगी में पहली बार उस औरत ने खिलावन को बहुत बुरी तरह गालियाँ बकीं थीं, जिनमें से एक वह भी थी, जिसको वह अपने अस्तित्व से चिपका हुआ-सा पाता है।

शुक्लाइन के वापस जाते ही, उसने अपनी संपूर्ण आक्रामकता में यह प्रश्न माँ की ओर उछाला था—'तो हम का करी! भुक्खे मर जाई ?'

'मर जाव। मर नहीं सको तो'—

माँ के मुँह से उतनी भद्दी गाली सुनकर, उसे लगा था, शायद, उसे फिर बिस्तर पर ही कै या दस्त हो गई होगी। जिस तरह अपना मुँह ढाँप-ढाँपकर, उसकी माँ सतनराइनी ईश्वर को भी ठीक वैसी ही गालियाँ देती चली गई थी और उसके बाप को भी—वह कहना चाहता था—कि 'तब तुम्हीं क्यों नहीं मर जाती हो ?' लेकिन भागकर वह आश्रम की तरफ निकल आया था। यह बात उसने अपने साथ के छोकरों से सुन रखी थी कि आश्रम वाले बाबा जी छोकरों को अपने कमरे में बुलाते हैं और ढेर सारी मिठाई देते हैं। पैसे भी। वह कल कई बार आश्रम के आसपास चक्कर काटता रहा था और जब बाबाजी ने बहुत डाँटकर उसे भगा दिया, जब जाकर उसे अनुभव हुआ था कि वह भी अपने बाप की तरह बदसूरत और दरिद्र है और सिर के बाल इतने बढ़ चुके हैं, भुतहा लगता होगा।

रामखिलावन कल्पना करने की कोशिश करता है कि माँ को, शायद, पता चल गया होगा कि वह लगभग कल सुबह से ही भूखा है और घर के सामने के लैंपपोस्ट के नीचे हुए कत्ल की दहशत में भी खून के थचकों और मिट्टी में सनी पड़ी अंतड़ियों में उसे अपना प्रतिबिंब दिखाई देता रहा होगा और रात-भर वह माँ की उँगलियों के स्पर्श को तरसता रह गया होगा।

सिर्फ माँ पर ही भरोसा है। वह मान लेना चाहता है कि माँ मर भी जाएगी, तो भूतनी बनकर बस्ती में घूमेगी और रात के अँधेरे में चुपचाप उसके सिरहाने खाने को रख जाएगी।...यह माँ की ही स्मृति का प्रभाव था कि अब वह रो रहा था। उसके शरीर पर की त्वचा जैसे किसी मूक प्रार्थना की-सी लय में काँप रही थी। वह भूख की गहरी चपेट में भी अपने को कुछ ऐसा संकल्प करता-सा महसूस कर रहा था कि किसी तरह माँ अच्छी हो जाए, तो वह फिर से उसके साथ काम पर जाना शुरू कर देगा और चोरी नहीं करेगा। इससे अधिक उसे कुछ नहीं सूझ रहा था और रुलाई रोकने की कोशिश करते में, उसे हिचकियाँ आने लगी थीं।

इस वक्त वह रामचन्दर हलवाई की बगल वाली गली में खड़ा था और बाजार की तरफ जाते, वहाँ से भाँति-भाँति की चीजें हाथों में लिए घर वापस लौटते लोगों को वह अपनी पीठ पर पाँव रखकर गुजरता हुआ-सा अनुभव कर रहा था। परसों रात के बाद वह टट्टी नहीं गया है।

कल रात पेट में मरोड़ें-सी उठ रही थीं, लेकिन न वह माँ को उठा पाया और न उस कत्ल की दहशत ने उसे बाहर मैदान की तरफ ही निकलने दिया।

हो सकता है, माँ किसी तरह उठी हो या पड़ोस की कोई औरत उसके पास आई हो, तो उसने खिलावन के खाने-पीने के लिए कुछ माँगने की कोशिश की हो ? इससे पहले कई बार भरपेट भले ही न मिलता रहा हो, लेकिन कभी ऐसा नहीं हुआ कि वह लगातार दो दिन भूखा रह गया हो और माँ ने चिंता नहीं की हो। माँ इतनी क्रूर क्यों हो गई है ? कुछ ही दिन पहले की बात है कि वह बीमार माँ के पास बैठा था, तभी उसे बिस्तर पर ही कै हो गई थी। खिलावन माँ से बिलकुल नहीं घिनाता है। हाथ से ही कै पोंछने लगा था, तो माँ फूट-फूटकर रो पड़ी थी और यह कहते हुए उसके ओंठ काँप रहे थे कि— 'तू घबराना मत रे खिलावन ! तनिक खटिया पर से उठें, तो तेरी परवरिश तो, बेटवा, हम....'

पहले तो माँ इस तरह की गंदी बातें नहीं करती थी। वह इतनी घबरा क्यों गई है ? इस बार खिलावन उसके पास होता, तो क्या वह अंदाजा लगा लेती कि अगर रामचन्दर हलवाई के यहाँ से जलेबी चुराने का अवसर उसे मिल जाए, तो कुत्तों की तरह अकेले ही न खाकर, कुछ जलेबियाँ माँ के लिए भी जरूर बचा ले जाएगा ?

उसका मन हुआ, रामचन्दर हलवाई के यहाँ जाकर बर्तन माँजने की नौकरी माँग ले।

अभी धूप नहीं चढ़ी है। जिस वक्त वह बाहर निकला था, माँ गहरी नींद में थी। कहीं कुछ मिल जाए, तो उसे जल्दी घर लौट जाना चाहिए।

काफी देर तक वह रामचन्दर हलवाई की दुकान के आगे-आगे खड़ा रहा। इस प्रतीक्षा में कि शायद, वह खुद पुकार ले कि 'क्यों बे लौंडे, यहाँ क्यों खड़ा है ? कोई मजूरी करेगा क्या ?' लेकिन धीरे-धीरे उसने रामचन्दर हलवाई से प्राप्त हो सकने वाले संभावित उत्तर को खोजी कुत्तों की तरह अपने भीतर सूँघ लिया और पीछे हट गया।

अब उसे घर लौट जाना चाहिए। माँ जाने किस हालत में होगी और कितने इंतजार में। वह जब बहुत देर बाद घर पहुँचता है, तो उसकी माँ में कैसे एक प्रकंपन-सा होता है—जैसे बुझते दिये में तेल पड़ा हो।

बस्ती वाली गली में वह मुड़ने को ही था कि सामने सब्जी मंडी वाले चौराहे की तरफ से ढोलक-मजीरों का शोर उठता हुआ सुनाई दे गया और उसने एक क्षण में अनुभव कर लिया कि कोई मुर्दा आ रहा है। निमिष-मात्र में उसकी कल्पना में उन सारे अवसरों के दृश्य घूम गए, जब अर्थी के पीछे बिखेरे गए पैसों को लूटने की होड़ में वह भी शामिल हो जाता था। कितनी उत्तेजना उस समय भर जाती थी और सिक्का मिलते ही कैसी प्रफुल्लता आँखों में चमकने लगती थी ! एक-दूसरे से ज्यादा पैसे छीनने की कोशिशों में आपस में गाली-गलौज हो जाती और कभी-कभी मार-पीट भी।

उसने दोनों हाथों से अपने सिर को जोरों से खुजलाया और तेजी से चौराहे की तरफ दौड़

गया। सामने वाले बड़े चौराहे पर ही अक्सर पैसे बिखेरे जाते हैं। आनंद भवन इसके ठीक सामने पड़ता है।

'हे भगवान्, कोई बड़ा मुर्दा आया हो !'—वह ईश्वर से प्रार्थना शब्दों में नहीं कर पाता है। सिर्फ पूरे शरीर में एक रोमांचकता-सी उत्पन्न होती है और अपने चेहरे पर की त्वचा उसे छिपकली के गले की कोमल खाल की तरह काँपती महसूस होती है।

वह भूख को भूल गया था और दौड़ रहा था। लगभग आधे फर्लांग-भर का फ़ासला जैसे अपनी अनंतता में फैल गया था और उसे सपने में उड़ने की-सी चमत्कारिता की अनुभूति हो रही थी।

कब अर्थी कुछ क्षणों को चौराहे पर रुकी, कब पैसे बिखेरे गए और कब उसके साथ के छोकरों ने छलाँगें भरीं और कब दस-पाँच पैसे के दो-तीन सिक्कों पर झपट्टा मारा गया, उसे कुछ होश नहीं। उसे थोड़ा-सा होश तब आया, जब उसने देखा कि एक दस पैसे के सिक्के पर उसका हाथ और उसके पड़ोसी जमादार के बेटे कल्लन का पाँव साथ-साथ पड़ा है।

"मेरा है···"

"हट साले, मेरा है···"

"तेरा है, तेरी बहनियाँ···"

दस पैसे के सिक्के को मुट्ठी में दबोचे हुए, उसने देखा, इर्द-गिर्द कई छोकरे इकट्ठे हो गए हैं। कल्लन की तरफ उसने घूरकर देखा—उससे साल-डेढ़ साल छोटा ही होगा। यह जमीन पर से उठकर, तेजी के साथ भाग जाना चाहता था, लेकिन ज्यों ही वह उठा, कल्लन ने उसकी कमीज पकड़ ली—"ला, मेरा पैसा···"

उसने इतनी जोर से झटका मारा, कमीज फट गई और कल्लन गिरते-गिरते बचा। उसकी आँखों में रात का कत्ल वाला दृश्य उभर आया और उसने एकाएक ही पूरी ताकत से एक घूँसा कल्लन के पेट में जड़ दिया। कल्लन एक क्षण चीखने की-सी मुद्रा में खड़ा ही रह गया और फिर रोने लगा।

अचानक उसके भीतर यह डर उदित हुआ कि हो सकता है, इन तमाशबीन छोकरों में से दो-चार कल्लन की मदद पर उतर आएँ ! सिक्के उठाने की होड़ में उसकी कुहनियाँ छिल गई थीं और उन पर खून रिस आया था।

उसने एक क्षण में अपनी पूरी ताकत से भाग जाने की तैयारी कर ली थी कि तभी कल्लन चिल्लाया—"जा साले, ले जा। घर पर तेरी अम्माँ मरी पड़ी है। साले, तू भी तो बिखेरेगा पैसे अपनी अम्माँ की ल्हाश पर···?"

वहीं पर खड़ा ही रह गया है, या तेजी से भाग खड़ा हुआ है—रामखिलावन को कुछ साफ-साफ अनुभव नहीं हो पा रहा है। उसे लग रहा है, कोई चील तेजी से झपट्टा मारती हुई आई है और उसकी मुट्ठी में बंद गोश्त के टुकड़ों को अपने पंजों में दबोच ले गई है। उसे तो अब फिर सिर्फ इतना ही महसूस हो रहा है कि जाने कैसी दहशत और बदहवासी में वह अपने जाँघिये में ही पेशाब करता चला जा रहा है।

सुहागिन

सुवा रे, ओ सुवा !
बनखंडी रे सुवा !
हरियो तेरो गात,
पिंङ्लो तेरो ठूना—
बनखंडी रे, सुवा !

काँसे की थाली में कमलावती बोज्यू रोली-अक्षत भिगो रही थीं और पद्मावती अपनी डबडबाई आँखों से देख रही थी कि उसकी आँखों की पुतलियों में जो आत्मजल केवड़े के किश्तीनुमा पत्तों में अटकी ओस की बूँदों की तरह थरथरा रहा है, उसमें कमलावती बोज्यू का ही नहीं, आसपास के सारे वातावरण का पूरा-पूरा प्रतिबिंब उभर रहा है—बनखंडी रे, सुवा ! हरियो तेरो गात···

कमलावती बोज्यू बार-बार कदलीपत्रों की पालकी में बैठे वरदेवता श्री रामचंद्र को टुकुर-टुकुर देखती हैं और उनके आँसू, एकबारगी छलछलाकर काँसे की थाली में गिरते हैं और लगता है, रोली-अक्षत एकाकार हो जाते हैं !···और काँसे की थाली हौले से ऐसे छणछणा उठती है, जैसे बरसात की बूँदों से टीन की छत बजने लगती है—ओ सुवा, रे सुवा ! बनखंडी रे सुवा !

ओ सुवा रे सुवा !
बनखंडी रे···

पद्मावती ने एकाएक अपनी डबडबाई आँखों को सामने सुँयालघाटी की ओर उठा दिया—"हे राम, कभी-कभी बनखंडी शुकों की—हरियाली देह, पियराई चोंचों वाले शुकों की—पूरी पाँत-की-पाँत आँखों की पुतलियों को ढाँपती चली जाती है !

मगर एकदम छलछल भरी हुई आँखों के बावजूद आज पद्मावती को सारी सुँयालघाटी कुछ रीती-रीती ही लगी । बनखंडी शुकों की पाँत दीठ बाँधती, पुतलियाँ ढाँपती नहीं दिखाई दी । पद्मावती को लगा कि अरे, उसके आसपास तो उसकी शादी के शकुन-आखरों के शकुन चहचहा रहे हैं और हरियाये-पियराये बनखंडी शुकों को न्योत रहे हैं—बनखंडी रे···

और पाताल भुवनेश्वर की अछोर अंतर्गुहाओं-जैसे उसके कान गूँजते ही चले जा रहे हैं, शकुन-आँखर के शकुनों की चहचहाती अनुगूँजों से, और बनखंडी शुकों की पाँत-की-पाँत उसकी

आत्मा की अंतर्गुहाओं की सुँयालघाटी में उड़ती ही चली जा रही है··· उड़ती ही चली जा रही है···

बनखंडी, रे सुवा !
हरियो तेरो गात,
पिंङलो तेरो ठूना···

कमलावती बोज्यू की आँखों में उसके प्रति संवेदना के आँसू हैं और वह उनके एकदम सामने ही बैठी है, सो उनकी पुतलियाँ छलछलाती हैं; तो आँसू काँसे की थाली की ओर निकास पा जाते हैं। मगर पद्मावती की व्यथा ही उस आत्मस्या पद्मावती के प्रति है, जो कुँवारेपन के पैंतालीस साल बिता चुकने के बाद दुलहन की तरह सँवरी, लजाई बैठी है, तो कदली-पत्रों की पालकी में जो वरदेवता श्री रामचन्द्र बैठे हुए हैं, उनकी ताम्रवर्ण देह दीपकों के उजाले में कुछ ऐसी चमक उठती है कि पद्मावती को लगता है, सारे दीपक उसकी अंतर्गुहा में जल रहे हैं··· शकूना देही, राजा रामचन्द्र, अजुध्यावासी···

अंदर जो कुंठित कौमार्य को और ज्यादा बेधने वाले दीपक जल रहे हैं, इस प्रौढ़ावस्था में सिर्फ परलोक में तारण के लिए दुलहन बनने की विवशता के, उनकी झाँई को कहीं निकास ही नहीं मिल पा रहा है बाहर को। झाँई को निकास नहीं मिल पा रहा, तो लगता है, आत्मा की अंतरंग परतों में काजल बैठा जा रहा है।···हे राम, जिन सुहागिनों की गोद में छौने आते रहते हैं, वो कैसे छोटी-छोटी डिबिया में काजल समेटकर रखे रहती हैं ? घुटने पर बालक के सिर को हिलाती 'हूँ-हूँ' करती अँगुली की पोर से काजल आँजती हैं, तो बालक की आँखों की किनारियों में अँगुली के चक्र या शंख की छाप उतर आती है।

···मगर ताँबे का कलश, ताँबे का श्रीरामचन्द्र सुहागिनी बना सकता है, लेकिन··· लेकिन···

अंदर दुख उमड़ पड़ रहा था, मगर फिर भी पद्मावती को शरम लग गई कि छिच्छी, इतनी औरतों के सामने कितनी छिछोर बात सोचती हूँ मैं भी· !

पद्मावती के प्रति आँसू कहीं अपने से बाहर को निकास नहीं पाते हैं। कहीं अंतर्गुहा में बाल-संन्यासिनी की तरह अवसन्न बैठी पद्मावती क्षण-क्षण में अपना रूप बदलती रहती है···और बेर-बेर पुतलियाँ रहट के खोखों की तरह, बाहर को घूमने के बावजूद, अंदर की ओर छलछला जाती हैं और आँसू बूँद-बूँद अंतर्गुहा में जलते दीपकों की लौ पर गिरते हैं—

बनखंडी, रे सुवा !
ओ सुवा रे सुवा !

शकुन-आँखरों की गूँज सुनते ही पास-पड़ोस के विवाहों में पक्षी की तरह चहचहाती दौड़ती थी पद्मावती। वह उम्र बहुत पहले ही बीत चुकी, मगर इस चहचहाट की मर्मवेधी अनुगूँज आज तक शेष है। रंग एकदम साँवला, आँखें एकदम मिचमिची और देह सूखी हुई। दिखने में

पद्मावती अपनी तरुणाई में भी कुछ नहीं थी, मगर कंठ इतना सुरीला कि सात-सात शकुन आँखर गानेवाली बैठी हों, तो उसका सातवाँ सुर सबसे अलग ऐसा गूँजता था कि और गानेवालियों की आवाजें डूबने लगती थीं।

कमलावती बोज्यू तो तब भी यही कहती थीं कि 'लली, बहुत शकुन गाती हो तुम।...और इतनी मधुर मीठी आवाज में कि लगता है, तुम सिर्फ शकुन गाने के लिए ही जन्मी हो, सुनने के लिए नहीं !'

पद्मावती तब भी जानती थी, कमलावती बोज्यू के मुँह से उनकी अपनी आंतरिक व्यथा बोलती है। ब्राह्मण-कन्या तो पैसे वालों की भी बहुत परेशानियों के बाद ही ब्याही जाती है, वह तो एक दरिद्र परिवार की कन्या थी और कुरूपा। गोरे कपाल में तो काजल का टीका भी बहुत फबता है, मगर काले कपाल की रेखाएँ तो चंदन के तिलक से भी उजली नहीं हो पाती हैं। सोने-चाँदी के आसन पर तो शालिग्राम भी पूजा जाता है, मगर दान-दहेज से रीती उस सूखे काठ-जैसी काया को क़ौन देगा अपने घर में बहू का आसन ?

गरीब पुरोहित के घर में जन्म लिया था पद्मावती ने। एक सूखे काठ-जैसी साँवली काया पायी थी, मगर आत्मा उस देह की कठबाड़ के पार कभी बनखंडों में उन्मुक्त चहकती, चहचहाती रहती थी और कभी तिरस्कृता-सी बिलखती रहती थी। कठबाड़-जैसी काया को सभी देखते थे कठबाड़ के पार देखने वाली आँखें बहुत दुर्लभ थीं। एक जोड़ी आँखें बड़े भाई बुद्धिबल्लभ पुरोहित की, एक जोड़ी कमलावती बोज्यू की। भाई-भाभी अंतर्व्यथा से छलछलाती आँखों की ज्योति कठबाड़ के पार भी पहुँचती थी, मगर अक्सर कठबाड़ से ही टकराकर धुँधली पड़ जाती थी। अपनी गरीबी और बहन की कुँवारी काया के बोझ से दबे पुरोहित बुद्धिबल्लभ कभी-कभी बहुत खीझ भी उठते थे कि इस अभागिन के कारण तो मुझे भी नरक भोगना पड़ेगा ! जिस ब्राह्मण के घर में अंत तक कुँवारी बैठी बहन राख के अंदर के कोयले की तरह अपने दुखों में सुलगती रहे, उसका तारण तो चौंसठ तीरथों की परिक्रमा से भी नहीं हो सकता !

कमलावती बोज्यू अपने पाँच बच्चों की ओर देखती थीं, तो उन्हें भी पद्मावती खटकने लगती थी कि कहीं कभी कोई काना-रँडुवा ब्राह्मण मिल ही गया; तो बुद्धिबल्लभ घर की लटी-पटी धो-पोंछकर पद्मा के ही पीछे न लगा दें !

मगर उन्होंने ही तो कहा था कि पद्मा शकुन-आँखर गाने के लिए पैदा हुई है, सुनने को नहीं ! बरस-पर-बरस बीतते गए थे। तीस-पार पहुँचते-पहुँचते पद्मावती की आत्मा निराशा-कुंठा से बंजर होने लगी थी। मगर एक अनहोनी-जैसी यह जरूर घटने लगी थी कि भीतर के वीरान बनखंडों की तरह अवसाद और कुंठा के घने कोहरे में डूबते ही—पैंतीस तक पहुँचते-पहुँचते—पद्मावती की सूखी-साँवली देह भरती चली गई और सैंतीस बरसों की उम्र काट चुकने के बाद पद्मावती को पुरुषदीठ अटकाने का सुख तब मिला था, जब मोहल्ले के अपर स्कूल का हेडमास्टर गंगासिंह हँस पड़ा था कि 'बौराणज्यू, पुराना गुड़ और ज्यादा गुणकारी होता है, ऐसा सुना तो मैंने भी था, मगर आँखों से पहली बार देख रहा हूँ।' तब पद्मावती अपने भतीजों को स्कूल पहुँचाने जाती थी।

गंगासिंह हेडमास्टर बड़ी आसक्ति के साथ घूरता बातें करता है, इससे एक सार्थकता का बोध सुख अवश्य देता था, मगर आत्मा प्रताड़ित करने लगती थी कि कहीं सयानी उम्र का होते भी एकदम जवान छोकरों की तरह आँखें भुरभुराने वाला हेडमास्टर अपने अपर स्कूल की सरहद से बहुत आगे तक न बढ़ आए।···सो एक दिन पद्मावती के हाथ से भतीजे का हाथ पकड़ने के बहाने गंगासिंह हेडमास्टर ने उसका हाथ पकड़ने की कोशिश की तो 'हट साले खसिया !' कहकर पद्मा ने अपना हाथ छुड़ा लिया था और तब से उसके मुँह से पुराने गुड़ के स्वाद में लिपटी हुई आवाज निकलनी बंद हो गई थी। आँखें भुरभुराकर 'बौराणज्यू'-'बौराणज्यू' कहने का भेद हो गया था।

पड़ोस वाले तो बहुत कान बचाते थे कि बेमौसम आई हुई बाढ़ और ज्यादा खेत तोड़ती है, मगर ईश्वर साक्षी है कि देह भरने के बाद भी सिर्फ लोगों की आँखों में संवेदना देखने-भर का सुख ही भोगा पद्मावती ने। बल्कि धीरे-धीरे इससे भी उसे एकदम घृणा और वितृष्णा हो गई थी, क्योंकि उसे घूरने-देखने वाले लोग बहुधा तीस-पैंतीस पार के ही होते थे, मगर पद्मावती की आत्मा में उसके शकुन गाने की उम्र ही छाई हुई थी। तीस-पार पहुँचने पर शकुन गाना छोड़ दिया था पद्मावती ने, मगर जब-जब किसी के प्यार के लिए मोह जागता था, ममता जागती थी, उम्र एकदम घटती चली जाती थी, जैसे धूप ज्यादा बढ़ने पर छाया छोटी होती चली जाती है। आत्मा में कल्पना-पुरुष सूरज कमल-जैसा खिलता चला जाता है।

और अब पैंतालिसवें बरस में एक लज्जास्पद अनहोनी यह भी घट रही है कि खुद पद्मावती के कान ही शकुन-आँखर सुन रहे हैं ! कदलीपत्रों की पालकी में वरदेवता श्रीरामचन्द्र के रूप में ताँबे का कलश बैठा हुआ है। कमलावती बोज्यू के आँसू काँसे की थाली में बिखर रहे हैं और मरणासन्न भाई बुद्धिबल्लभ 'कन्यादान' की सामग्री ठीक कर रहे हैं।

पद्मावती तो हठ बाँध रही थी कि "इस प्रौढ़ावस्था में यह गुड़ियों का जैसा खेल मैं नहीं रचा सकती !"···मगर जब खुद भाई ने आँसू गिरा दिए, "पद्मा, मेरा अंत समय आ गया है। बहुतों की सद्गति करके उनका तारण मैंने किया है, मगर अब मुझे अपना ही तारण दुर्लभ हो रहा है। तेरा भाई-पिता जो कुछ हूँ, मैं ही अभागा दरिद्र ब्राह्मण हूँ, पद्मा ! मैं अभागा अपने भाई का धर्म नहीं निभा सका, मगर तू तो कल्याणी कुललक्ष्मी है ! तू अपनी दया निभा दे। तुझे सुहागिन देखने से मेरा तारण हो जाएगा।···लली, इतना मैं भी समझता ही हूँ कि ताँबे का कलश सुहाग के कंकण-मंगलसूत्र ही दे सकता है, सुहाग का सुख नहीं दे सकता मगर···"

अपने साठ-बासठ के सहोदर का बच्चों-जैसा विह्वल स्वर और ज्यादा नहीं झेल पाई थी पद्मावती और चुपचाप चली आई थी—"बोज्यू, इस वृद्धावस्था में मुझे सुहागिन बना दो !"···और डबाडब भरने के बाद औंधी पड़ी ताँबे की कलशी-जैसी छलछलाती ही चली गई थी—हे राम ! हे राम ! हे राम !

रामीचन्द्र, अजुध्यावासी।···सीतारानी मिथिलावासिनी-ई-ई-ए शकुना देही···

सुहागिन बने भी अब सात-आठ बरस बीत गए हैं।

इन सात-आठ वर्षों में पद्मावती ने धीरे-धीरे अपने उस कल्पना-पुरुष को प्रतिष्ठित कर

लिया, जो तीस तक की पद्मावती अपने लिए खोजती रहती थी ।

शुरू-शुरू में ताँबे का कलश विद्रूप लगता था, मगर एक दिन जब छोटे भतीजे ने उसमें पेशाब कर दी और कमलावती बोज्यू ने उपेक्षापूर्वक हँसते हुए बात टाल दी, तो एकाएक पद्मावती की आत्मा उत्तेजित हो उठी थी—"तुम्हारे लिए यह सिर्फ ताँबे का कलश ही होगा, बोज्यू, मगर मेरे लिए तो मेरा सुहाग भी है !"

उत्तर में कमलावती बोज्यू ने व्यंग्यपूर्वक कहा था कि "लली, सुहाग तो संग में शोभा देता है, तुलसी के कनिस्तर के पास नहीं पड़ा रहता !"

पद्मावती एकदम तड़प उठी थी—"बोज्यू, इस वृद्धावस्था में भी बकते हुए शरम नहीं लगती तुम्हें ?"

और उसी दिन से पद्मावती ने ताँबे के कलश को इतने ऊँचे चबूतरे पर रखना शुरू कर दिया कि कमलावती बोज्यू के बच्चे वहाँ तक न पहुँच सकें। रोज, दिशा खुलते ही, पद्मा चबूतरे पर से कलश उतारकर पनघट चली जाती थी। स्नान कर लेने के बाद उस आत्मस्थ कल्पना-पुरुष के आधार पर जलकुंभ को स्नान कराती थी। स्वच्छ पत्थर पर चंदन घिसती थी और विष्णु-रूप जल-पुरुष का अभिषेक करती थी—कस्तूरी तिलकं ललाट पटले, वक्षस्थले च कौस्तुभं···

सुदूर जालना पहाड़ी की चोटी पर पहली-पहली सूर्य-ज्योति सल्लिवृक्षों की चोटियाँ उजली बना देती है। जल भरे ताम्र-कलश के मुँह तक छलछलाते पानी में पद्मावती प्रतिबिंब देखने लगती है। आँखों की पुतलियाँ मोह-अवसाद से थर-थर काँप उठती हैं। ताम्र-कलश के मुँह पर पानी के दायरे कँपकँपा उठते हैं। लगता है, कल्पना-पुरुष का मुख-बिंब ऊपर तक आया है—कस्तूरी तिलकं ललाट पटले···पहले भी नित्य जल भरती है पद्मावती, मगर दिन-भर कौवे चोंच डाल-डालकर पानी पीते रहते हैं; तो पद्मावती हाँकती भी नहीं थी। मगर बाद में मौसमी फूलों या पीपल के पत्तों का गुच्छा ऊपर रखने लगी थी, ताकि कौवों की चोंच पानी तक न पहुँच सके, और ताम्र-कलश की ऊपरी जल-परत पर उभरा मुखबिंब खंडित न हो सके···।

किशोरियों का जैसा बावलापन, तरुणियों की जैसी सौंदर्यानुभूति और गृहिणियों-सा अपनाव—ताम्र-कलश पद्मावती की आँखों में एकदम छा गया था। लोग ही नहीं, कमलावती बोज्यू भी परिहास करती थीं। न जाने कमलावती बोज्यू ने ही बात फैलाई या पड़ोसिनों की कल्पना इतनी प्रखर थी, कि सारे मोहल्ले में यह चर्चा फैल गई—पद्मावती अपने स्वामी को अपने ही साथ सुलाया भी करती है ! हे राम, ताँबे के कलश को अपने साथ···

यह बात तो शायद कमलावती बोज्यू ने ही फैलाई होगी कि 'मैं नीचे गोठ में सोती हूँ, पद्मा ललीज्यू ऊपर वाले तल्ले पर सोती हैं। एक रात ऊपर की पाल से पानी नीचे चू रहा था—शायद, ताँबे का कलश औंधा पड़ गया होगा !'

पद्मावती क्या जानती थी, कमलावती बोज्यू इतनी बदमाश हैं। वह तो यही समझती थी कि सबकी आँखें लग जाने के बाद ही वह ताम्र-कलश को चबूतरे पर से ले जाकर अपने सिरहाने रखती है और दिशा खुलते ही जल भरने चली जाती है।

छिः हाड़ी, इस चतुर्थावस्था में भी कमलावती बोज्यू की विमति गई नहीं है। ननदों के भेद लेने, उनसे चुहलबाजी करने की यह उम्र थोड़े ही होती है !

कभी-कभी पद्मा कमलावती बोज्यू के प्रति खीझती तो है, मगर फिर अपने ही प्रति उलाहने की लाज में डूब जाती है कि 'छि हाड़ी, बोज्यू को तो बहुत गिन-गिनकर नाम रखती हूँ मैं, मगर सफेद धतूरे जैसी फूल जाने पर भी मेरी मति क्यों इतनी बावली है ! इस अवस्था में तो कोई साक्षात् शरीर वाले पति को भी इतना प्यार नहीं करती होगी !'

कमलावती बोज्यू विनोद में कहा करती थीं कि 'हमारी पद्मा ललीज्यू बड़ी तपस्विनी हैं। जितनी सेवा-टहल ललीज्यू इस ताँबे के खसम की करती है, उतनी तो मैं अपने हाड़-मांस के स्वामी की भी नहीं कर सकी···! आखिर पद्मावती ललीज्यू के ही कुंभ से तो नहीं जनमेगा फिर कोई अगस्त्य मुनि ?'

हे राम, कमलावती बोज्यू कितनी चंट हैं ! पद्मावती ने सिर्फ इतनी-सी कल्पना ही तो की थी एक दिन कि पहले के सतयुग में तो पुरुष के स्मरण-मात्र से भी मान रह जाया करता था···! मगर यह कल्पना के दिन जब बावलेपन में ताम्र-कलश छलछला गया था, तो खुद पद्मावती ही कितनी डूब गई थी शरम में, वह जानती है···। एक मर्मवेधी आशंका भी आत्मा को थराथरा गई थी कि कहीं सचमुच रह ही गया सत्त, तो पड़ोस की छिछोर औरतें उसकी आत्मिक श्रद्धा को थोड़े ही देखेंगी ! सभी यही कहेंगी कि इस बुढ़ापे में धरम गँवाते लाज भी नहीं लगी···!

अरी छिछोरी, जितनी शरम ताँबे के कलश की है, उतनी तो तुमने हाड़-मांस के खसम की नहीं की होगी ! देखता कोई कि पहले-पहल ताँबे के कलश को सिरहाने रखते हुए कैसे घूँघट निकाल लेती थी पद्मा, तब जानती कि लाज-शरम करने वाला हिया ही और होता है।

बीच में सात-आठ दिन बीमार पड़ गई तो बिस्तरे से लग गई पद्मावती। बिस्तरे में पड़े-पड़े ही उसे यह यथार्थ बेधता रहा कि उसके चाहने के बावजूद अब तू-तू क्यों नहीं कहता कोई। और तो और, कमलावती बोज्यू भी 'तुम' ही कहती हैं। पहले कभी-कभार तू-तू कहती थीं, बड़ा मधुर लगता था। मगर इधर कमलावती बोज्यू का मधुर स्वर काफी तीता-तीखा होता चला आया है। कभी क्रोध में बोलती हैं, तो लगता है, गला खँखार-खँखार कर थूक रही हैं ! लगातार सात दिनों तक ताँबे का कलश बासी ही पड़ा रहा, तो पद्मावती से नहीं रहा गया—"मेरे जिंदा रहते ही यह दुर्गति हो रही है, तो मेरे मरने के बाद तो टमटों[1] के यहाँ पहुँच जाएगा···!" कहते-कहते एक ओर तो बुरी तरह बिलख पड़ी पद्मावती, दूसरी ओर खीझ भी थी अपनी असंयत वाणी के प्रति कि 'तू' कहना भारतीय नारी के लिए धर्म-विरुद्ध है !

कल तो कमलवती बोज्यू ने टाल दिया था कि "पद्मावती ललीज्यू, तुम्हारा तो सिर्फ एक ताँबे का ही कलश ठहरा···। मेरे तो हाड़-मांस के ही कलश इतने हैं कि इन्हीं के काम-काज से उबर नहीं पाती।"

---

1. ताँबे के बरतन बनाने वाले।

पद्मावती एकदम व्यथित हो उठी थी—"बोज्यू, उदर में हाथ डालकर कलेजा क्यों मरोड़ती हो ! इतना तो मैं भी जानती हूँ कि ताँबे के कलश से संतति नहीं जनमा करती और तुम्हारी संतति न मुझे जीते-जी सुख दे सकती है और न मरने पर सद्‌गति···। मगर कहीं से लफंदर लगाकर तो मैं संतति जनमा नहीं सकती थी न, बोज्यू !"

कल रात-भर कमलावती बोज्यू पश्चात्ताप से सिसकती रही थीं। आज सवेरे-सवेरे पद्मावती के पास पहुँच गई थीं—"ललीज्यू, तुम्हारा दुःख जानती हूँ। मेरा पाप क्षमा करना। मुंड-चामुंड इतना झिंझोड़ देते हैं कि वाणी वश में रहती नहीं है। तुम्हें भी दुखा बैठती हूँ।···मगर असल बात यह है, ललीज्यू, कि तुम्हारे ताँबे के कलश में जल भरना मेरे लिए तो एकदम निषिद्ध ही ठहरा। उसे तो तुम्हें ही भरना होता है। नहीं तो मैं किसी और से भरवा देती···।"

टूट-टूट रही थी देह, मगर फिर भी पद्मावती उठ गई कि आज आठवाँ दिन लग गया है। ज्यों-त्यों भरकर रखना ही होगा नया जल। न जाने किस जनम पति को क्लेश पहुँचाया होगा, इस जनम में यह गति है। इस जनम में भी सेवा नहीं हो पाई तो फिर कैसे तारण होगा !

घुटने बजने लगते हैं चबूतरे पर चढ़ते, तो लगता है, आत्मा के बनखंड में चहकते शकुनों को किसी निमर्म व्याध ने बेध दिया है और तीरों से घायल शकुनों की पाँत विलाप करते हुए व्याकुल कंठ से चीत्कार कर रही है—

ओ सुवा, रे सुवा !
बनखंडी, रे सुवा !
हरियो तेरो गात···
कहाँ है, रे तू सुवा ?
पिंङलो तेरो ठूना—
कहाँ है, रे तू सुवा ?

भावाकुल होकर पद्मावती ने हाथों में उठाए ताम्र-कलश पर दीठ डाली कि बासी जल में भी उतरता होगा प्रतिबिंब ?

थर-थर-थर-थर कृश हथेलियाँ काँप उठीं और ताम्र-कलश चबूतरे से एकदम नीचे आँगन के पथरौटे पर गिर पड़ा···।

हे राम ! हे राम !

पद्मावती का करुण विलाप सुनकर पास-पड़ोस के कई लोग एकत्र हो गए, मगर पद्मावती की आँखों को तो सिर्फ पिचके हुए ताम्र-कलश के अलावा और कुछ दिख ही नहीं रहा था। बिलखती ही चली जा रही थी कि गंगासिंह हेडमास्टर की साँवली घरवाली, जो खुद भी पहले दो घर त्याग कर आई थी, पद्मावती के कानों को बेध गई—"छिः-छिः ! एक ताँबे की टिटरी के लिए ऐसा करुण विलाप करते हुए शरम भी नहीं आ रही है पद्मा बौराणज्यू को ! अरे, यह फूट गया है, तो क्या दूसरा नया कलश नहीं मिल सकता बाजार में ?"

पद्मावती ने आँसू छलछलाती आँखों से जल को जैसे आत्मस्थ कर लिया। देखा, सामने गंगासिंह हेडमास्टर भी खड़ा है। पद्मावती विकट स्वर में चिल्ला उठी—"चुप रह, ओ खसिणी ! मैं कोई तुझ-जैसी तिघरिया पातर नहीं हूँ ! नया कलश नहीं मिल सकता है, कहती है, राँड ! अरी, तू ही ढूँढ़ती रह, तुझे ही मुबारक हों नए-नए खसम !···मैं तुझ जैसी कमनियत खसिणी नहीं हूँ—पतिव्रता ब्राह्मणी हूँ। तू मत रोना जब तेरा खसम भी मरे तो। क़सम है तुझे तेरी ही औलाद की···!"

पद्मावती के विकट स्वर से सभी अचकचा गए। कमलावती बोज्यू को इस बात का बुरा लगा कि 'हे राम, पद्मा ललीज्यू के हृदय की व्यथा को यहाँ कौन समझने वाला है ? ये सब लोग तमाशा देखने वाले हैं।'

कमलावती बोज्यू आगे बढ़ीं। लाड़-प्यार से पद्मावती की आँखों को पोंछा। बहे हुए आँसू कपोलों की झुर्रियों में अटक गए थे। संवेदना जताते हुए, कमलावती बोज्यू बोलीं—"पद्मा ललीज्यू, अब चुप हो जाओ ! अरे, बावली, इतना करुण विलाप तो कोई हाड़-मांस के स्वामी के मर जाने पर भी नहीं करता ! ताँबे का कलश थोड़ा पिचक ही तो गया है ! मैं इसे ठीक करवा दूँगी।"

पद्मावती इस कल्पना से ही सिहर उठी कि ठीक करने दिए गए कलश को तो पहले टमटा भट्टी पर चढ़ाएगा और फिर हथौड़ों से उसे···

हे राम ! हे राम !

पद्मावती कहना चाहती थी कि 'बोज्यू, तुम भी सिर्फ कलश के पिचकने की बात ही क्यों देखती हो ? मेरी यातना क्यों नहीं दिखती तुम्हें ?' मगर कंठ-स्वर अजाने ही रूखा हो गया। आज पहली बार पद्मावती को लगा कि वह भी कमलावती बोज्यू की ही तरह खँखार-खँखार कर कह रही है—"अरे, बोज्यू, तुम क्यों नहीं कहोगी ऐसा ! तुम तो अब विधवा हो, विधवा ! तुम क्या समझोगी कि सुहागिनी के मन की व्यथा क्या होती है !"

और बच्चियों की तरह बिलखती पद्मावती, अंदर के कमरे में चली गई।

मिट्टी

"ए गनेसी, यहीं किनारे लगा ले। हमको बिठाकर, गाड़ी में से रेजगारी इकट्ठा कर ले। तनिक निबट लें, साफ-सफाई हो जाए, तो चंदर हलवाई की दुकान से पाव-भर जलेबी लेती आना। अभी गरम-गरम छनती होगी।"

गनेशी ने एक बार घूरकर, चीथड़ों में डूबे हुए-से लालमन की ओर देखा। गाड़ी को यथावत् कमला फार्मेसी वाली ढाल में आगे की ओर बढ़ाती हुई बोली—"ई तुमको ससुर बहुत गंदी आदत पड़ गई, लालमन ! हगे के बखत भी खाने-पीने की ही रट लगाए रहते हो। पचावे की सकत तो तुम्हारे देह में नहीं रही, मार मीठी चीजें भकोसे जाते हो। दस्त रुकें भी तो कैसे ससुर ? धोवत-धोवत हमार जी गँधाय गया।"

लालमन को लगा, गनेशी ने अपनी नाक उसकी पीठ पर सिनक दी है। दोनों बच्चे हाथ-गाड़ी के अगल-बगल लगे हुए थे। उन्हें झिड़कता हुआ बोला—"अब आगे-आगे कहाँ अल्लापुर लेती जाओगी क्या ? यहाँ जी टूट रहा है, बर्दाश्त नहीं रही। ये जो ससुरे गाड़ी के दाएँ-बाएँ बछड़ों की तरह लगे हैं, इन्हें कुछ नहीं बोलोगी। मीठा देखते ही ससुरे लार छोड़ने लगते हैं। तुमको तो हमारा ही खाया-हगा ज्यास्ती दिखेगा। आखिर अपने राम तेरे लगते ही कौन-से खसम हैं ! भाड़े के टट्टू की हरी-सूखी की फिकर कौन करता है। बहुत जो घिनाय गया होय हमसे, तो ऐसे ही छोड़ के चली जा। हम करमफूटों से परमात्मा घिनाय गया, तू तो आखिर-आखिर पराई औरत है।"

लालमन की खीझ और आक्रोश से भरी आवाज अंत तक आते-आते, हमेशा की तरह, काफी दयनीय हो गई थी।

गनेशी ने गाड़ी रोक ली। दोनों बच्चों को एक ओर हटाया और सड़क के पार जाकर बैठने का संकेत कर दिया। गाड़ी के किनारे टँगे डालडा के डिब्बे को उतारती हुई, लालमन को डाँटती चली गई—"तुम ससुर जितने हरामजादे खुद हो, उतना ही दूसरे को समझते हो। तुम्हारे तो पीछे एक डिब्बा लगा दें, तो तुम शांति से रहो। बेला-कुबेला और जगह-कुजगह का तो तुम्हारे लिए कोई मतलब ही नहीं रहा। देखे नहीं थे, आनंदभवन के बाहर कितनी पुलिस लगी है ? तुम्हारी अम्मा इन्निरा गांधी आवे वाली हैं। कहीं पी०ए०सी० वाले रख दें हपक के डंडा, तो सारे कै-दस्त भीतर ही सूख जाएँगे। और ये क्या तुम ससुर हम पर हर बखत रईसी गाँठते रहते हो ? अपनी गधे सरीखी लाद तो तुम्हें दिखती नहीं, मेरे बच्चों का पेट बहुत दिख जाता है ? तुम क्या समझते हो कि तुम्हारी भिखमंगत का आसरा छूँट जाएगा, तो मेरे बच्चे भूखे मर जाएँगे ?

तुम ससुर कौनो हातिमताई हो ? सबकी सँभालने वाला परमात्मा है । अपनी चिल्लर तुम्हें मोतियों-सरीखी लगती है, मैं जो तुम्हारे पीछे अपनी मिट्टी पलीद किए बैठी हूँ, यह तुम्हें थोड़े दिखेगा ? जैसे तुम्हारी गंद मैं धुलाती हूँ, कोई महतारी अपने बच्चों का न धुलाती होगी ।···और कितनी बार तुम्हें समझा चुकी कि लालमन, ये आगरा-अलीगढ़ नहीं—बिराना देस है । बहुत सूरमा बनते हो । सचमुच छोड़कर चली जाऊँगी, तो साँस रहते ही गीध नोंच खाएँगे !"

लालमल जैसे शून्य में टँगा रह गया हो । अपना वार्तालाप प्रारंभ करने से लेकर, समाप्त करने तक में कब वह गाड़ी से उतारकर, नाली पर बिठा दिया गया और कब वह चैन की साँस लेने की स्थिति में हो पाया, उसे कुछ ठीक से याद ही नहीं रहा ।

गनेशी ने डालडा के डिब्बे में से पानी लेकर, कई बार दूर-दूर से मारने के बाद, आखिर गीले कपड़े से पोंछ दिया, तो उसे काफी राहत अनुभव हुई । गनेशी ने उसके दोनों लुंज हाथों को एक-दूसरे पर चढ़ाने के बाद, उसे फिर गाड़ी में डाल दिया, तो लालमल दीन स्वर में बोला—"जरा मुँह भी धुला देती, गनेसी ! सुस्ती लग रही है ।"

"जरा हाथ तो मिट्टी से माँज लेने दे, तब धो दूँगी । आज तो भैया, गत्त खराब हो गई । छठी दफा है कि सातवीं । सोचती हूँ, तेरे लिए कोई जुलाब बंद करने वाली दवाई ले आऊँ । चंदर हलवाई के जलेबी लेने जाऊँगी, तभी निरंजन साहू की दुकान से होमैपैथी वाली मीठी गोलियाँ ले आऊँगी । सुना है, बड़ा गुन है निरंजन साहू के हाथ में ! तेरी गाड़ी छाया में लगा देती हूँ । इन दोनों को लेती जाऊँ साथ । हलवाई की दुकान देख के ज्यादा मजा आता है इन्हें !" कहकर, आगे बढ़ने को होती, वह मुड़कर बोली—"जरा तू ध्यान रखना, लौंडे-लपाड़े गाड़ी के आगे लगे अद्धे न हटा दें । ढाल है, गाड़ी लुढ़कती चली जाएगी । संगम वाली ढाल पर तो मरते-मरते बचा था माघ मेले में, याद है ? मैंने तो पहले ही कहा था, सच्चा बाबा वाले मंडप के सामने वाली रेती पर बैठ जाते हैं; मगर तुझे तो जहाँ ज्यादा कोढ़ी बैठे हों, वहीं ज्यादा धन दिखाई देता है ।"

अपनी बात पूरी करके, वह अपरिग्रह के अलोक में हो गई ।

लालमन ने देखा, गाड़ी में से इकट्ठा की हुई रेजगारी को गनेशी ने आगे के पल्लू में बाँध रखा था । किंचित् उदास होता बोला—"अब मौसम बदल गया, गनेसी । माघ मेले वाली बरकत रही नहीं । माघ मेले में मथुरा वाली रास मंडली बहुत जानदार आई थी । बड़े दिनों तक द्वारकाधीशजी की याद आती रही । इस तरफ के पूरबिए तो रासलीला समझते ही नहीं ।"

गनेशी कर्नलगंज बाजार की तरफ मुड़ने ही जा रही थी कि लालमन ने मुँह उसकी तरफ घुमा लिया—"ए गनेसी, हमारी एक बिनती है । होमैपैथी वाली मीठी गोलियाँ कुछ असर नहीं करतीं । पिछली बार की पेटखराबी में बहुत खाई थीं ।···यहाँ से नजदीक ही, माघ मेला वाली सड़क पर, रमेश डॉक्टर रहते हैं । सुना है, फीस-वीस कुछ नहीं लेता देखने की । दस्त की बीमारी

तो जानलेवा हो गई। छठे-छमाहे लगी ही रहती है। एक बार तनिक अपना पेट डॉक्टर को ठीक से दिखा दें···"

"ए लालमन, इंसान को लंगोट के भीतर ही रहना चाहिए। जैसी हालत में तुम हो, जानवरों के अस्पताल का डॉक्दर भी न देखेगा।··हम तुम्हारा जी न मारेंगे। कौन अपने सिर पाप-पराशित ले। चंदर हलवाई के ठिकाने से लौटकर, कपूर डॉक्दर की दवाई लेती आऊँगी। फीस नहीं लगी, तो भी दो-तीन रुपए का नास तो हो ही जाएगा। दवा तो ससुर भीख में मिलती नहीं।"

लालमन कहना चाहता था कि इतने तो आज सुबह ही इकट्ठा हो गए होंगे, लेकिन लगा, गनेशी नाराज हो जाएगी। भोर में प्रयाग स्टेशन पर अप्रत्याशित रूप से अच्छी कमाई हो गई थी। मद्रास की ओर के यात्रियों का झुंड था। ताँगे पर बैठ चुकने के बाद भी कई लोगों ने पैसे फेंके थे। कितने रहे होंगे ? छोटे-छोटे सिक्कों के बीच में एकाध चवन्नी भी तो झलक रही थी।

"जै राम, श्रीराम, जै-जै राम !" लालमन के होंठों की सनातन अभ्यस्तता एकाएक लौट आई और जैसे यह बात उसके भीतर किसी आध्यात्मिक चमत्कार की तरह उजागर हो गई कि गनेशी के वापस आने तक उसे यही करना है। यानी कि जै राम, श्रीराम, जै-जै राम !

आनंदभवन वाले नुक्कड़ पर पहुँच जाने के बाद, गनेशी ने अपना पल्लू खोला और जल्दी-जल्दी पैसे गिनने लगी। दो-तीन बार गिनने के बाद, उसने लालमन को माँ की गंदी गाली दी और थूकती हुई-सी बुदबुदाई—"कुल जमा एक-सत्ताइस। उस नासपीटे को तो गाड़ी में बिछे टाट के नीचे चले जाने वाला हरेक सिक्का चवन्नी-अठन्नी लगता है। इस कमनियत सरकार की चिल्लरबाजी ने हम भिखमंगों की भी रेंड़ मार दी। मार ससुर दो-दो पैसों के सिक्के गिनते-गिनते जी पिरा गया।"

चंदर हलवाई की दुकान पर पहुँचकर, गनेशी ने जेवरों से लदी-फँदी गद्दी पर बैठी उसकी स्थूलकाय पत्नी को बहुत ध्यान से देखा और दो सौ ग्राम जलेबी लेकर वापस मुड़ गई। कुछ कदम आगे रुककर, फिर वापस मुड़ी और बीस पैसे का दही लेने के बाद, तेज कदमों से चलती, बच्चों के पास आ गई। छोटे बच्चे को मुँह खोलने का इशारा करती बोलीं—

"ले, खा।" दही के पानी के साथ थोड़ी-सी दही की मलाई भी अँगुली से बच्चे के मुँह में डालते हुए, गनेशी को एक तृप्ति-सी अनुभव हुई—"इस लूले करमजले का हगा-मूता साफ किए का, बस, इतना ही संतोष रह गया।"

आनंदभवन वाली नुक्कड़ तक वापस आते-आते, गनेशी ने दोनों बच्चों का मुँह पल्लू से कसकर पोंछ दिया। दूर से ही 'जै राम, श्री राम' की अटूट रट सुनकर, गनेशी ने अनुमान लगा लिया कि लालमन अब मौज में आ चुका होगा। दस्त शुरू होने से, सफाई हो जाने तक—लालमन श्रीराम का नाम नहीं लेता है। फेरी समाप्त कर लेने पर भी अलसा जाता है और उबासियाँ लेने

लगता है । गनेशी कुछ खिला-पिलाकर, सर्दियों में कहीं हलकी-हलकी धूप और गर्मियों में छाया में गाड़ी लगा देती है, तो सो जाता है । शाम झुके उठता है और फेरी पर निकाल लेती है गनेशी उसे, लेकिन जो लय और खनक लालमन के गले में भोर की बेला रहती है, वह बात फिर बनती नहीं ।

लालमन में एक जो गुण गनेशी को दिखता है, वह ये कि लालमन को दारू-चरस जैसी नशीली चीजों की आदत नहीं । दो बरस पहले तक जिस कोढ़ी को घुमाती थी, पीब-खून चूते-चूते मर गया, लेकिन बुरी लतें नहीं छोड़ीं । इसके अलावा, लालमन बच्चों को खाते-पीते देखकर ज्यादा कुढ़ता नहीं । बल्कि कभी-कभी अच्छे 'मूड' में होता है, तो लाड़-प्यार भी जताता है । बस, यह मीठा खाने की आदत है, जो दोनों को नुकसान पहुँचा रही है ।

गनेशी को समीप आते देखकर, लालमन ने अपनी लय को मद्धिम कर लिया । उसकी आँखों में बच्चों की-सी तरलता भर आई—"गरम मिल गई न ? ठंडी जलेबी तो बेमजा हो जाती है ।"

"पेट के रोगी को बहुत चटोर न होना चाहिए, लालमन ! तू गरमागरम के चक्कर में मत रह । ये ले, मैं तेरे लिए तीस पैसे का दही भी लेती आई हूँ । इससे तेरा पेट ठीक होगा । इस चन्दर हलवाई की दूकान में तो जब से उसकी मुटकल्ली बैठने लगी—ससुरी जलेबी पतली पड़ती जा रही, भाव मोटा होता जा रहा । हे परमात्मा, ढाई-तीन रुपए वाली जलेबी ससुर आठ रुपए किलो हो गई । पूरे एक रुपए की सवा सौ ग्राम मिली है ।"

गनेशी ने दोने को लालमन के आगे ऐसे फैलाया, जिससे जलेबी अधिक मात्रा में दिखे । गाड़ी के किनारे से लगकर, उसे दही के साथ जलेबी खिलाने लगी, तो दोनों लड़के टुकुर-टुकुर ताकते खड़े हो गए ।

"पहले इन पिल्लो को दे दे, गनेसी ! सुसरे आँखों से चाटते हैं ।"

लालमन के मुँह पर खीझ और जलन की जगह, आत्मीयता की चमक देखकर—गनेशी को गहरा संतोष अनुभव हुआ । एक पूरी जलेबी दही में डुबोकर, उसके मुँह में भरती बोली—"पूरा मुँह नहीं खुलता है तुझसे ? 'जै राम, श्रीराम' गाते समय तो मगर जैसा मुँह उघाड़ लेगा, खाते समय बच्चों की तरह रस बहा देता है । चल, जल्दी-जल्दी खा ले, तो मैं कपूर डॉक्दर के यहाँ हो जाऊँ । अपने घर पर इसी बेला मरीज देखते हैं ।"

गनेशी का उल्लास यह देखते ही उतर गया कि दोने की जलेबी के समाप्त होते ही, लालमन के चेहरे पर और पाव-आध-पाव जलेबी मँगवाने की तैयारी इकट्ठा हो गई है । लालमन, अपने मुँह की जलेबी पूरी तरह निबटाकर, बोलने की स्थिति में आए—इससे पहले ही गनेशी ने अपना पल्लू गीला करके, उसका मुँह पोंछ दिया और यह कहती हुई उठ खड़ी हुई—"चल, चले चलें । कहीं डॉक्दर उठ न जाएँ । पैसे भी तो तेरी परभातफेरी के जलेबी-दही में ही स्वाहा हो गए ।"

"देख तो इस डिब्बे में कुछ पैसे पड़े होंगे । तेरे आने तक मैं यों ही 'जै राम, श्री राम' गाता

रहा। जिनने दया की, इशारा करता गया कि मेहरबानी करके डिब्बे में डाल दें। गाड़ी के इधर-उधर पैसे पड़े दिख जाएँ, तो आवारा छोकरे उठा ले जाते हैं।" लालमन की आँखों में अपने पुरुषार्थ की कौंध थी। गनेशी ने टोहकर सिक्के निकाले। बोली—"पाँच तीन आठ दो दस, दो बारा दस—कुल बीस, दो बाइस पैसे हैं। सेंत-मेंत में बाईस पैसे जो अच्छे मिल गए। चल, कपूर डॉक्टर के यहाँ तक 'जै राम, श्री राम' गाता चल। दो-चार पैसे मिल जाएँ, तेरे ही काम आएँगे।"

डॉक्टर कपूर की 'क्लीनिक' के बाहर ही गाड़ी रोककर, गनेशी अकेली भीतर चली गई। लालमन ने पीछे से पुकार लिया, "ए गनेसी, तनिक जल्दी आना। शायद फिर जंगल जाना पड़े···"

जब तक दूसरे मरीजों को डॉक्टर देखते रहे, गनेशी यही हिसाब लगाती रही कि अगर यह पाव-डेढ़ पाव जलेबी का चक्कर रोज चलता रहा, तो आजकल ढीली कमाई में, बस, 'खाओ-पियो, राम भजो' वाली स्थिति बनी रहेगी। डाकखाने की पासबुक में भी इधर आठ-दस दिनों से कुछ नहीं गया है। कुल जमा दस-ग्यारह रुपए बचे होंगे। बीस पूरे करके जमा करने के चक्कर में, कहीं दवा-पानी में ही न जाते रहें। साहू के यहाँ की तो तीन पैसे की दवा दो-दिन चलती। कभी-कभी मुफ्त भी मिल जाती थी।

गनेशी हिसाब लगाने की कोशिश में थी कि एक बार की दवा तीन-चार रुपए से कम की क्या बैठेगी! इसमें हेर-फेर करने से भी काम नहीं चलेगा। इधर लालमन तेजी से गिरता जा रहा है। बुझते दीये की लौ की तरह कभी-कभी चेहरे और आँखों पर चमक दिखती तो है, लेकिन बुझती है, तो फिर घंटों मुर्दा दिखाई देता रहता है।

लालमन की मृत्यु की कल्पना करना, गनेशी के लिए, अपने आपको ही डराना है। सत्रह-अठारह वर्षों की फजीहतों से भरी जिंदगी के बाद, अब थोड़ी-सी राहत मिली है। चार-पाँच सौ भी लालमन के लुढ़कने से पहले किसी तरह जमा हो जाते, तो एक बार फिर से कहीं पान-बीड़ी की गुमटी लगाने की कोशिश करती।

गनेशी की आँखें अपने आप भर आईं। जब भी वह कल्पना करती है कि ये दो बेटे मरते दम तक उसके ही साथ रहेंगे और चाहे रिक्शा-मजूरी करें, चाय-पान की गुमटी चलाएँ, सास की तरह घर चलाने का अवसर कभी उसे भी मिलेगा, तो गनेशी बहुत भावुक हो उठती है। उसके भीतर एक संसार निर्मित होने लगता है।

गनेशी अपनी ही कल्पनाओं में खोई थी कि डॉक्टर वाले कमरे से बाहर सुनाई देते वार्तालाप को सुनकर चौकन्ना हो गई। डॉक्टर किसी रोगी को निर्देश दे रहे थे कि पेशाब में चीनी की मात्रा बढ़ गई है, इसीलिए इतनी ज्यादा बार होती होगी। आलू, चावल, चीनी और घी बिलकुल बंद कर दें। पैदल खूब चला करें। मिठाई का तो पूरा परहेज रखें। पेशाब या तो घर पर, या यहाँ हर हफ्ते टेस्ट करवाते रहें।

गनेशी की बारी आई, तो लालमन का हाल बताकर, पुर्जा लिखवा लिया । दवा मिलने वाली खिड़की पर जाकर बोली—"कंपौण्डर साहब, मिक्चर वाली दवाई लिखी हो डॉक्दर साहब ने, तो शीशी के पैसे मत लगाना । हम लोग भिखारी मनई हैं ।···और सरकार, डॉक्दर साहब कौनो पिशाब में चीनी निकले वाली बीमारी का नाम लेते रहे···"

"डायबिटीज बतला रहे होंगे—मधुमेह ।" कम्पाउण्डर ने पुर्जा देखते-देखते बताया—"लेकिन तुम्हारे पुर्जे में तो डिसेंट्री वाली दवाई लिखी है, इसमें 'डायबिटीज' का कोई जिक्र नहीं ।"

"ये बात तो, सरकार, बस, हम यों ही पूछ लिए हैं ।" गनेशी अपने भीतर भरती प्रसन्नता को ढाँपती-सी बोली ।

दवा लेकर गनेशी लौटी, तो लालमन सुस्ता रहा था । उसके चेहरे पर से जलेबी-दही खाते समय की चमक विलीन हो चुकी थी और गहरी थकान भरी हुई थी ।

"लालमन, तेरे को पिशाब कितनी बार छूटती है रे ?"

इस अप्रत्याशित और अप्रासंगिक लगते प्रश्न को गनेशी के मुँह से एकाएक सुनकर, लालमन ने चौंककर अपनी आँखें खोल दीं ।

"बता न रे, तेरे को पिशाब···"

"ए गनेशी, तैंने डॉक्दर साहब को दस्तों के बारे में नहीं बताया ?"

"एक-एक रत्ती बताया, रे ! हर बार मैं ही तो धोती हूँ, सब याद रहता है । तेरी जितनी चिंता मैं करती हूँ, इस जनम में तो समझेगा नहीं । तुझे दस्त ही ज्यादा नहीं हैं, पिशाब भी उतनी ही दफे होती है । डॉक्दर साहब बतला रहे थे कि तुझे 'डाइबेटी' हो गई है—चीनी की बीमारी ! तनिक आईना तू देखता इस बखत—कैसा बुझ-सा गया । डॉक्दर साहब बतला रहे थे, पिशाब में चीनी ज्यादा जाने से आदमी थक जाता है और जब ये बीमारी बहुत बढ़ जाती है···"

अपने वाक्य को अधूरा ही छोड़कर, गनेशी ने अपनी आँखों को पोंछना शुरू कर दिया ।

"डॉक्दर साहब क्या कहते थे कि मेरे बचने की कोई उम्मीद नहीं ?" पूछते-पूछते लालमन को लगा, जैसे वह गाड़ी में ही खड़ा हो चुका है । अपने दोनों लुंज हाथों को वह गाड़ी से बाहर निकालने की कोशिश करने लगा । अपनी जीवनीशक्ति को तौलकर देखने की-सी कोशिश में, वह फीका पड़ गया ।

"क्या-क्या करेंगे डॉक्दर साहब और क्या करेगी उनकी दवाई ! तू तो अपने ही कर्मों से मरेगा । लालमन, कहे का बहुत बुरा मानता है तू, मगर राम कसम, अपनी हत्या तू खुद कर रहा है । डॉक्दर साहब कहते हैं कि इस सत्यानाशी बीमारी में मीठी चीज जहर समान और तुझे तो सबेरे-सबेरे जलेबी भकोसने की आदत पड़ गई । चाय में भी चीनी तुझको सबसे ज्यादा चाहिए । डॉक्दर बता रहे थे, इस बीमारी में पैदल चलते रहना चाहिए । तुम्हारे पैर भगवान ने भरी जवानी में ही छीन लिए । खैर, घुमाने को तो मैं ही दूर-दूर तक घुमा दिया करूँ, लेकिन तुम्हारा

तो जहाँ पेट भरने का जुगाड़ हुआ नहीं कि लंबालेट लगा जाते हो ।"

"मिठाई-जलेबी नहीं खाने से यह बीमारी दूर हो जाती है, गनेशी ?"

"अरे, दूर तो यह नाशपीटी क्या होगी, रुक जरूर जाती है । अच्छा ले, एक खुराक शीशी से ही पी ले । पानी मग्गा से पिला दूँगी । ते कोई नादान थोड़े ही है । जैसा जी में आए, करना । कल को ये न कहना कि गनेशी ने जलेबी बंद करवा दी । अगले हफ्ते मैं तेरे पिशाब की जाँच करवा दूँगी ।"

दवाई के बाद पानी पीकर, लालमन ने एक लंबी साँस ली । गनेशी की ओर देखते हुए, करुण स्वर में बोला—"अब तो मेरी माँ-बहन-जोरू जो है, सब तू है, गनेशी ! भगवान श्रीराम का नाम भी तेरे बाद में ही रह गया । कल से जो ससुरा जलेबी खाए, वह तेरा ही गू खाए । अपंग-अपाहिज हूँ, मेरे कहे-सुने को अपने बच्चों का कहा-सुना मान लेना ।"

गनेशी ने देखा, लालमन की आँखों से टपाटप आँसू झर रहे हैं । उसे अपने झूठ पर एक अमूर्त ग्लानि-सी अनुभव हुई । बड़े जतन से लालमन का मुँह पोंछती हुई बोली—"बस, तू तो जरा में जी छोटा कर लेता है । गनेशी कोई मर थोड़े गई । जिनको खसम करके जाना, बिना मरे ही राँड बना-बनाकर छोड़ गए । सती तो मुझे, झूठ क्यों बोलूँ, तेरे साथ भी नहीं होना । अपने ये पिल्ले सँभालने हैं ।···लेकिन जब तक जिंदा हूँ, तुझे लावारिस न मरने दूँगी । चल, अलोपिन की तरफ चले चलते हैं । वहीं खा-पीकर आराम से सो जाना । चिंता मत किया कर । चिंता रोग से पहले खा जाती है । कहने वाले यों ही थोड़े ना कह गए—कोढ़ी को जीव सबसे प्यारा !"

शाम हुई, तो बाघंबरी वाले आम के बाबा के बड़े बगीचे के किनारे खाली खेत में डेरा डाल दिया गनेशी ने । दो बार दवा देने के बाद, लालमन की तबीयत कुछ सँभली हुई-सी लगी । गनेशी ने उसे अब जमीन पर टाट बिछाकर, आराम से बिठा दिया और भात पकाने की व्यवस्था में जुट गई । आज जाने क्यों उसे बार-बार लग रहा था, लालमन के लिए मन में निरा स्वार्थ नहीं होना चाहिए । लौटते में वह सड़क के किनारे से झींगा मछली खरीद लाई थी और बहुत मनोयोग से रसोई तैयार करने में जुटी थी । मुद्दत के बाद, खाना बनाते समय उसे अपने बचपन और किशोरावस्था के दिनों में गाये हुए गीतों की पंक्तियाँ याद आ रही थीं और वह अपनी माँ की धुँधली पड़ चुकी आकृति को स्मरण करने की कोशिश करते हुए, अपने अतीत में भटकने लगी थी ।

जस्ते की थाली में लालमन के लिए गनेशी ने भात ऐसे परोसा कि झींगे भात के ऊपर साफ दिखाई दे रहे थे ।

"मछली-भात कोई खराबी तो नहीं करेगा, गनेसी ? डॉग्दर साहब से पूछा था तूने ?"

"हाँ रे, पूछ लिया था । दूध और मीट के अलावा और किसी चीज का परहेज नहीं बताया उन्होंने···"

"मीठी चीजों का तो···"

"हाँ, मीठे को तो जहर ही बतला रहे थे ।" गनेशी ने जल्दी-जल्दी कहा और लालमन को

भात खिलाने लगी—"कहते थे, दही-भात देना । मैं फिर तेरे लिए दही लेती आई हूँ । इतना भात खा ले, तो फिर दही-चीनी के साथ खिला दूँगी ।"

"लेकिन चीनी को तो तू कह रही थी कि मना किया है ? बगैर मीठे का दही-भात खाने से मुझे कहीं उलटी न हो जाए···"

"नमक मिला दूँगी । बढ़िया धनिया-पुदीने का नमक पीसा है । ले, मुझे तो बार-बार भूल जाती है तेरी बीमारी । तुझे बड़ी याददाश्त है, लालमन ! खैर, दुख जिसके तन को व्यापता है, उसी को याद रहेगा । मैं कल सबेरे भी तेरे लिए दही ला दूँगी । दही-दूध को भी ऐसी आग लग गई, आठ आने का आधा पाव भी नहीं देता कोई ।···खैर, हारी-बीमारी में पैसे का मुँह थोड़े देखा जाता है, अपनी जिंदगी देखी जाती है । पैसा तो पहले भी बहुत कमाया, आगे भी परमात्मा देगा । कौन हम गरीब बेसहारे लोगों को छाती पर बाँध के ले जाना है···।"

लालमन की आँखों में गनेशी को आज गहरी तृप्ति दिखाई दे रही थी । बीमारी के भय में मिली आत्मीयता ने उसे उदास भी कर दिया और सुखी भी । दही-भात खाना शुरू करते ही, लालमन ने जोर की डकार ली और साथ ही अपराधी की-सी दीनता के साथ बोला—"गनेशी, तू गाली देगी । मैं करमफूटा हूँ भी ऐसा ही गधा···"

"ए लालमन, मैया को काहे गरियाता है रे ? जिसने नौ महीने गर्भ में पाला-पोसा, छाती पिला-पिलाकर दाँत निकाले, उसे पाप नहीं बोलना चाहिए । तू डरता काहे है ? फिर परेशानी हो रही है न ? चल, यहाँ कौन-सी इन्निरा रानी आने वाली हैं ! यहाँ कोई दिक्कत नहीं । मेरी चिंता मत कर, मेरे लिए तो तेरे और अपने बच्चों के हगे-मूते में कोई फरक ही नहीं रह गया । एक मिनट रुक जा, मैं जरा बच्चों को परोस दूँ, तो तुझे गाड़ी में बिठाकर दूर कोने में ले चलूँगी । जब से दवा दी थी, दूसरी दफा है । असर तो किया ही है दवा ने । पूरे साढ़े तीन रुपए लग भी गए···"

"तू तो मेरी माई है, गनेशी ! जनम की माई का सुख तो देखा ही नहीं ।···" लालमन गनेशी के प्रति कृतज्ञता में डूब-सा गया ।

बच्चों को ठीक से खाने-पीने का निर्देश देकर, गनेशी ने लालमन को गाड़ी में बिठा लिया—"दस्तों ने तो तुझे और फूल बना दिया । ननकू को उठाने जितना वजन भी लगता नहीं ।"

गाड़ी में से ईंटें निकालकर, गनेशी ने उसे सहारे से बिठा दिया और खुद एक ओर हटकर, बीड़ी पीने लगी । बगीचे में एकछत्र सन्नाटा था और चाँदनी हवा में नदी की तरह बहने लगी थी । बाघंबरी गद्दी पर सामूहिक कीर्तन की, शायद, अभी तैयारी ही चल रही थी ।

लालमन निबट चुका, तो गनेशी ने पहले दूर-दूर से पानी डालने के बाद, गीले कपड़े से पोंछ दिया । लुंगी पहनाने लगी, तो लालमन धीरे से बोला—"ए गनेशी, पाँव धो देती । बहुत दिन हो गए ।"

"जो खसमों ने नहीं करवाया, तुझ बेशरम ने करवा लिया । मौत भी नहीं आती तुझको ।" गनेशी ने हँसते हुए प्यार से झिड़का—"मरा ऊपर से 'तू तो मेरी माई है' कहता है ।"

"ननकू और लछमन को भी तो धोती है तू···"

"अरे, बच्चे आखिर बच्चे हैं, मरद मरद हैं ।" गनेशी ने फिर डाँट दिया ।

गनेशी भी खा चुकी, तो लालमन बोला—"आ, मेरे करीब बैठ जा । बहुत दिलासा तू दे रही है, गनेशी, जी भी कुछ सँभल गया है ।··लेकिन भीतर-भीतर कोई जैसे यही बानी बोल रहा कि लालमन, दुख के दिन तेरे बीत गए । अब ज्यादा दिन बचूँगा नहीं गनेशी !"

अपनी बात खत्म करके, लालमन एकाएक ही विषाद में डूब गया ।

"ये तू बावलों की-सी बातें क्यों करने लगा, लालमन ? बेकार में ही तू इतना डर गया है । चीनी जाने की बीमारी कौनो जानलेवा बीमारी थोड़े है ।"

"यह बात नहीं रे ! कभी-कभी आदमी का जीव अपने आप बोलने लगता है । हाथों का लूला जनम से ही था, पाँव रेलवे लाइन पार करते में जाते रहे । माँ होश आने से पहले ही मर गई । बाबा की, बस, इतनी-सी याददाश्त रह गई कि चौपाइयाँ बहुत बाँचा करते थे और 'जै राम, श्री राम, जै-जै राम !' जो मैं गाता हूँ, गनेशी ! बाबा का ही सिखाया हुआ है ।··हम अपंग-अपाहिजों की जिंदगी तो ढोर-जानवरों की तरह ही कटती है, मेरी भी कट गई । अब तो साठ होने को आए होंगे ।··यह ससुरी चीनी की बीमारी जान भले ही ले जाए, लेकिन तूने माई की याद दिला दी आज । अपने जिन खसमों के किस्से तू सुनाया करती थी, वे तो ससुरे कुत्तों की तरह धोखा देकर निकलते गए ।··लेकिन यकीन मान, जो ये तेरे दो बच्चे हैं ना, मेरे मर जाने पर मेरे गोश्त से भी इनकी भलाई होती हो, तो लालमन चूँ नहीं करेगा···"

"बस कर रे, लालमन ! भिखारी-मंगतों को भले लोगों की-सी बातें करना पचता नहीं । तू क्या मुझको निरा लालची समझता है कि इन बच्चों के स्वारथ से ही तेरे साथ लगी हूँ ? स्वारथ तो सारे संसार में हैं, लालमन ! इसी से दुनिया बँधी है, लेकिन इंसानियत भी कोई चीज है । तेरा-मेरा दुख कोई दुनिया-जहान से अलग थोड़े हैं । आज तू देखता है ना, ये मरियल कुतिया का-सा झरैला तन ? अभी ननकू दो साल का भी नहीं हुआ, छातियाँ पसलियों के भीतर चली गई हैं । कभी ससुरे नासपीटे अच्छे-अच्छे बाबू लोग लार गिराते थे ।··खैर, पेट में गए भात को चावलों की तरह बीनने से कुछ हाथ थोड़े लगना है ।··पहले भी तीन हुए । एक-एक करके कौन कुत्ते के पिल्लों की तरह कहाँ खिसका, ऊपर वाला जाने । पंछियों का-सा नाता निभाना था, सो निभा दिया । भगवान् की बहुत बड़ी किरपा रही, जो लड़की-बिटिया नहीं दिया, नहीं तो जनम-भर दुर्गत देखनी पड़ती । अब तो, बस, इन दोनों पर प्राण टिके हैं । अपना खाया हो हराम लगता है, इनके मुँह में जाता दाना मोती है ।···और सुन, लालमन, अभी ऐसी कौन-सी लाइलाज हालत में तेरी बीमारी पहुँच गई । एक-दो जलेबी दही के साथ खा लिया करना···"

अंतिम वाक्य कह लेने पर, गनेशी को कुछ राहत अनुभव हुई और वह लालमन के और निकट आती हुई बोली—"ला, तोर गोड़ दबा दूँ । बच्चे सो गए । तू भी सो जाए, तो सोऊँ । और देख, रात में टट्टी लगे, तो जगा लेना । गाड़ी खराब कर देगा, तो धोने में और ज्यादा परेशानी होगी । लकड़ी भी अब घुनती जा रही है । गाड़ी बदलनी पड़ेगी ।"

रात-भर में लालमन फिर तीन-चार बार हाजत के लिए उठा। अंतिम बार तो बेहोश होकर, ईंटों पर से पीछे उलट गया। गनेशी कुछ समझ नहीं पाई कि दो बार और दवाई देने के बाद भी अचानक ऐसा क्यों हो गया। मछली-भात खाने से तो इस तरह की गड़बड़ी की उसे कोई आशंका नहीं थी। दिन-भर दस्त रुके रहे थे, इससे भी डर जाता रहा था और मधुमेह वाली बीमारी तो काल्पनिक थी।

गनेशी बहुत बेसब्री से सुबह की प्रतीक्षा करने लगी। बार-बार कपड़ा गीला करके लालमन का मुँह और आँखें पोंछती। सुबह होने से कुछ ही क्षण पहले उसकी आँख लगी थी कि चिड़ियों के चहचहाने के साथ-साथ लालमन के कराहने की आवाजें भी उसके कानों में क्रमशः गहरी होती गईं।

गनेशी हड़बड़ाई हुई जाग उठी। पानी के छींटे मुँह पर देकर, लालमन की तरफ मुड़ी, तो देखा—लालमन तिरछा हो गया था और उसके चेहरे पर की त्वचा बार-बार खिंच रही थी, जैसे उसे असह्य यातना हो रही हो। उसका कराहना नींद में सुने से भी मद्धिम लग रहा था। गनेशी ने तुरंत उसका मुँह पानी से धोया और जगाने लगी तो लालमन ने कोशिश करके अपनी आँखें खोलीं और ले जाने का संकेत किया।

खेत के कोने में ले जाकर, ईंट के अद्धों के सहारे लालमन को बिठाने के बाद, दूर हटकर खड़ी हो जाने की जगह, गनेशी ने उसके कंधों को पकड़ लिया। उसे लग रहा था, उसकी सारी चेतना लालमन पर ही केंद्रित हो गई है, लेकिन ननकू और लछमन के रोने-चिल्लाने की आवाजें भी उसे साफ-साफ सुनाई दे गईं।

लालमन का शरीर जोर से काँपा और एक तीखी कराह के साथ उसे जोरों की दस्त हुई और इस बार वह, गनेशी के सँभालने की कोशिश के बावजूद, मुँह के बल लुढ़क गया।

गनेशी के हाथ बुरी तरह काँप रहे थे। किसी तरह उसने लालमन को उठाने की कोशिश की ही थी कि उसकी ऊपर चढ़ी हुई आँखों, खिंचे हुए चेहरे और ऐंठी हुई जीभ को देखकर, लालमन उसकी पकड़ से छूट गया।

अनुभवी गनेशी समझ गई कि लालमन मिट्टी हो चुका।

बच्चों का चिल्लाना बढ़ता ही जा रहा था। लुढ़के पड़े लालमन को एकटक देखती गनेशी ने एकाएक अपना जी कड़ा किया और उठ खड़ी हुई। खेत में से ढेर सारी मिट्टी उठकार, लालमन के पीछे बिखरा देने के बाद, उतारी हुई लुंगी को उस पर डाल दिया और डालडा के डिब्बे में भरे पानी को खेत में जल्दी-जल्दी उलटकर, तेज कदमों से बच्चों की तरफ दौड़ गई।

जल्दी-जल्दी गनेशी ने सारा सामान समेटा। पोटलियाँ बाँधने तक, उसने ननकू-लछमन के रोने-चिल्लाने की ओर भी कोई ध्यान नहीं दिया। दवा की शीशी नीचे लुढ़की पड़ी थी, गनेशी ने उसे दूर फेंक दिया। "चलो, रे छोकरो, यहाँ से चले चलें।" कहते हुए, उसने दोनों बच्चों को अपनी छाती से लगाकर भींच लिया और फूट-फूटकर रो पड़ी।

मैमूद

महमूद फिर जोर बाँधने लगा, तो जद्दन ने दायाँ कान ऐंठते हुए, उसका मुँह अपनी ओर घुमा लिया। ठीक थूथने पर थप्पड़ मारती हुई बोली, "बहुत मुल्ला दोपियाजा की-सी दाढ़ी क्या हिलाता है, स्साले ! दूँगी एक कनटाप, तो सब शेखी निकल जाएगी। न पिद्दी, न पिद्दी के शोरबे, साले बहुत साँड बने घूमते हैं। ऐ सुलेमान की अम्मा, अब मेरा मुँह क्या देखती है, रोटी-वोटी कुछ ला। तेरा काम तो बन ही गया। देख लेना, कैसे शानदार पठिये देती है। इसके तो सारे पठिये रंग पर भी इसी के जाते हैं।"

अपनी बात पूरी करते-करते, जद्दन ने कान ऐंठना छोड़कर, उसकी गरदन पर हाथ फेरना शुरू कर दिया। अब महमूद भी धीरे से पलटा, और सिर ऊँचा करके जद्दन का कान मुँह में भर लिया, तो वह चिल्ला पड़ी, "अरी ओ सुलेमान की अम्मा, देख तो साले इस शैतान की करतूत जरा अपनी आँखों से ! चुगद कान ऐंठने का बदला ले रहा है। ऐ मैमूद, स्साले, दाँत न लगाना, नहीं तो तेरी खैर नहीं। अच्छा, ले आई तू रोटियाँ ? अरी, ये तो राशन के गेहूँ की नहीं, देसी की दिखती हैं। ला इधर। देखा तूने, हरामी कैसे मेरा कान मुँह में भरे था ? अब तुझे यकीन नहीं आएगा, रहीमन ! ये साला तो बिलकुल इंसानों की तरह जज्बाती है !"

"जानवर तो गूँगा होता है, शराफत की अम्मा ! अलबत्ता इंसान उसमें जज्बातों का अक्स जरूर ढूँढ़ता है। तुम तो इस नामुराद बकरे का इतना खयाल रखती हो, माँ अपनी औलाद का क्या रखती होगी।"

रहीमन ने दोनों रोटियाँ जद्दन को पकड़ा दी थीं और बकरा अब रोटी के टुकड़े चबाने में व्यस्त हो गया था। एक टुकड़ा वह जब पूरी तरह निगल लेता, तो सिर से जद्दन को अपने सींगों से ठेलने लगता था। "सब्र नाम की चीज तो खुदा ने तुझे किसी भी बात में बख्शी ही नहीं।" कहते हुए जद्दन ने फिर अपना रुख रहीमन की ओर कर लिया, "इंसान जब बूढ़ा हो जाता है, तब कोई ऐसा उसे चाहिए, तो उसके 'आ' कहने से आए और 'जा' कहने से जाए। दुनिया वालों की दुनिया जाने, सुलेमान की अम्मा ! मेरा तो एक यह नामुराद मैमूद ही है, जिस साले को इस खुल्दाबाद की नबी वाली गली से आवाज लगाऊँ कि– 'मैमूद ! मैमूद ! मैमूद !' तो चुगद नखासकोने के कूड़ेखाने पर पहुँचा हुआ पीछे पलटता है और 'बैं-बैं' करता वो दौड़ के आता है मेरी तरफ कि तू जान, सगी औलाद क्या आएगी ! बस, साला जब कुनबापरस्ती पे निकलता है, तो मेरी क्या खुदा की भी नहीं सुनेगा। फिर भी आवाज लगा दूँ, तो एक बार पलट के जरूर 'बै' कर लेगा, भले ही बाद में अपनी अम्माओं की तरफ दूनी रफ्तार से दौड़ पड़े···।"

अपनी बात पूरी करके जद्दन हँस पड़ी, तो उसके छिदरे और कत्थई रंग के भद्दे दाँतों में एक चमक-सी दिखाई दे गई। जर्जर, टल्ले लगे और बदरंग बुरके में से बुढ़ापे का मारा हुआ चेहरा उघाड़े रहती है जद्दन, तो चुड़ैलों की-सी सूरत निकल आती है।

"जब इस कसाइयों के निवाले का किस्सा बखानने लगती हो तुम, शराफत की अम्मा, मीरगंज वालियों की-सी चमक आ जाती है तुम में !" अपनी काफी दूर निकल चुकी बकरी को एक नजर टोह लेने के बाद, रहीमन ने मजाक किया और खुद भी हँस पड़ी।

"तुम खुद अब कौन-सी जवान रह गई हो, रहीमन ? आखिर तजुर्बेकार औरत हो ! तुम जानो, एक ये बेजुबान जानवर और दूसरे मासूम बच्चे—बस, ये दो हैं, जो इंसान की उम्र, उसके जिस्म और उसकी खूबसूरती-बदसूरती पे नहीं जाते, बल्कि सिर्फ नेकी-बदी और नफरत-मुहब्बत को पहचानते हैं। हमारे शराफत की बन्नो तो तुम्हारी हजार बार की देखी हुई है। खूबसूरती और नूर में उसके मुकाबले की हाजी लाल मुहम्मद बीड़ी वालों या शेरवानियों के हियाँ भी मुश्किल से मिलेगी, रहीमन !···मगर तू ये जान कि मेरा मैमूद उसकी शकल देखते ही मुँह फेर के, पिछाड़ी घुमा देता है। बदगुमान कैती है, नाकाबिले बर्दाश्त बू मारता है और ये कि 'अम्मा हमारे बच्चों को छोड़ देंगी, लेकिन ये बकरा नहीं छूटेगा।'···मैं कैसी हूँ, तेरी कमसिनी और खूबसूरती पे लानत है। लाख पौडर-इत्र छिड़के तू, मेरा मैमूद तेरे कहे पे थूक के नहीं देगा।···जानवर और बच्चे तो इंसान की चमड़ी नहीं, नियत देखते हैं, नियत ! मजाल है कि नवाबजादी के हाथों से एक गस्सा मेरे मैमूद के मुँह की तरफ चला जाए ! तुझ पर खुदा रहम करेगा, रहीमन ! देखना, पहले तो तीन, नहीं दो पठिये तो कहीं गए ही ना !···खुदा कसम, ये रोटियाँ तूने इस नामुराद के नहीं, मेरे पेट में डाल दी हैं।···मुहल्ले वाले तो, बस, सरकारी मवेशी समझकर चले आते हैं। ये नहीं होता कमनियतों से कि दो रोटियाँ या मुट्ठी-भर दाना भी साथ लेते आएँ। अरे भई, मैमूद जो धूप में खेल के वापस आने वाले मासूम बच्चों की तरे मुरझा जाता है, ये तो सिर्फ जद्दन को ही दिखाई देता है, या ऊपर वाले खुदा को। तू जान, पिछले बरस की बकरीद के आसपास पैदा हुआ था। अब याददाश्त कमजोर पड़ चुकी, लेकिन शायद, ये ही जुम्मे या जुमेरात के रोज पैदा हुआ होगा और अब साल ऊपर साढ़े तीन महीने का हो लिया।"

जद्दन महमूद की पीठ पर हाथ फेरते हुए खटोले पर से उठ खड़ी हुई थी कि "अच्छा, सुलेमान की अम्मा, चलूँगी। शराफत के अब्बा की दुपेर की नमाज का वक्त हो रहा है। सुना है, आज शहनाज के अब्बा लोग भी आने वाले हैं रायबरेली से···।" तभी रहीमन ने कहा कि "तुम सवा-डेढ़ साल बताती हो, मगर इसके रान-पुट्ठे देख के कोई तीन से नीचे का नहीं कूतेगा ! बस-पच्चीस सेर से कम गोश्त नहीं निकलेगा इस बकरे में। लगता है, तुमने रोटी-दाने के अलावा घास से परवरिश की ही नहीं ?"

हालाँकि रहीमन ने सारी बातें महमूद की प्रशंसा में कही थीं, लेकिन जद्दन का पूरा चेहरा त्यौरियों की तरह चढ़ गया, "अरी ओ रहीमन, आग लगे तेरे मूँ में। मतलब निकल गया तेरा, तो मेरे मैमूद का गोश्त तौलने बैठ गई ? तेरा खाबिंद तो बढ़ई है, री, ये कसाइयों की घरवालियों

की-सी बातें कहाँ से सीखी हो ? या खुदा, हया और रहम नाम की चीज इंसानों में रही ही ना ! गोश्तखोरों की नजर और कसाई की छुरी में कोई फर्क थोड़े ना होता है । अरी रहीमन, कहे देती हूँ—आगे से ऐसी बेहूदी बातें न करना और आइंदे से अपनी बकरी कहीं दूसरे जगे ले जाना । कोई सुसरा पूरे खुल्दाबाद में मेरा एक मैमूद ही थोड़े ठीका लिए बैठा है···।"

"अरी जद्दन, अब बड़े घरानों की बेगमों के-से तेवर बहुत न दिखाओ ! बकरा न हो गया, सुसरा, हातिमताई हो गया तुम्हारे वास्ते !" रहीमन ने भी झिड़क दिया और व्यंग्य-भरी आवाज में बोली—"वो जो एक मुहावरा है, तुमने भी तो सुना होगा—बकरे की अम्मा आखिर कब तक दुआएँ करेगी ? और जद्दन, सुनाने वाले को सुनना भी सीखना ही चाहिए । हमसे पूछो, तो हकीकत ये है कि तुम्हारे तो औलाद हुई नहीं । सौतेलों को न तुमने कलेजे के करीब आने दिया और न उन नामुरादों से तुम्हारे सीने में दूध उतारा गया । बस, ये ही वजह है कि तुम इस दाढ़ीजार बकरे को 'मेरा मैमूद, मेरा मैमूद !' पुकार के अपनी जलन बुझाती हो···।"

जद्दन आगे बढ़ती हुई, ऐसे रुक गई, जैसे बिच्छू ने काट लिया हो । उसका चेहरा गुस्से में तमतमाने के बाद, लाचारगी से स्याह पड़ गया, "रहीमन, जो जी तूने मेरा दुखाया है, खुदा तुझे समझेगा । और रै गया 'बकरे की अम्मा' वाला मुहावरा, तो इंसान की अम्मा की ही दुआ कहाँ बहुत लंबे तक असर करती है ? करती होती, तो तेरा बड़ा बेटा सुलेमान आज जवान हो चुका होता और तू सिर्फ नाम की 'सुलेमान की अम्मा' ना रह जाती ! एक लमहा चुप कर, रहीमन ! खुदा मुझे माफ करे, मैं तेरे ऊपर बीते का मजाक उड़ाना नहीं चाहती थी—सिर्फ इतना कैना चाहती हूँ, दर्द इंसान को अपने जज्बातों का होता है । जिसे जज्बाती रिश्ता न हो, उसका काहे का स्यापा ?···सुलेमान की अम्मा, इतना मैं भी जानती हूँ कि बकरे ने आखिर कटना-ही-कटना है । कसाइयों से कौन-सा बकरा बचा आज तक ?···मगर मेरी इतनी इल्तजा जरूर है परवर-दिगार से, मेरी नजरों के सामने ना कटे ।···शराफत के अब्बा से कै भी चुकी हूँ, इस नामुराद को जब बेचने लगो, तो पहले तो शहर का—कम-से-कम मोहल्ले का फासला जरूर रखना ।···और वो तेरी बात मैं जरूर माने लेती हूँ कि खुदा के यहाँ बकरे की अम्मा की दुआ बहरे के कानों में अजान है । यह भी ठीक है, सौतेलों ने मुझे सगी अम्मा की-सी इज्जत नहीं बख्शी, यह कैना सरासर झूठ बोल के दोजख में जाना होगा···मगर मुहब्बत जो मुझे इस जानवर ने दी, अम्मा-अब्बा ने दी होगी, तो दी होगी ।"

रहीमन से कोई उत्तर बन नहीं पाया । वह सिर्फ यह देखती रह गई कि जद्दन ने बुर्के के पल्लू से अपनी आँखें पोंछीं और बकरे की पीठ थपथपाती हुई, अपने घर की तरफ बढ़ गई ।

जद्दन जब तक घर पहुँची, अशरफ नमाज पर बैठ चुके थे ।

पाखाने की बगल की सँकरी कोठरी में बकरे को बंद करते हुए, जद्दन बोली, "शराफत के अब्बा दुपेर की नमाज पर बैठ चुके । अब तू कहाँ मारा-मारा फिरेगा । शाम के वक्त

निकालूँगी । इस साल अभी से लू चलने लगी ।"

खाने पर बैठे, तो अशरफ बोले, "शराफत की अम्मा, रायबरेली वालों का संदेश आया था, तुम्हें मालूम ही होगा । हम लोग तो तंगदस्ती में चल रहे हैं, मगर मेहमानों के सामने तो अपना रोना रोया नहीं जाता । इज्जत देखनी पड़ती है । शराफत और जहीर से बात हुई थी । लड़के ठीक ही कह रहे थे कि अब्बा, बाजार में दस रुपए किलो का भाव है । पाँच-छै जने शहनाज की पीहर से रहेंगे और भले-बुरे में दस-पाँच अपनी आपसदारी के लोगों को बुलाना जरूरी-सा होता है । दूसरों की दावत खाते हैं, तो अपनी शर्म रखनी ही पड़ेगी । शराफत तो यही कहता था कि अम्मा से पूछ के देख लें । तुम्हारे बकरे को कटवा लेते तो घर की चीज घर में काम आ जाती । बाजार में तो चालीस-पचास से कम की ठुकेगी नहीं । खाली रोगनजोश उबाल देने से तो काम चलेगा नहीं । कबाब और कोफ्ते बड़ी बहुत अच्छे बनाती हैं । पिछले बरस जब हम लोग रायबरेली गए थे, शहनाज के अब्बा ने दो तो बकरे ही कटवा दिए थे और मुर्गियों की गिनती कौन करे । चार-पाँच दिन कुल जमा रहे होंगे, गोश्त खा-खाकर अफारा हो गया । गरीब हम लोग उनके मुकाबले में जरूर हैं, लेकिन जरूरी नहीं कि अपनी कमनियती का सबूत भी दें ।"

अशरफ भूमिका बाँधते जा रहे थे और जद्दन का चेहरा खिंचता जा रहा था । घर के सभी लोग जानते थे कि अम्मा से बकरे को निकालना इतना आसान नहीं होगा । अशरफ जब बातें कर रहे थे, शहनाज चुपके-चुपके अपने बच्चे को पुलाव खिला रही थी और सहम रही थी कि कहीं अम्मा आसमान की तरह न फट पड़ें । मुँह उसका दूसरी ओर था, लेकिन कान जद्दन की ओर लगे हुए थे । ज्योंही जद्दन ने धीमी लेकिन कड़वी आवाज में कहा कि "शराफ़त की लैला तो मेरे मैमूद की जान को आ गई है···।" शहनाज दबे स्वर में बोली, "अम्मा, ये तोहमत हमें ना दीजिए । ये बैठे हैं सामने, पूछ लीजिए, हम तो लगातार मने करते रहते हैं कि अम्मा बहुत जज्बाती हैं, उनको कोई न छेड़े ।···खुराफातें ये करेंगे और अम्मा का गुस्सा अपने बेटों की जगह, हम बेकसूरों पर गिरेगा ।"

शहनाज के कहने में कुछ ऐसी विनम्रता और सम्मान की भावना थी कि जद्दन का रुख बदल गया, "शराफत के अब्बा, बकरे को मैंने कोई छाती पे बाँध के थोड़े ले जाना है ? रहीमन ठीक ही तो कैती थी कि जद्दन आपा, बकरे की माँ कहाँ तक खैर मना सकती है !···मेरी ख्वाहिश तो सिर्फ इतनी है कि इस साले नामुराद जानवर के उठने-बैठने, हगने-मूतने की बातें भी मेरी याददाश्त का हिस्सा बन गई हैं । छोटा मेमना था, तब तुम लोगों ने ही खुद देखा और हजार बार टोका कि अम्मा बकरे को औलाद की तरह साथ सुलाती हैं । क्या करती, सर्दी इतनी पड़ती थी और बिना माँ का ये बच्चा था !···खैर, मेरी तो इतनी-सी सलाह है कि मेहमान आएँ, तो उनकी इज्जत हमारी इज्जत है । जहीर से कहिए, कहीं उधर कटरे-कंडैलगंज की तरफ के कसाइयों के हाथ बेच आए और इसके पैसों से चाहे फिर गोश्त ले आए, या दूसरा बकरा खरीद लाए । इसका तो गोश्त भी बू मारेगा । और, खुदा जानता है, मैंने तो अपना जी अब खुद ही कसाइयों-सा बना लिया कि इस हरामजादे को तो कटना ही है । मैं ही उल्लू की पट्ठी थी, जो इसको खुराक देकर

गोश्तखोरों के लिए मोटा करती रही ।"

हालाँकि सारी बातें जद्दन ने काफी ठंडे स्वर में और उदासीनता बरतते हुए कही थीं, लेकिन सभी जानते थे कि क्रुद्धता उसके जिस्म में इस समय खून की तरह दौड़ रही होगी ।

अपनी हताशा और उदासीनता को कमरे में पतझर के पत्तों की तरह गिराती हुई-सी जद्दन उठ खड़ी हुई, तो शहनाज बोली, "बकरे का गोश्त बू देगा, यह कहने के पीछे अम्मा का खास मकसद है । आप इन लोगों से कह दीजिएगा कि अम्मा से जिद न करें ।"

अशरफ मियाँ ने एक लंबी साँस ली और बोले, "इसको देखता हूँ, तो बीते हुए दिन याद आने लगते हैं । शराफत और जहीर जब छोटे थे, तभी बड़ी चली गई थी । इसने हम लोगों को कभी इस बात का अहसास ही नहीं होने दिया कि बूढ़े की बीवी मर गई है या बच्चों की अम्मा ! तुम लोग तो अब देख रही हो, जब न इसमें आब रही, न ताब ! बकरा कट ही जाए, तो अच्छा है । मार पागलों की तरह धूप में मारी-मारी फिरती है । वह सुसरा कभी एक ठिकाने तो रहता नहीं । कटे, तो थोड़े दिन हाय-तोबा कर लेगी, और क्या ! रोज-रोज की फजीहत तो दूर होगी । देखना मेहमानों के सामने अम्मा यों टल्ले लगा बुरका पहने न चली आएँ ! वक्त की मार भी क्या मार है । देखती हो, अधखाया करके उठ गईं । जब तुम लोगों की उम्र की थीं, तब बासमती की किस्में देखी जाती थीं कि जर्दा पुलाव के लिए बारीक वाली बासमती हो । अब यह राशन के चावलों को पीला करना तो हल्दी की बेइज्जती करना है ।"

इसी वक्त बड़ा बेटा जहीर आ गया, तो उसको सारी स्थिति बताई गई । वह लापरवाही के साथ बोला, "आप लोग बेकार में बात बढ़ाए जाते हैं । अम्मा को मैं समझा लूँगा । अब यह कोई उनकी बकरे के पीछे दौड़ने की उम्र है ? सड़क पर भागती दिखती हैं, तो शर्मसार होके रह जाते हैं हम लोग । भूखी-प्यासी और फटेहाल दौड़ी चली जाएँगी । मेरी मानिए, तो सलीम कसाई को बुलवा लें और मेहमानों के आने से पहले वो खाल उतारकर, कीमा कूटके रख दे । रानें पुलाव में डलवा दीजिए और इस वक्त के मीट में चीना-चाप-गरदन की बोटियाँ ठीक रहेंगी । जो खातिर घर की चीज से हो सकती है, बाजार से दो-ढाई सौ में भी नहीं होगी । जुबेद की अम्मा भी यही कहती थीं कि सोला रुपए वो देंगी, तीस-बत्तीस रुपए, शायद, ये शहनाज भी देने वाली थीं कि 'अम्मा अपने बेटों को तो बख्श देंगी, हमें नहीं ।' अब इन बेवकूफों को कौन समझाए कि दो किलो घासलेट और तेल-मसाला करते-करते सौ रुपए निकल जाएँगे । राशन का चावल तो मेहमानों के लिए पुलाव में इस्तेमाल होगा नहीं और ढंग की बासमती साढ़े चार-पाँच से कमती का सेर नहीं । इंसान को अपना वक्त और सहूलियत देख के चलना चाहिए, जज्बातों पर चलने के दिन लद गए ।"

"कहते ठीक हो, बेटे ! मेरी भी राय यही है । जरा तुम अम्मा से मिलकर, ऊँच-नीच समझा दो । जिद्दी जरूर है, लेकिन नासमझ नहीं ।" कहते हुए अशरफ मियाँ उठ खड़े हुए, तो उनके घुटनों के चटखने की आवाज साफ-साफ सुनाई दे गई । जहीर की घरवाली यह कहते हुए उठ खड़ी हुई कि "तुम लोग शुरू करो, मैं जरा अब्बा हुजूर के हाथ धुलवा दूँ ।"

खाना खा चुकने पर जहीर सीधे, भीतर कमरे में गया कि अम्मा सोई होगी, लेकिन शहनाज ने बताया, "यों कहकर निकल गई हैं कि जरा रिजवी साहब के घर तक जाएँगी । उनके घर पिछले हफ्ते गमी हो गई थी । कहकर गई हैं कि शायद शाम हो जाए, देर से लौटेंगी । मेरा खयाल है, अम्मा ने समझ लिया है कि अब बकरा बचता नहीं । गमी में शरीक होना तो एक बहाना है । घर से दूर रहना चाहती होंगी ।"

शहनाज धीमे से हँसना चाहती थी, लेकिन सिर्फ उदास होकर रह गई ।

जहीर ने बाहर निकलकर, अपने ग्यारह-बारह साल के बड़े लड़के से कहा, "जुबैद, जरा सलीम को बुलाकर लाइयो । मेहमानों के आने तक में सफाई हो जाए, तो ठीक है । जुबैद की अम्मा, भई, तुम लोग जरा बाहर वाला कमरा मेहमानों के लिए ठीक-ठाक कर देना । शहनाज के अब्बा लोगों को किसी तरह की कमी की शिकायत न हो । बेचारे हर फसल पर चले आते हैं और हर बात का लिहाज रखते हैं । खुद तुम्हारे साथ अपनी सगी बेटी से ज्यादा मुहब्बत का बर्ताव करते हैं । तुम दोनों जने प्याज और मसाले वगैरह पीसकर तैयार कर लेना । बाकी बाजार का सामान शराफत लेता आएगा । सलीम आ जाए, तो उससे कह देना, गंद जरा-सी भी न छूटे आँगन में । पोंछा लगवा लेना । खून के धब्बे वगैरह देखेंगी अम्मा तो, और बिगड़ेंगी । तुम लोगों से कुछ कहने लगें, तो कह देना, जुबैद के अब्बा ने जबर्दस्ती कटवा दिया । मैं उन्हें समझा लूँगा ।"

शाम की जगह घड़ी-भर रात बीत चुकने के अहसास में ही, जद्दन घर वापस लौटी और गली में से होते हुए, घर के पीछे वाले सँकरे आँगन में निकल गई । खटोला गिराकर उस पर लेट गई और, आसपास के नीम-अँधेरे में अपने आपको छिपा लेने की कोशिश में, आँखें बंद कर लीं ।

मेहमान आ चुके थे और उनके तथा आपस के लोगों की बातचीत यहाँ पिछवाड़े भी सुनाई दे रही थी । छोटे बच्चों को बाहर लेकर आई, तो शहनाज ने देखा और करीब आकर, पाँव दबाती हुई बोली, "अब्बा आ गए हैं । आते ही आपकी बाबत पूछ रहे थे कि अम्मा ने पुछवाया है, कैसी हैं । कभी रायबरेली की तरफ आने की इल्तजा करवा रही हैं । मैंने भी अब्बा से कहा है कि अब की बार मैं अम्मा के साथ ही आऊँगी । अम्मा, तुम खाना कहाँ खाओगी ? मेहमानों का दस्तरखान तो वहीं बाहर बैठके में बिछेगा । जल्दी खा-पी लेने की बातें कर रहे थे सभी लोग । कोई मजहबी किस्म की फिल्म शहर में कहीं लगी हुई है !"

"मेरे लिए दो रोटियाँ यहीं भिजवा देना । और याद रखो, गोश्त-वोश्त या कबाब-पुलाव कुछ ना भिजवाना । मेरा न जी ठीक है, न पेट । जुबैद को जरा भेज देना, मैं उससे कुछ मँगवा लूँगी । तुम सब लोग आराम से खाओ-पिओ । मेरी फिक्र ना करना । अब तो कोई सर्दी ना रही । मैं यहीं सो जाऊँगी । अपने अब्बा हुजूर से मेरा सलाम कैना और कैना कि सुबह दुआ-सलाम होगी, अभी अम्मा का जी ठीक नहीं ।"

शहनाज ने अनुभव किया कि जद्दन की आवाज मरते वक्त की-सी हो आई है । निहायत हल्की और बेजान । वह चाहती थी कि कुछ बातें करके, उसकी उदासीनता को कम करने की

कोशिश करे, लेकिन इस डर से चुप रह गई कि कहीं अंदर इकट्ठा किया हुआ दुःख गुस्से की शक्ल में बाहर फूट आया, तो पूरे घर का वातावरण बदल जाएगा। आज के वक्त को तो अब यों ही टल जाने देना अच्छा है।

वापस लौटकर उसने बताया, तो जहीर और अशरफ मियाँ, दोनों ने मुँह बिरा लिया।

"हम लोगों ने तो हरचंद यही कोशिश की है कि कहीं से उस नामुराद बकरे की कोई चीज अम्मा को दिखे ही नहीं। वो तो इतनी संजीदा हो गई हैं, जैसे बकरे का हलाल किया हुआ सर आँगन में टँगा हुआ हो। कह रही थीं, गोश्त-पुलाव वगैरा कुछ मत भेजना।" शहनाज ने कहा, तो अशरफ मियाँ उठ खड़े हुए। बोले, "जब उसे खिलाना हो, हमें बुला लेना। क्यों, भई जुबैद, तुम कहाँ तशरीफ ले जा रहे हो ? जरा बैठक में मेहमानों के करीब रहो।"

"चाचाजी ने पिछवाड़े भेजा था, बड़ी अम्मा के पास। उन्होंने चार आने हमें दिए हैं, कि जाओ, शंभू पंडत की दूकान से आलू की सब्जी ले आओ।"

"अबे, इधर ला चवन्नी। जा, मेहमानों को पानी-वानी पूछना। अम्मा को हम देख लेंगे। शहनाज बेटे, ऐसा करो—एक थाली में पुलाव और बड़े कटोरे में गोश्त लगाकर हमें दे दो। हम ले जाकर समझा देंगे। वाकई, बहुत बेवकूफ किस्म की औरत है। जहीर, तुम बाहर बैठके में दस्तरखान बिछवाने में लगो। शराफत के अलावा और एक-दो लड़कों को साथ ले लो।"

पुलाव की थाली और गोश्त का कटोरा शहनाज ने ही पहुँचा दिया। खटोले की बगल में रखकर, पानी लाने के बहाने तुरंत लौट आई। अशरफ मियाँ ने करीब से माथा छुआ और बोले, "क्यों, भई, ऐसे क्यों लेटी हो ? तबीयत तो ठीक है ना ? अरी सुनो, सारे किये-कराये पर मिट्टी न डालो। तुम रुसवा रहोगी, तो सारी मेहमाननवाजी फीकी पड़ जाएगी। सारा घर कबाब-गोश्त उड़ाए और तुम उस शंभू पंडत के यहाँ के पानी वाले आलू मँगवाओ, ये तो हम लोगों को जूती मारने के बरोबर है।···ऐसी भी क्या बात हो गई, जो तुमने खटिया पकड़ ली ? गोश्त से तुम्हें कभी परहेज नहीं रहा। बिना शोरबे के रोटी गले से नीचे तुम्हारे उतरती नहीं। अब इस हद तक जज्बाती बनने से तो कोई फायदा नहीं। आखिर जिन बकरों का गोश्त तुम आज तक खाती आई हो, उनके कोई चार सींग तो थे नहीं !···लो, शहनाज खाना दे गई है। गोश्त वाकई बहुत लज्जतदार बना है। जहीर तो दूसरा बकरा भी ढूँढ़ने गया था, मगर लौटकर यही कहने लगा कि 'अब्बा, अपना बेचने जाओ तो सौ के पचास देंगे और दूसरों का खरीदने जाओ, तो पचास के सौ माँगेंगे।' तुम तो घर की इस वक्त जो अंदरूनी हालत है, जानती ही हो···।"

जद्दन ऐसे उठी, जैसे कब्रिस्तान में गड़ा हुआ मुर्दा खड़ा हो रहा हो। तीखी आँखों से अशरफ मियाँ की ओर उसने देखा और आवाज मेहमानों तक न पहुँचे, इस तरह दबाकर बोली. "जहीर के अब्बा, नसीहतें देने आए हो ? मेरी तकलीफ तुम लोग समझोगे ? रिजवी के यहाँ घंटों पड़ी रही हूँ, तो कैसे यही मेरे तसव्वुर में आता रहा कि अब तुम लोग मेरे मैमूद के सिर को धड़ से कैसे जुदा कर रहे होगे—कैसे उसकी खाल खींच रहे होगे—कैसे उसका गोश्त पका रहे होगे—जार-जार रोती रही हूँ और रिजवी की बीबी यूँ समझ के मुझे समझाए जा रही है कि मैं

उसके बदनसीब भाई की बेवक्त की मौत पे रो रही हूँ । आज ससुरा सवेरे-सवेरे से बार-बार मेरे कान मुँह में भरे जाता था और मैं थूथना पकड़कर, धक्का दे देती थी । मैं क्या जानूँ कि बदनसीब चुपके से कान में यही कहना चाहता है कि 'अम्मा, आज हम चले जाएँगे···!' तुम लोग समझोगे मेरी तकलीफ कि कैसे मेरे लबों पर 'मैमूद' की सदा आएगी और खत्म हो जाएगी ?"

जद्दन काफी देर तक फूट-फूटकर रोती रही और अशरफ मियाँ हक्का-बक्का बैठे रहे । उनकी समझ में नहीं आ रहा था कि स्थिति अब सँभले कैसे ! आखिर उन्होंने यही तय किया कि चुपचाप खाना उठा ले जाना ही ठीक है ।

वह थाली-कटोरा उठाते कि जद्दन जहरबुझी आवाज में बोल उठी, "तुम बेदर्दों से ये भी न हुआ कि मैं अव्वल दर्जे की गोश्तखोर औरत जब कै रही हूँ कि 'बेटे शहनाज, हमें गोश्त-वोश्त न देना ।' तो इसकी कोई तो वजह होगी ? और जहीर के अब्बा, इंसान दाढ़ी बढ़ा लेने से पीर नहीं हो जाता । तुम ये मुझे क्या नसीहत दोगे कि सभी बकरों के दो सींग होते हैं ? इतना तो नादीदा भी जानता है । दुनिया में तो सारे इंसान भी खुदा ने दो सींग वाले बकरों की तरह, दो हाथ, दो पाँव वाले बनाए । लेकिन औरत तो तभी राँड होती है, जब उसका खसम मरता है । अम्मा तो तभी अपनी छाती कूटती है, जब उससे उसका अपना बच्चा जुदा होता है ।··ये मैं भी जानती हूँ कि मेरे मैमूद में कोई सुर्खाब के पर नहीं लगे थे, मगर इतना जानती हूँ कि मेरी तकलीफ जितना वह बदनसीब समझता था, न तुम समझोगे, न तुम्हारे बेटे···! समझते होते, तो क्या किसी हकीम ने बताया था कि मेहमानों को इसी बकरे का गोश्त खिलाना और तुम भी भकोसना, नहीं तो नजला-जुकाम हो जाएगा ? जहीर के अब्बा, उसूलों का तुम पे टोटा नहीं, मगर इस वक्त अब हमें बहुत जलील न करो । शहनाज से कहो, उठा ले जाए, नहीं तो फेंक दूँगी उधर ! जुबैद से कह देना, अब पंडत के हियाँ से सब्जी लाने की भी कोई जरूरत ना रही । मेरा पेट तो तुम लोगों की नसीहतों से ही भर चुका ।"

अशरफ मियाँ नीचे झुके और थाली-कटोरा उठाते हुए, वापस आ गए, "लो बेटे, रखो ! जिद्दी औरत को समझाना तो खुदा के बस का भी नहीं । उसे उसके हाल पर छोड़, मेहमानों की फिक्र करो ।"

हारा हुआ

आसपास जुड़ आए औरत-मर्दों की उपस्थिति में ही गंडामल ने अपनी चारखानी लुंगी उतारकर परे फेंक दी और एकदम गहरे वाले लाल रंग के लंगोट के अगले सिरे को नागफनी के पत्ते की तरह फैला लिया तो चारों ओर सनसनी फैल गई ।

खबर तो यह पहले ही फैल चुकी थी कि दुखहरन मोची ने गंडामल पहलवान के खास चेले दुलीचंद के मुँह पर यों कह दिया था कि—"कह देना अपने बाप गंडामल से, आगे से मेरे घर की तरफ मुँह किया, तो उसकी बेहया आँखों को कटन्नी से खींचकर बाहर निकाल दूँगा और जबान में ठोंक दूँगा जूते की नाल ! पता चल जाएगा हरामजादे को कि किसी की बेटी को बुरी नजर से देखना क्या होता है !"

सारी बस्ती में यह सनसनी फैली हुई थी कि दुखहरन मोची की न जाने क्या दुर्गति करे गंडामल पहलवान । औरत-मर्दों का जो रेला गंडामल पहलवान के इर्द-गिर्द जुड़ आया था, उसमें से प्रत्येक की आँखों में—एकदम चटख लाल रंग के लंगोट को अपनी जाँघों के बीच ऐंठ-ऐंठकर कसते गंडामल पहलवान के साथ-ही-साथ—दुखहरन मोची की सूरत भी साफ-साफ उभर रही थी ।

दुखहरन वहाँ पर नहीं था, मगर लोगों को लग रहा था कि गुस्से से किसी क्रुद्ध जंगली गैंडे की तरह बिफर-बिफर कर लंगोट को खोलते-कसते हुए गंडामल पहलवान के आसपास ही, कहीं दुखहरन मोची भी जरूर खड़ा है । हर समय पानी चूते रहने से चिमियाती और गड्ढों में धँसी हुई आँखें और न जाने सिर की कमजोरी के कारण, या कि अपनी जिंदगी के प्रति वितृष्णा के कारण, लगातार नाक से रिसती रेंट···और पंख उतारे गए बीमार मुर्गे-जैसा झिल्लीदार जिस्म—लोगों को लग रहा था, अगर भयंकरता में गंडामल पहलवान का जोड़ नहीं है, तो दयनीयता में दुखहरन मोची भी पूरी बस्ती में अपनी नस्ल का अकेला ही है ।···और ऐसा लगने के कारण ही, लोगों को गंडामल पहलवान की अपनी ही जगह पर खड़े-खड़े पैंतरेबाजी करने की बात कुछ अजीब-सी लग रही थी । अजीब ही नहीं, अप्रत्याशित भी ।

लोगों की धारणा थी कि अब तक तो दुखहरन मोची की कमजोर गर्दन पकड़कर मरोड़ भी चुका होता गंडामल पहलवान । दुखहरन मोची-जैसे दयनीय और बगैर आड़-सहारे के आदमी से अपने अपमान का बदला चुकाने के लिए गंडामल पहलवान को द्विविधा से निबटना हो—लोगों को यह सब अजूबा-सा लग रहा था ।

और खुद गंडामल पहलवान की स्थिति भी अजीब हो रही थी । लगातार सोलह-सत्रह वर्षों

से, आसपास के पूरे इलाके में, जिस किसी भी बस्ती में वह रह रहा था, पूरी निरंकुशता के साथ रहा था। कई जगह, कई बार उसे दूसरे पहलवानों और गुंडों की चुनौतियों से भी निबटना पड़ा था, मगर ऐसा अवसर यह पहली बार ही उसकी जिंदगी में आया था, जबकि गंडामल पहलवान सीधे आगे बढ़कर टकरा जाने की जगह, अपने ही पाँवों पर खड़ा-खड़ा पैंतरेबाजी करता रह गया हो।

दुखहरन मोची जैसा हर तरह से गया-बीता आदमी गंडामल पहलवान के मुँह पर चमरौधा मारने, थूक देने तथा कटन्नी से आँखें बाहर खींच लेने की बातें करे—और गंडामल पहलवान बड़ी देर तक यों अपनी ही जगह पर खड़ा सिर्फ चारखानी लुंगी को उतारता और लाल लंगोट को खोलता-कसता रह जाए—यह स्थिति जितनी आसपास जुड़ आए लोगों के लिए आकस्मिक थी, उससे कहीं ज्यादा खुद गंडामल पहलवान के लिए।

इस बार लंगोट के पिछले सिरे को कसकर नीचे दबाते में सिर को टाँगों के बीच में झुकाए-झुकाए ही गंडामल पहलवान कई बातें सोच गया।

पहले तो वह यही सोच रहा था कि दुखहरन मोची-जैसे दीन और पलीत आदमी की ओर से इतनी बड़ी चुनौती का यह अवसर चूँकि उसकी जिंदगी में पहली-पहली बार आया है, इसी से वह कुछ असमंजस और अनिर्णय की-सी स्थिति में फँस गया है। मगर इस बार उसने महसूस किया, अगर अनिर्णय की स्थिति होती, तो उसे निबटने के लिए वह तेजी से दुखहरन मोची के झोपड़े तक पहुँच सकता था और उसी की आँखों के सामने उसकी विधवा बेटी कैलासो की अस्मत लूटकर दिखा सकता था कि गंडामल पहलवान से उलझने का नतीजा क्या होता है।···मगर उसे अंदर-ही-अंदर महसूस हो रहा है कि कहीं किसी बिलकुल अमूर्त्त-से स्तर पर यह सारी स्थिति अंदर-ही-अंदर निर्णीत हो चुकी है। कोई एक फैसला है, जो बिलकुल नामालूम-से तरीके से उसकी चेतना पर कुंडली मारकर बैठ गया है···और इसीलिए वह जब भी आक्रामक बनने की कोशिश करना चाहता है, सिर्फ अपनी ही जगह पर सिकुड़ कर रह जाता है। और सिर्फ इसीलिए उसका जंगली गैंडे जैसा खूँखार जिस्म अपनी जगह पर कीलित-सा हो गया है।

उसे लगा, दुखहरन मोची की ओर से आने वाली चुनौती उसकी जिंदगी में पहली-पहली बार नहीं आई है, बल्कि यह किसी बहुत पहले आ चुकी चुनौती की पुनरावृत्ति-मात्र है। किसी ऐसी चुनौती की पुनरावृत्ति, जिसे गंडामल पहलवान तब झेल नहीं सका हो और अपने ही पैरों पर खड़ा, ठीक इसी तरह जमीन खूँदता रह गया हो।

लंगोट का पिछला छोर कसते-कसते गंडामल पहलवान की उँगलियों के सिरों में सूजन आने लग गई थी और वह चाह रहा था कि जब वह अपनी टाँगों के बीच से सिर उठाकर, अपने चारों ओर देखे, तो उसे दूर-दूर तक कोई भी आदमी या औरत दिखाई न पड़े। सिर्फ एक छोर पर अकेला वह खड़ा हो और दूर निपट अकेली खड़ी हो, दुखहरन की चुनौती—उसकी विधवा बेटी कैलासो! ताकि वह एक बार अपने ही अंदर गड़े उस मजबूत खूँटे को ठीक से टटोल सके, जिसके कारण कि उसका जंगली गैंडे-जैसा जिस्म अपने ही पाँवों पर खड़े-खड़े अपने ही अस्तित्व

को रौंदने के अलावा और कुछ भी कर पाने में असमर्थ हो गया है।

मगर सिर उठाते ही गंडामल पहलवान ने देखा, उसके आसपास तमाशाई लोगों की भीड़ और ज्यादा हो गई है। इतना ही नहीं, खबर फैलते-फैलते उसके सारे चेले भी वहाँ एकत्र हो गए हैं और हाथों में लाठी थामे इस प्रकार खड़े हैं, जैसे इसी प्रतीक्षा में हों कि उस्ताद गंडामल पहलवान आदेश दे, तो दुखहरन मोची पर टूट पड़ें।

गंडामल पहलवान ने एक बार पूरी आँखें उघाड़कर, अपने आसपास खड़ी भीड़ को देखा। सहमी-सहमी-सी आँखों में कौतूहल और गोद में बकरियों के जैसे थन झिंझोड़ते बच्चों को लिए औरतों को देखकर उबकाई-सी आने लगी। ढेर सारे मर्दों के चेहरों पर अपनी असमंजस की स्थिति के प्रति कौतूहलपूर्वक सिमटती-फैलती झिल्लियों को देख-देखकर उसे ऐसा लगा, जैसे किसी ऐसे तालाब को देख रहा हो, जिसमें सिर्फ कीचड़-ही-कीचड़ हो और उसमें मेंढकों का झुण्ड खदबदा रहा हो।

ऐसे अवसरों पर लोगों के चेहरे कितने क्रूर और नंगे हो आते हैं ? उन तमाम लोगों के प्रति घृणा अनुभव करते हुए, गंडामल पहलवान ने एक नजर अपने पीछे खड़े शागिर्दों पर भी डाली और फिर···फिर उसे लगा कि उसकी दृष्टि कहीं उस झोंपड़े तक भी पहुँच रही है, जहाँ कटन्नी और चमरौधा हाथ में लिए निपट अकेला दुखहरन मोची खड़ा है।···और उसके पीठ-पीछे खड़ी है सिर्फ उसकी चुनौती— 'कह देना गंडामल पहलवान से कि कटन्नी से सुसरे की आँखें बाहर खींच लूँगा !'

एक ओर निपट अकेला दुखहरन मोची और उसके पीठ-पीछे खड़ी सिर्फ उसकी अपनी ही चुनौती—साल-भर के बच्चे को गोद में लिए विधवा कैलासो ! और दूसरी ओर गंडामल पहलवान, उसके खूँखार शागिर्द और पचासों औरत-मर्दों का रेला !···

गंडामल पहलवान को लगा कि दुखहरन मोची की तुलना में कहीं उसका पलड़ा बहुत हलका पड़ गया है। और सिर्फ इसीलिए उसकी मदद को उसके शागिर्दों और तमाशाई औरत-मर्दों का इतना बड़ा रेला उमड़ता चला आया है।

एकाएक गंडामल पहलवान तेजी से अपने शागिर्दों की ओर पलट गया—"क्यों रे चुगदो ? अखाड़ा लग रहा है यहाँ पर, जो सुसरे लठैत बने खड़े हो गए हो ? जिससे निबटना होगा, गंडामल अकेले निबट लेगा। तुम तमाशबीनों की कोई जरूरत नहीं है।"

जल्दी में शागिर्दों या किसी दूसरे की ओर से कोई जवाब नहीं आया, मगर जुगल पनवाड़ी के हिलते हुए ओंठों को गंडामल पहलवान ने देख लिया। उसे लगा, अपने मुँह से अपना नाम लेते हुए आज पहली बार सिर्फ गंडामल ही उसके मुँह से निकल पाया है, 'गंडामल पहलवान' नहीं।

उसे यह भी लगा; जिस तरह सारी बातें दुखहरन मोची को बचा करके उसने कही हैं, उससे सिर्फ जुगल पनवाड़ी की ही नहीं, बल्कि दूसरे लोगों की आँखों में भी कौतूहल उमड़ आया है।

अपने असमंजस के कारण वह लोगों की दृष्टि में दुखहरन मोची से हारता चला जा रहा

है, ऐसा आभास होते ही, गंडामल पहलवान फिर बिफर गया। पहले उसने जोर-जार से दुखहरन मोची को भद्दी-भद्दी गालियाँ दीं, फिर कैलासो से अपने अश्लील संबंध कायम किए और फिर, मन-ही-मन जुगल पनवाड़ी और भीड़ को गंदी-गंदी गालियाँ देते हुए, परे फेंकी चारखानी लुंगी उठाकर कंधे पर डाल ली उसने।

भीड़ से बाहर निकलते हुए, गंडामल पहलवान ने जिन्दगी में पहली बार यह जाना कि जो आदमी खुद अपने ही अंदर से कमजोर पड़ जाए, उसे मददगारों की भीड़ और ज्यादा कमजोर बना डालती है।

उसे लगा, अंदर से कमजोर और असमंजस में पड़े हुए आदमी को निपट अकेलापन ही सहारा दे सकता है; भीड़ तो उसे और भी बेकाबू बना डालती है और फिर वह ऐसा कुछ भी नहीं कर पाता, जिसे वह खुद करना चाहता है। तब वह उस काम को करने को बाध्य होता चला जाता है, जो भीड़ का सामूहिक निष्कर्ष और दबाव उससे करवाना चाहे। अपने ही निर्णय के आगे कमजोर पड़े हुए आदमी पर भीड़ की सामूहिकता अपने निर्णयों को थोपती चली जाती है, ऐसा गंडामल पहलवान को पहली बार अहसास हुआ। वह इस बात को अब समझ गया था कि वह भले ही असमंजस और अनिर्णय की स्थिति में फँसा हुआ हो, मगर उसके पीठ-पीछे छूटी लोगों की भीड़ निर्णय ले चुकी है।

इस निर्णय पर भीड़ एकदम आरंभ में ही पहुँच चुकी थी कि अब गंडामल पहलवान दुखहरन मोची की गरदन मरोड़ देगा, और मार-मारकर उसका कचूमर निकाल देगा और फिर उसी के सामने उसकी विधवा बेटी कैलासो को पकड़कर, उसकी अस्मत पर हाथ डालकर, अपने अपमान का बदला चुकाएगा !...और जब तक वह ऐसा कर नहीं डालेगा, तब तक भीड़ की आँखों में तपती पिपासा भी नहीं बुझेगी।

दुखहरन मोची की झोपड़ी बस्ती के आखिरी सिरे पर थी, लेकिन जहाँ से गंडामल पहलवान आगे बढ़ा, वहाँ से बिलकुल आँखों की सीध में।

गंडामल यह चाहता था कि इस समय वह सीधे दुखहरन मोची के झोपड़े की तरफ न जाकर, कहीं एकांत की ओर चल दे। पश्चिम की तरफ पड़ने वाला बड़ा पोखर और उसके किनारे का बड़ा पीपल का पेड़ उसे याद आ रहा था।...वह चाहता था, घंटे-दो घंटे के लिए दह उसी के नीचे अपनी चारखानी तहमद बिछाकर लेट जाए। और फिर अपने अंदर एकाएक उमड़ आए उस अतीत को शांत मन से टटोले, जिसने उसे दुखहरन मोची की तुलना में कमजोर बनाकर छोड़ दिया है। मगर पीछे मुड़कर न देखते हुए भी उसे लगता रहा कि भीड़ भले ही पीछे छूट गई, मगर भीड़ में से हरेक व्यक्ति की आँखें उसी की पीठ पर टिकी हैं।

कभी-कभी अपनी प्रसिद्धि और बड़प्पन की स्थिति खुद अपने ही लिए कितनी घातक बन जाती है और अपनी ही दृष्टि में अपने को कितना असहाय, निरुपाय बना देती है, यह सोचकर,

गंडामल पहलवान की आँखों में थोड़ी-सी नमी फैल गई। वह अपनी आँखों को पोंछ लेना चाहता था, ताकि कहीं दुखहरन मोची के सामने आँसू न निकल पड़ें। मगर उसे लगा, इस समय वह जरा-सा भी रुका और आँखें पोंछने में लगा, तो भीड़ की आँखों में और भी ज्यादा शंकाएँ उभर आएँगी।

लगातार सोलह-सत्रह वर्षों से अपने शारीरिक बल और खूँखार स्वभाव के चलते खुद गंडामल पहलवान ने अपनी स्थिति ऐसी बना ली कि आसपास के इलाके में उसके नाम का आतंक छाया हुआ है। उसका शागिर्द कहलाने में उभरते हुए पहलवान गर्व से सीना फुला लेते हैं। जिस बस्ती को कांग्रेस सरकार ने शरणार्थियों के लिए बसाकर 'पुरुषार्थी बस्ती' नाम रख दिया था, वह 'बस्ती गंडामल' के नाम से ज्यादा जानी जाती है। अपने और अपने दिलेर पट्ठों के बल पर गंडामल पहलवान ने हर आड़े आने वाले को पराजित करके दिखा दिया। जिस औरत पर नजर चढ़ गई, उसको अपनी बाजुओं में बाँधकर ही दम लिया। आज पैंतालीस-छियालीस की उम्र में भी जिस्म पर कहीं भी तेल का हाथ ठहर नहीं सकता। यही बनारसी जुगल पनवाड़ी जब पिछले साल इस बस्ती में आया था, तो अपनी साढ़े तीन-इंची मूँछों को ऐसे उमेठता फिरता—जैसे गंडामल पहलवान की उसके लिए कोई अहमियत ही नहीं हो। बनारस के बजरंग बली अखाड़े का निकाला हुआ पट्ठा था, गंडामल पहलवान के भैंसे जैसे जिस्म को देखकर, हँस पड़ता था कि 'तो यही हैं गंडामल पहलवान साहेब ?'

तब जुगल पहलवान को यही पता नहीं था कि गंडामल पहलवान ने धाक सिर्फ अपनी जिस्मानी ताकत के बूते पर नहीं जमा रखी है, बल्कि जीवट के कारण जमा रखी है। कुश्ती में हार जाने पर अखाड़े से हट जाने की स्थिति गंडामल के सामने आ सकती है, मगर किसी से दुश्मनी के अखाड़े में तो वह जान लेकर ही पीछे हट सकता है।...और वह भी यों कि लाश का ही पता न चले कि दफन कहाँ हुई।

पिछले ही साल की बात है, गंडामल पहलवान के लिए पान लगाते हुए जुगल पनवाड़ी ने छेड़ दिया था, 'क्यों, पहलवान ! आपके जरा चूना ज्यादा लगा देवें, तो कैसा रहे ?'

और सिर्फ इतनी-सी बात पर ही गंडामल पहलवान ने चूना लगाने की डंडी पूरी की पूरी जुगल पनवाड़ी के मुँह में घुसेड़ दी थी और जब तक जुगल पनवाड़ी कुछ समझे, गद्दी पर से नीचे गिराकर, उसकी साढ़े तीन इंची मूँछों को अपने रामपुरी जूते की नोक के नीचे दबा दिया था।...और आज वही जुगल पनवाड़ी देखता रहा है कि गंडामल पहलवान दुखहरन मोची जैसे गए-गुजरे से बदला लेने के लिए कितनी पैंतरेबाजी कर रहा है।

गंडामल पहलवान को लगा, उसकी नंगी पीठ पर जुगल पनवाड़ी की लंबी मूँछें चुभती चली जा रही हैं। एकदम चौंककर उसने पीछे देखा, तो पाया कि बहुत पीछे छूटे हुए लोग, आगे बढ़ते-बढ़ते, अब उससे थोड़े ही फासले पर रह गए हैं और अगर वह तेजी से दुखहरन मोची के झोपड़े की ओर नहीं बढ़ा, तो फिर रास्ते में ही घेर कर खड़े हो जाएँगे।

गंडामल ने अनुभव किया कि अगर वह गंडामल पहलवान के रूप में मशहूर न होकर,

दुखहरन मोची की तरह गया-गुजरा होता, तो उसे यों भीड़ से घिरना नहीं पड़ता । इस मनःस्थिति से छुटकारा पाने के लिए वह तेजी से आगे बढ़ने की कोशिश करने लगा, तो उसे लगा, उसके भारी जिस्म का सारा-का-सारा वजन पाँवों की नसों पर उतर आया है और जल्दी-जल्दी चल पाने में वह असमर्थ है ।

अपने भारी-भरकम जिस्म के पीछे आती हुई भीड़ उसे ऐसी लगी, जैसे गिद्धों का झुंड उसके पीछे-पीछे उड़ता चला आ रहा हो ।

गंडामल पहलवान का मन हुआ, वह शौच के बहाने नाले की तरफ चला जाए और वहाँ कुछ सुस्ता कर वापस लौटे तो दुखहरन मोची और उसकी बेटी कैलासो, दोनों को जान से मार डालने की धमकियाँ भीड़ के सामने-सामने दे । ऐसे में शायद भीड़ में से कई ऐसे लोग भी निकल आएँगे, जो हाथ जोड़ते हुए यह कहें कि वह दुखहरन मोची और उसकी विधवा बेटी कैलासो पर रहम कर दे ।···और दुखहरन मोची तथा कैलासो से माफी माँगने को कह दें !

इस कल्पना से गंडामल पहलवान को सहारा मिला और वह शौच जाने की बात भूल गया । कुछ तमतमाया हुआ-सा, वह भीड़ की प्रतीक्षा में रुक गया । ज्यों ही जुगल पनवाड़ी के आगे-आगे चलता हुआ दुलीचंद पहलवान दिखा, वह जोर से चिल्लाकर बोला—"दुलीचंद ! आगे से अपनी बिरादरी की उस्तादी तू खुद सँभाल लेना बेटे !···मैंने तो आज दोनों ससुरों का कत्ल कर देना है ।"

गंडामल पहलवान कहना सिर्फ इतना ही चाहता था, ताकि दुलीचंद आगे बढ़कर उसे हाथ जोड़ने लगे कि 'उस्ताद, इतना बड़ा जोखिम उठाने की कोई जरूरत नहीं है । हुक्म हो तो, मैं दुखहरन मोची और उसकी बेटी कैलासो को आपके नीचे लिटवाकर दिखा दूँ, मगर जरूरत जरा ठंडे दिमाग से काम लेने की है ।'···मगर जुगल पनवाड़ी को देखते-देखते, इतना और भी गंडामल पहलवान के मुँह से निकल पड़ा—"और जो कोई सुसरा बीच में पड़ने की कोशिश करेगा, उसकी भी टाँगें 'चर्र से' चीर कर अलग रख दूँगा !"

'चीर कर रख दूँगा' कहते-कहते, गंडामल पहलवान ने अपनी चारखानी लुंगी को चीरकर, दो टुकड़े कर लिए ।···और फिर खुद ही उसने यह भी अनुभव कर लिया कि अपने आवेश की अति में उसने लोगों के बीच-बचाव करने को आने की संभावना को भी खत्म कर दिया है ।

गंडामल पहलवान ने देखा, दुलीचंद पहलवान सहमकर अपनी ही जगह पर खड़ा रह गया है और उसके पीछे-पीछे आती भीड़ भी थम गई है । अपने आप पर ही झुँझलाते हुए, गंडामल पहलवान इस बार तेजी से दुखहरन मोची के झोपड़े की ओर बढ़ गया ।

उसने तय कर लिया, इस प्रकार की मानसिक यंत्रणाओं से उबरने का रास्ता उसके पास सिर्फ अब यही रह गया है कि दुखहरन मोची और कैलासो को जान से भले ही न मारे, मगर पीटे जरूर ।

गंडामल पहलवान ने अपना नोकदार रामपुरी जूता निकालकर हाथ में ले लिया··मगर तभी उसे अचानक याद आया कि आज से सत्रह वर्ष पहले भी उसने इसी तरह अपना पेशावरी जूता

गाँव से निकाला था और अपने ही मुँह पर दे मारा था।...

इस बार वह अतीत बिलकुल साफ-साफ गंडामल पहलवान की आँखों में उभर आया, जिसके एकाएक कहीं अवचेतन में उमड़ आने से ही गंडामल पहलवान असमंजस में पड़ गया था।

जमीन का एक काफी बड़ा टुकड़ा है, जो गंडामल पहलवान के हिंदुस्तान पहुँचने से भी पहले ही पाकिस्तान में छूट गया है।...और काफी बड़े परिवार में से बाकी रह गए हैं, सिर्फ अट्ठाईस वर्षों का गंडामल पहलवान और उसकी आठ-नौ वर्षों की लड़की कँवली।

खूनी और वहशी लोगों का एक बड़ा-सा झुंड अपनी जमीन के आखिरी टुकड़े को छोड़ने की कोशिश में तेजी से भागते हुए गंडामल पहलवान को घेर लेता है।...पेशावर, लाहौर और रावलपिंडी के आसपास के अखाड़े के बड़े-बड़े रुस्तमों को उखाड़ फेंकने वाला गंडामल उनकी खूनी आँखों को झेल नहीं पाता है। भय से उसकी आँखें चुँधिया जाती हैं। वहशियों का झुंड उसके पहलवानी जिस्म को हिकारत-भरी आँखों से देखता है, और उसकी चुँधियाई हुई आँखों के सामने ही फूल-सी बच्ची कँवली को पकड़ लेता है...और अस्मत का बोध होने से भी पहले ही कँवली की अस्मत लुट जाती है, और गंडामल पहलवान उन गुंडों के छुरों की चमक से चुँधियाया-सा एक ओर खड़ा रह जाता है।

फिर सामने निपट अकेली, दम तोड़ती कँवली छूट जाती है और निपट अकेला गंडामल पहलवान !...और अपने ही पाँव का पेशावरी जूता निकालकर अपने मुँह पर चमरौधा मारता है...गंडामल पहलवान के मुँह पर गंडामल पहलवान ही जूता मारता है...मगर वह बेटी की अस्मत न बचा सकने, या कि बेटी की अस्मत के लिए अपनी जान न दे सकनेवाले गंडामल पहलवान के मुँह पर जूता मारने वाला गंडामल पिछले सोलह-सत्रह वर्षों में कहीं अपने ही अंदर गहराइयों में दब चुका है।

आज जैसे अचानक फिर गंडामल पहलवान का भारी-भरकम जिस्म पथरा गया है। गंडामल पहलवान की आँखें फिर चुँधियाती चली जा रही हैं। और उसे लग रहा है कि चारों ओर गहरा धुँधलका छाया हुआ है और उस धुँधलके में दुखहरन मोची के झोपड़े के बाहर सिर्फ कमजोर और दयनीय दुखहरन मोची नहीं खड़ा है, बल्कि खुद गंडामल भी खड़ा है। और उसके पीछे वह कैलासो नहीं खड़ी है, गंडामल पहलवान ने गेहूँ साफ करवाते में जिसके गालों पर चुटकी काट ली थी, बल्कि सत्रह साल पहले की कँवली खड़ी है।

गंडामल पहलवान के कानों में इस बार दुलीचंद पहलवान की कही हुई बातें फिर गूँज उठीं कि दुखहरन मोची ने कैसे चमरौधा दिखा-दिखाकर कहा था कि—'कह देना अपने बाप गंडामल से, कि उसने अभी दुखहरन मोची का कमजोर जिस्म ही देखा है, कैलासो के बाप का दिल नहीं देखा !'

दुखहरन मोची का झोपड़ा अब कुछ ही फासले पर रह गया था। पहलवान ने कल्पना की कि उसको अपने झोपड़े की ओर आते हुए देखते ही दुखहरन मोची आगे बढ़ आता है और ठीक

वैसे ही अपने पाँव का चमरौधा गंडामल पहलवान के मुँह पर दे मारता है, जैसे कभी गंडामल पहलवान ने खुद अपने मुँह पर मारा था । और गंडामल पहलवान एकदम मुर्दे की तरह जड़, अपनी ही जगह पर खड़ा रह जाता है । उसे साफ-साफ लगता है कि उसके मुकाबले में सिर्फ विधवा कैलासो का बाप दुखहरन मोची ही नहीं है, बल्कि खुद उसके ही अंदर का वह बाप भी खड़ा है, जो इस आत्म-प्रताड़ना में अपने ही सीने के अंदर दबा हुआ रह गया कि अपनी बेटी की अस्मत के लिए वह अपनी जान की बाजी नहीं लगा सका ।···

गंडामल पहलवान को लगा कि बस, इसी मुद्दे पर वह दुखहरन मोची के सामने बेबस पड़ा हुआ है । उसे लगा कि अपने अंदर का वह खूँटा मिल गया है, जिससे बँधे-बँधे उसका जंगली गैंडे जैसा बिफरा हुआ पहलवान जिस्म कमजोर पड़ गया ।

गंडामल पहलवान की आँखों की नसें तनाव में टूटने-टूटने को हो आईं । उसे लगा कि दुखहरन मोची ने अपनी कटन्नी उसकी आँखों की पुतलियों में चुभो दी है और उन्हें ऐसे बाहर खींच रहा है, जैसे कोई धींवर तड़पती हुई मछलियों को पानी से बाहर खींचता है । फिर उसे लगा, उसकी नंगी पीठ पर जुगल पनवाड़ी की साढ़े तीन इंची मूँछें लोहे की गरम कीलों की तरह ठुकती चली जा रही हैं । दुखहरन मोची के हाथ का चमरौधा अपने मुँह पर झेलकर, गंडामल पहलवान एकदम चुँधियाया-सा चुपचाप खड़ा है और जुगल पनवाड़ी अपने मोटे ओठों के नीचे दबी हुई सुर्ती को गंडामल पहलवान की ओर उछालते हुए कह रहा है—'क्यों बे, पहलवान ! मैंने तो जरा-सा चूना ही लगाने की बात की थी, उतने पर ही छाती पर चढ़ बैठा था । अब कहाँ गई तेरी मर्दानगी और पहलवानी, जो मुँह पर थुकवा कर और चमरौधा खाकर भी चुपचाप ही खड़ा है ?' गंडामल पहलवान कहना चाहता है कि मुझको जूता मारने का हकदार दुखहरन मोची ही हो सकता है ।··गंडामल पहलवान कहना चाहता है कि अपने मुँह पर चमरौधा मारने का हकदार सिर्फ खुद मैं ही हो सकता हूँ ।··मगर उसकी जबान एकदम कुंद हो जाती है ।

गंडामल पहलवान को लगा कि जब भी जुगल पनवाड़ी की बातें सोचता है, एक अजीब-सी उत्तेजना उसको बौखलाने लगती है । और अपनी इस तरह की चरम उत्तेजना के क्षणों में वह अपनी अनिश्चयात्मकता को और ज्यादा साफ-साफ पहचानने लगता है । और अपने आपको इस तरह पहचानने लगना ही, शायद, इस बात को पहचानने लगना भी है कि ज्यादातर लोगों की पूरी-पूरी जिंदगी कैसे उन्हीं फैसलों के अनुसार आचरण करते हुए व्यतीत हो जाती है, जो उन पर दूसरों के द्वारा लाद दिए जाते हैं । उसको साफ-साफ लगा कि भीड़ में अपने आपको एक बार गंडामल पहलवान के रूप में स्थापित कर चुकने के बाद, अपना निर्णय खुद ले सकने की गुंजाइश वह खो चुका है ।

गंडामल पहलवान ने अत्यंत गहराई से अपनी कमजोरी को अनुभव किया कि इस समय वह दुखहरन मोची से नहीं, बल्कि अपने आप से ही लड़ सकने की स्थिति में है । और अपने आप से ही लड़ता हुआ आदमी हर स्थिति में सिर्फ हारता ही है, चाहे फिर अकेले के हाथों हारे, या भीड़ के हाथों ।

उसने यह भी महसूस किया कि सत्रह साल पहले उसी के हाथों हारा हुआ गंडामल अब दुबारा हारने के लिए तैयार नहीं। वह महसूस कर रहा था कि इंसान हमेशा अपने ही हाथों पराजित होता है। अपनी ही आत्मग्लानि और अपनी ही आत्मवंचना के हाथों। और उसके सामने भी अब खुद अपने ही हाथों पराजित होने की स्थितियाँ शेष रह गई हैं। अब चाहे वह भीड़ के सामने हारे या दुखहरन के सामने।

इसके अलावा गंडामल पहलवान पहली बार एक बात यह भी सोचने लगा कि दुखहरन मोची और कैलासो से बदला लेने या न लेने का फैसला करने का हकदार अब सिर्फ खुद गंडामल पहलवान ही हो सकता है और दूसरा कोई नहीं। और इस˙˙सिर्फ इसी मुद्दे पर हार-जीत का दारोमदार टिका हुआ है, कि वह खुद अपने फैसले पर अमल कर पाता है, या नहीं।

इस बार, गंडामल पहलवान ने अपनी आँखों का पानी पोंछकर अँगुली से परे छिटका दिया।˙˙और जब तक भीड़ गंडामल पहलवान—और गंडामल पहलवान दुखहरन मोची और कैलासो—तक पहुँचे, कुछ कदम के फासले पर से ही अपनी चारखानी लुंगी के दोनों टुकड़ों को कमर से लपेटता, गंडामल पहलवान सामने वाले नाले की ओर बढ़ गया।

बिद्दू अंकल

लोग हमें गाँव में भी 'बिद्दू' ही पुकारते थे, दिल्ली शहर तो दिल्ली ही हुआ। यहाँ गाँव भनौरा, तहसील पट्टी, जिला—प्रतापगढ़, यू०पी० के न सिर्फ ये कि गरीब, बल्कि करीबन अनाथ गँवई लरिका की हैसियत कितनी ? लेकिन पुकारे चाहे कोई भी सिर्फ 'बिद्दू' ही, सुनाई हमें पूरा देता रहा—बिद्यासागर !

हक तो नाम को चाहे जितना संछिप्त करके पुकारने का, सबसे पहले—बल्कि कहिए सबसे ज्यादा—माँ का ही हुआ, जो कि दस महीना उदर में रखे रहीं, सालों छाती का दूध पिलाईं। किंतु बिस्सास मानें, हमारी अम्मा का ये सुभाव रहा कि जब बहुत लाड़ में हुईं, तब भी—'ए बिद्यासागर !'—और बहुत ही गुस्सा हुईं, तो भी—'ए बिद्यासागर !'

समझिए कि सिर्फ उच्चारण से पुकारने का मर्म बदल जाता रहा और एक 'ए बिद्यासागर' में हम बंदर की तरह इतना तेज दौड़ें कि जमीन पर औंधे-मुँह गिर पड़ने से बचें, तो अम्मा की छाती से टकरा जाएँ।—और दूसरा 'ए बिद्यासागर' सुनें, तो—खैर, शरारती और चालाक तो बचपन में हम लाखों में एक—दूर से ही कान पकड़ लें। अपना ढक्कन यों कर लें कि जाने कितनी ठौर पिचका भया।—ढक्कन, यानी कि मूँड़ !—अउर ऊपर से तान दें ऐसा करुण संगीत कि जिसके कानों में पड़े, वही ठंडा पड़ जाए—फिर अम्मा, तो अम्मा !—आप लोग तो खुद ही जानते होंगे कि और तो और, राच्छसों की अम्मा का चित्त भी कोमल। हमारी अम्मा तो हमारी अम्मा। गुस्सा तो जाने कहाँ 'फुर्र'—बस, ये कि मार चुम्मे पर चुम्मा। एक हाथ से नाक की रेंट पोंछे जा रही हैं, तो दूसरे से आँसू। एक से बाल सँवारे जा रही हैं—'ए बिद्यासागर !'—दूसरे से काँख में कुरकुरा रही हैं—'ए बिद्यासागर !' और हम हैं कि छँटे चार सौ बीस।—नान-से तो हैं, आँचल में मूँड़ गड़ा के निर्दुंद पड़ गए हैं। फिर कुछ सयाने भी हो गए, तो गुड़ से नीचे कहाँ माने हैं ?

लेकिन, ठहरिए, ऊपर एक बात गलत कह गए कि—'तान दें ऐसा संगीत'—तो ऐसा नहीं कि अम्मा न रहीं, तो फिर कभी नहीं ताने, मगर वो क्या है कि आँसू अम्मा के आँचल में गिरे, तो मोती—दीगर के सामने गिरे, तो गीज। सो जैसा समय पड़ा, तैसा ही हमारा संगीत तानना होता गया, बाबू साहेब ! और होते-होते हम ऐसे काठ हुए कि चाची एक दिन पीटते-पीटते परास्त होकर, आखिर यही बोल गईं—'बड़ा बज्जर है, भइया, ई ससुर तो।'

तब तक में इतना ज्ञान हमें हो गया रहा कि जहाँ कुछ कहे का अर्थ न रह जाए, वहाँ तो चुप रहो, तब सुखी रहो।

अब देखिए हमारा इस दिल्ली शहर का अहवाल कि जब टिंकू भइया और रिंकी बेबी बार-बार चिढ़ाएँ हमें कि 'एस०आई०आर०भी०ए०एन०टी०—सर्भेंट माने नौकर ! नौकर माने—बिद्दू अंकल !'—तो हम कुछ भी कहे थोड़े ही, बिलकुल चुप लगा गए कि जो सचाई है, उसकी खातिर बालकों को दोष क्यों दें ?—यहाँ तक कि पँड़ाइन दीदी जी दोनों को डाँटीं हमारे ही सामने कि 'ए टिंकू-रिंकी, क्या बकवास कर रहे हो ?'—लेकिन एक तो ये कि अपनी औकात जानो, तो गुस्सा क्यों करो । और दूसरी बात ये, बाबू साहेब, कि हम खुद पँड़ाइन दीदी जी को बच्चों को यों पढ़ाते सुने रहे, रसोईघर में काम करते-करते, कि—'एस०ई०आर०भी०ए०एन०टी०—'

टिंकू भइया पूछे कि 'सरभेंट किसको कहते हैं, मम्मी ? ये भी आदमी होते हैं क्या ?'—पँड़ाइन दीदी तुरंत बताईं कि 'हाँ, जो घर की झाड़ू-बुहारी, कप-प्लेटों की धुलाई और बरतनों की मँजाई, जूता-पालिश वगैरा के वो काम कर, जिसे घर के बाकी कोई जन ना करते हों, तो उसे सर्भेंट, यानी नौकर कहते हैं !'

तब मुटल्ली गुड़िया-सी रिंकी रानी क्या पूछती हैं, दाँत निपोरती—'जैसे अपना बिद्दू अंकल, मम्मी ?'—तो एकाध छिन को दुविधा में पड़ती-सी, आवाज को थोड़ा धीमा करती, दीदी जी कहती हैं कि—'हाँ !'

आप अचरज करेंगे, साहेब, कि दीदी जी तो बोलीं क्या कहते हैं कि डायलिंग रूम में, वो भी आवाज दबाकर, और हम सुन लिए किचिन-अंदर । तो एक तो हम आपको थोड़ा पाँड़े साहब जी का बँगला समझा दें कि इधर लोदीनगर या सफदरजंग वाली साइड से आप पहुँचे जब जोरबाग, तब सात कोठी पार करने के बाद पीली, मार चमचम करती दुमंजिली कोठी । ऊपर लाल ईंटों वाली बरसाती ऐसी खपसूरत कि कबूतर बैठें, तो उड़ाए न उड़ें !—कैसा किसम-किसम के फूल-पौदों से भरा तो वो, जिसे क्या कहते हैं आपके दिल्ली शहर में—लौन !

खैर, जो जगह छूट गई, अब उसके इतने बिस्तार में क्या जाएँ । जितने दिन का—कितना अरसा हुआ होगा हमको ? कार्तिक की इग्यारहवीं को चले थे, ये माघ का महीना आ गया ।—हम, शायद, दाना-पानी की बात कर रहे थे कि कितने दिन का बदा था—और हाँ, यह कि पाँड़े साहब जी के यहाँ जो यों लंबा-सा डायलिंग रूम है—टी०पी० सलीमा देखिए, तो सचमुच का सलीमा हॉल मालूम पड़ता है—किचिन उससे बिलकुल चिपका-सा तो है और सुनने का तो अब ये बाबू साहेब, कि शायद आप सिर्फ सोचेंगे, हम सुन लेंगे । कहावत वही कि लवारिस के पेट-कान एक । वेदना आदमी के आँख-कान हाथ-मुँह सब खोल देती है, बाबू साहेब !—और ये बात नहीं ना कि जब वेदना में होते हैं, तो अब संगीत नहीं तानते हम ? नहीं साहेब, खूब तानते हैं । बस, ये है कि अपने ही भीतर यों कि अम्मा के सिवा ओ-ओ—ऊपर वाला सुने, तो सुने—दीगर कोई न सुने ! क्योंकि जिसने सुनकर 'ए बंदरवा, बिद्यासागर' कहते, हमसे रोने का मतलब ना पूछा, आए आँसू ना पोंछे, बल्कि घिरना से चहेट लिया कि 'क्या चिल्ल-पों मचा रहे हो, ससुर !'—उसके आगे रोने से, तो मरना भला कि नहीं ?

ऐसा नहीं कि खुद की चमरई से कभी व्याकुल नहीं हुए और कहीं जा मरने का ताव नहीं

आया कभी हमें, मगर जब भी इतने अधिक व्याकुल-से होते हैं, कि आत्महत्या की सोचें—जाने कहाँ से अम्मा आवाज-सी देती चली आती हैं कि— 'ए बिद्यासागर ! ए बिद्यासागर !'—समझिए कि कभी-कभी तो यों मालूम पड़ता है कि अम्मा का पुकारना सुनकर पागलों की भाँति सारी दुनिया से बेखबर रि—रि-रि-रि दौड़ पड़ें, तो टकरा पड़ेंगे, अम्मा से ।

अपनी अम्मा जी के बारे में बिस्तार से क्या बतावें, बाबू साहेब !—समझिए कि अम्मा तो तभी चली गईं, जब हम कुल जमा पाँच-छै साल के रहे होंगे, लेकिन अम्मा का देखना नहीं गया । आज भी ये हाल है कि कभी भूखे हैं, तो लगता है कि देख रही हैं—नंगे हैं, तो देख रही हैं । उचाट जागे पड़े हैं, तो देख रही हैं—गहरे सोये पड़े हैं, तो देख रही हैं ।

शायद, आपको बिस्सास न आता होगा ? सोचते होंगे, जो गौधाम को चला गया, सो कहाँ देखता है ? किंतु ऐसा है, बाबू साहेब, कि हम आपके बिशाल दिल्ली में करीबन चार, साढ़े चार महीना रहे जरूर हैं, मगर आखिर-आखिर गाँव के मनई हैं । आपको बतावें, कि हमारे ताऊ श्राद्ध करते रहे । दाल-भात-खीर बनावें, तो कहें कि पितर देख रहे होंगे ।—तो आदमी, शायद है, पृथ्वी से चले जाने के बहुत बाद तक भी देखता हो ? याकि हमें ही इस बात से तसल्ली मिलती हो कि कोई देख जरूर रहा है । दुख और विपदा पड़े पर भीतर की तसल्ली भी ना रही, तो कौन सहारा रहा । अब क्या कहें, साहेब, कैसे बतावें कि देखने की बात क्या, हम अम्मा को कहानी बोलते सुने हैं । सपने में ? नहीं साहेब, जागते में भी ।

अच्छा, आपको ऐसे न बिस्सास बँधता हो, तो हम कुछ घटना सुनावें ? कहानी तो बाद में सुनाएँगे, जब उसका प्रसंग आए । अभी तो सच्ची घटना सुनाते हैं । जैसे कि एक बार हम गाय-भैंस चरा के लौटे, तो आले में रखा गुड़ थोड़ा खा गए ।—इतने में ही जाने कहाँ से जमीन फूटती-सी प्रकट हुईं चाची और ले थप्पड़-घूँसा-लात करती थक गईं और फिर भी हम रो के नहीं दिए, तो मार खिसियाई बोलीं कि— 'बड़ा बज्जर है, भइया, ई ससुर तो ।'

हमें पीड़ा न होती हो, ऐसा तो नहीं ना, बाबू साहेब ! लेकिन जब जबर भूख में थोड़ा गुड़ खाने पर पिटे, तो हम भी कुछ ऐसे जिद्दी पड़ते गए कि मारो, जी भर के मारो ! हमारे लेखे तो तुम जाने किसको मारती हो, हम तो गायब हैं ।

खैर, चाची के आगे तो सुन्न साध गए हम और बाहर यों निकले कि जैसे मेले में जाते हों !—किंतु जैसे-तैसे ताऊ जी के खलिहान तक पहुँचे हैं, तो अपने को सँभालना कठिन है—धन्न से गिरे हैं जमीन पर । कहिए कि संझा हो चुकी है, अँधेरे में किसी को दिख नहीं रहे हैं—और जैसे संझा के गीदड़ हो गए हों—हम मार संगीत ताने जा रहे हैं, मगर बाबू साहेब सुनने वाला कौन है वहाँ ? आम, अमरूद, पपीता के पेड़ हैं और भाँति-भाँति के पक्षी ! रात-भर पुआल की ढेरी में छिपे पड़े रहे हैं कि 'चाची, बज्जर कह दी हो, तो अब बज्जर ही जानो ! पलटेंगे नहीं ।'

तब ही देखिए कि जब हम माथा पटके जा रहे हैं कि कोई नहीं है सुनने वाला, तो आखिर क्यों

वीराने के गीदड़ बने पड़े मार हुआँ-हुआँ मचाए पड़े हैं हम ? परमेश्वर की तो क्या कहें, बड़ी गंदी गाली निकलती है मुँह से···लावारिस ढोर-डंगर करके छोड़ दिया हमें । वो तो क्या कहें माँ-बहन की गाली हमसे नहीं होती···अगर तो देते जरूर ! न हो ससुरा ईश्वर-फीश्वर, हमें तो गरिया के खुद की तसल्ली करनी है । क्यों, बाबू साहेब, आदमी की मानता हो कि गाली, हर वस्तु तो खुद की तसल्ली को है ।··मगर अभी हम इसी हाय-हाय में हैं कि कोई उधर अमराई से, जाने कि कहाँ से, अम्मा की-सी आवाज में बोलता सुनाई पड़ रहा है—'ए बिद्यासागर !'··· आप कह सकते हैं, हम खुद को तसल्ली दे रहे होंगे, मगर प्रसंग आ गया है, तो अब ये भी बता दें कि राच्छस के बेटे की कहानी फिर उसी रात सुने हैं । दुबारा, जाने कि तिबारा-चौबारा । पहले तो यों था कि अम्मा हमें छाती से सटा लिया करें, तब कहानी शुरू कि—'जंतर-मंतर, महा मछंदर, बोल री मछली कितना पानी ? क्या नाम कि साखी रहें लहुराबीर, एक रहा राच्छस दोसिंगा; तिनके घर जनमा बेटा मनसू ।··बाप के सींग, मगर बेटवा के गायब, एक्को नहीं ।··· जब राच्छस ने डाँटा मनसू की अम्मा को, कि क्यों री करमजली, राच्छस दोसिंगा के बेटे के एक्को सींग क्यों नहीं ? तो मनसू की अम्मा क्या जवाब देती है कि 'बछड़े को सींग फूटते भी दो साल लगते हैं । तुम क्या अम्मा के पेट से ही सींगों वाले निकले थे ?' मगर जब तीन-चार बरस बीत गए—दिन, हफ्ता, महीना गुजरते-गुजरते—और मनसू के सींग फूटे नहीं, तो दोसिंगा राच्छस ने उसकी अम्मा को मार डाला कि तेरे चरितर में खोट । नहीं तो, राच्छस के घर मानुस का जनम कैसे ? अभी बेटा मानुस अम्मा की वीरानी से ही नहीं उबरे थे कि बाप ससुर राच्छस दोसिंगा भी यमराज को प्यारे हो गए ।···आखिर मनसू बेटा को कुछ काल तक पालीं-पोसीं घर की गैया और बिल्ली, कुछ दिन जाने कौन—आखिर जब जवान हुइ गए बेटा मनसाराम, तो बेटी ब्याह लिए राजा के दीवान की । जैसा सुख बेटा मनसू पाए, तैसा सब पावें ।···अम्मा तो बड़े बिस्तार से सुनाया करती थीं । बीच में कुछ लय में गावें भी, मगर हमको अब इतनी ज्यादा अस्मृति नहीं ना ।··हम तो, साहेब, फिर यही कथा सुनते-सुनते, भूखे-प्यासे जाने कब निंदिया नानी के हवाले हो गए, कुछ पता नहीं ।

सुबह ही बगिया में पंछियों का चहकना सुने हैं, तो समझिए कि भनौरा से कुंडा हरनामगंज तक का कोसों लंबा रास्ता ऐसा ताबड़तोड़ नापे हैं कि जैसे भूत हो गए हैं । कहाँ जाना है, क्या करना है—आगे जीना है कि मरना है—कुछ चेतना नहीं है । इतने नादान नहीं हैं—उन्नीसवाँ चलता होगा अब तो, मगर समझिए कि कुएँ में का मेंढक बाहर निकलेगा भी, तो कितनी धरती नापेगा ? प्राण काँप रहे हैं कि अब किस मुँह से वापस जाओगे भनौरा ?—और अगर नहीं जाओगे, तो जाओगे कहाँ ? जानो इसी द्विबिधा में भले दोपहरी में अँधेरे बियाबान में भटकते-से हैं कि आखिर चकनाचूर पलेटफारम पर मूँड़ी लटकाए बैठते ही क्या देख रहे हैं कि सामने ही कुछ लोट-सा पड़ा है ! जैसे आवाज देता कहता हो कि 'अकेले घबरान छूटती हो, तो हमें साथ लिए चलो ।' हम तुरत चौकन्ना हुए कि कोई और न देख ले ।

वहाँ से सीधे बाहर निकलकर, कम-से-कम फर्लांग-भर का रास्ता छलाँग के मुट्ठी जो खोले

हैं, तो आप कुछ बिस्सास करेंगे, बाबू साहेब, कि कितने की लोट ? पाँच की ? अरे, अम्मा सों, दस-बीस भी नहीं, पूरे सौ की !

अब यहाँ तक का सफर पार करके इतना तो बता दें कि निरच्छर भट्ट हम नहीं ना । हमारी लिखावट देखें आप, तो मानेंगे नहीं कि इस्कूल दर्जा दो से आगे न गए होंगे । बस, समझिए कि जैसे अभी-अभी सौ की लोट का जिक्र कर रहे थे, लोट के हाथ में आते ही सोचे हम कि जब चाची लात मारती थी, अम्मा तब से देखती होगी बरोबर—और हम ना कहते होंगे, वही कहती होगी कि 'ए बिद्यासागर, अब यहाँ नहीं, रे बेटावा !'—

शायद, आगे भूल जावें कि दर्जा दो में पढ़ते थे, तो तब की एक बात आज भी याद रखे हैं कि ईश्वरचंद बिद्यासागर सड़क की रोशनी में पढ़ा करते थे ।—भनौरा वाले घर में कहीं हमारी दर्जा दो के समय की वो रूलदार काँपी, शायद है, अब भी पड़ी हो, कि जिसके जाने कितने पन्ना हम मार 'अम्मा-अम्मा' ही लिखके भरे हैं । एक 'अम्मा' से दूसरे, दूसरे से तीसरे—यों ही सुंदर से सुंदर 'अम्मा' बनाने के चक्कर में पूरी काँपी भर डाले थे ।

आप कहेंगे, पिताश्री का जिक्र नहीं करते हैं हम, पूज्य तो वो भी हुए । ऐसा है, बाबू साहेब ! कि अपने बाबू जी को कानों से तो सुने जरूर कि बड़े नेक मनई रहे—आँख से देखना हमारे भाग में बदा न रहा । अब ज्यादा वक्त खराब न करेंगे आपका । हम भी इस इंडिया गेट के मैदान में उदास-उदास बैठे हैं कि शायद कोई लोग देखें और पूछें कि 'ए छोकरे, कहीं नौकरी तो नहीं करते हो ?' तब हम धूल झाड़ते उठ खड़े हों और हाथ जोड़ के कहें कि 'नहीं, बाबू साहेब, कहीं नहीं ।'

तब आप कहेंगे कि पाँड़े, जब नौकरी ही करनी थी, तो पाँड़े साहब जी के यहाँ से क्यों भाग खड़े हुए ? इतने आला अफसर, कभी-न-कभी कहीं सरकारी दफ्तर में चपरासी ही लगवा देते । तो ऐसा है, बाबू साहेब, कि हम जो कहे कि अम्मा का देखना नहीं गया, तो यों ही नहीं ना ! एक सीमा होती है हमारे व्याकुल होने की । इसके बाद तो जैसे कोई हाथ पकड़ता हींच लेता है कि 'उठ, बिद्यासागर, निकल चल यहाँ से ! दुनिया बहुत बड़ी है रे !'—

आपै सोचें कि ई हवामहलों वाली नगरी में और कौन सुधि लेगा हमारी ? एक बात कहें, बाबू साहेब ? अस्मृति हमारी बचपनै से बड़ी चौचक रही । हमसे पूछिए, हम एक-एक जानवर का रंग बताएँगे । झौंरा बरदा के सींग यों ऊपर उठे रहे कि हिरना हो जैसे । विनतिया का एक सींग हमरे ही मारे टूटा रहा ।—और मोती कूकुर की क्या कहें ? जितने में हम पुकारें कि—'मो…' ऊ ससुर दन्नाता मार प्यार के भों-भों करता टाँगों से लिपटा जा रहा है । ऐसा आँधी-सा दौड़ता कि बाजे वक्त हम औचक गिर पड़ते हैं जमीन पर, और ऊ ससुर 'कूँ-कूँ' करता, हमारे उठने का इंतजार करने लगता है । खैर छोड़िए, हम आपको सिर्फ अम्मा की बाबत बताएँगे कि कैसन गोरी-चिट्टी तो रहीं । बाईं ओर बड़ा-सा मस्सा रहा । जैसन हम कि पहले ही बताए रहे अपने

बारे में कि छँटे गुंडा रहे बचपन में ! कभी तो दूध पिएँ और कभी मस्सा ही भर लें मुँह में—तनिक किट्ट से काट लें—अम्मा जल्दी से आँचर उठावें ऊपर—हमें डपटें कि 'ए बिद्यासागर, तें ससुर बड़ा बंदरवा है रे !'

ऐसा है, बाबू साहेब, आप कहेंगे कि जब बड़े सुभिमानी बनते हो ससुर, तो हम परदेशी के आगे ही क्यों टेसुए बहा रहे हो ? हम हाथ जोड़ लेंगे, साहेब, कि आप धीरज से सुने हैं हमारी बिथा, तो थमा पानी फूटा है। 'तुम कहो, हम सुनेंगे तुम्हारी विपदा।' कहने वाले सज्जन इस संसार में बहुत मुश्किल से मिलते हैं। माफ करें, साहेब, बड़ा वक्त लिए हैं आपका।—अब बहुत संक्षेप में आपको बताएँ कि आपके इस दिल्ली शहर में कैसे पहुँचे। हरनामगंज तक की कथा सुनाए रहे। आगे ये कि सौ का नोट तुड़ावें कहाँ ? दूध-जलेबी खाने का जी ललचावे, मगर डरें कि हलवैया ससुर कहीं चोर न समझ ले।—लाल जी को तसल्ली दें कि जिसका भी गिरा होगा, अम्मा की प्रेरणा से ही तो गिरा होगा। फिर भी हम मार डरे रहे कि जाने कौन पुकार ले कि—'निकाल मेरा नोट !' आखिर दुपहरिया होने तक मन मारे रहे हम—और तब खरीदे ये रेडीमेड कपड़े जो कि इस वक्त भी पहने बैठे हैं आपके सामने। और, वो जो हम कहे कि अम्मा गईं, उनका देखना नहीं गया। समझिए कि रायबरेली टेशन पहुँचे हैं, तब लैटरिन में बदले हैं कपड़े—और साहेब वो क्या कहते हैं आपके दिल्ले शहर में नवीन कपड़ा ओढ़े तो—क्या नाम कि—

सब कुछ चला जाएगा, साहेब, हमारी अस्मृति में से अम्मा का अस्पर्श नहीं ना जाएगा।—नवीन कपड़े पहन के टेशन के बाहर निकले हैं, अउर खूब छक के दूध-जलेबी हींचे हैं, तो बड़े जोरों की डकार आई है हमें, तो अकीन जानिये, कुछ झुरझुरी-सी छूट गई। जैसे अम्मा पेट पर हाथ फेरती पूछती हों कि—'ए बिद्यासागर ! पेट तो भरा ना, बेटवा ?'

आप कहोगे कि पाँड़े साहब का घर छोड़ के गलती किए हैं। हो सकता है, आप सोचें कि नौकरी कामचोरी के मारे छोड़े हैं, और अब यहाँ गप्प हाँक रहे हैं। मगर बिस्सास करें, साहेब, कि जहाँ करते हैं, बड़ा जी लगा के काम करते हैं। कामचोरी-बेइमानी कभी सूझे भी ना, बाबू साहेब ! बस, यही डर कि अम्मा देखेंगी तो !—खुद पँड़ाइन दीदी एक दिन पाँड़े साहब से कहती रहीं कि 'इस बिद्दुआ की नौकरी अभी कहीं किसी दफ्तर में न लगा देना। एक बार सरकारी नौकरी पाने के बाद, फिर घर का काम कौन करता है ? लड़का है बड़ा मेहनती, भला और ईमानदार !'—हम कहने को हुए कि 'दीदी जी, हमारा भरोसा करें।'—किंतु डर गए कि कहीं डाँट न लगा दें कि 'चोरी से बातें सुनता है क्या, रे बिद्दू ?'

क्या है, साहेब, कि बड़ा नाम सुने रहे दिल्ली शहर का और अंटी गरम रही, सो रायबरेली से सीधे यहीं दिल्ली का टिकट कटाए। टेशन पर उतरे हैं कि तभी परियावाँ वाली पँड़ाइन दीदी दिखाई पड़ गई हैं कि—'कस रे बिद्दू, एहाँ कहाँ ?'—समझिए कि बड़ा लाड़ जताती संग लेती

आईं । थोड़े दिन तो ये रहा कि कोई पूछे, तो बताए कि 'रिश्ते से ममेरा भाई लगता है हमारा ।'—पाँड़े साहिब भी 'गाँव का लड़का' ही कहें—सर्भेंट नहीं । टिंकू-रिंकी कहें—'बिद्दू अंकल ! बिद्दू अंकल !'

फिर धीरे-धीरे सारा भरम जाता रहा । आखिर-आखिर आज का दिन भी आ लिया, साहब ! आप कहोगे कि नौकरी तो नौकरी—हम कहेंगे कि एस०ई०आर०भी०ए०एन०टी०—सर्भेंट । सर्भेंट माने नौकर—अउर नौकर माने बिद्दू ! इसमें कोई हर्ज नहीं ना, बाबू साहेब !—किंतु सर्भेंट माने बिद्दू अंकल ? यानी कि अंकल माने सर्भेंट ?

चलें, साहेब ! कहीं कुछ हमारी खातिर नौकरी-चाकरी की जुगाड़ देखें, तो ध्यान रखेंगे, नौकरी लगने तक हम रोज दोपहर यहीं बैठे मिलेंगे ।—आप तो दूर से ही पुकार लें कि—'ए बिद्दू—'

हम सुनेंगे, 'ए बिद्यासागर !'—दौड़े आएँगे आपकी तरफ ।

जै राम, साहेब, जै राम !

पुरोहित

राधेवल्लभ पुरोहित की काँपती हुई अँगुलियों में श्रीखंड की सिल्ली बार-बार अटककर रह जाती है । आँखें मूँदते ही, माथे पर अष्टरेखाओं का जाल ऊँचा उठ आता है । गौरैया के बच्चे चीं-चीं करते हुए वातावरण के कोटर में से अपनी छोटी-छोटी पीली चोंचें नीचे की ओर लटका देते हैं । टकटकी लगाकर देखने में राधे पुरोहित की आँखों में पानी भर आता है ।

आँखों में रात-भर की अनिद्रा और यंत्रणाओं से तने रेशे पुतलियों के पास सिमटकर टूटते-से लगते हैं । राधे पुरोहित को लगता है, जब मनुष्य अपने आपसे छूटने लगे, तब ऐसा होता है । जब पृथ्वी सूर्य से छूटने लगे तब भी ऐसा ही होगा ? पूरा आकाश सिमटकर काली-काली पुतलियों की तरह चक्कर काटने लगे और पृथ्वी के तमाम ओने-कोने में असंख्य बिजलियाँ एक साथ टूटे धागों की तरह लटक जाएँ ?

राधे पुरोहित को लगता है, मनुष्य की (यानी उनकी) मृत्यु और पूरी पृथ्वी के सूर्य से छूट जाने की प्रक्रिया में कोई खास अंतर नहीं होता होगा । कल रात जब कई बार लगा, बस, अगला ही क्षण मृत्यु का होगा``तब सिर्फ अरुंधती ही पीछे छूटती नहीं लगी बल्कि लगा कि जहाँ-जहाँ स्मृति की व्याप्ति हुआ करती थी, वह सारा अनंत लगता-सा मनोजगत ही विगत हुआ जा रहा है । उसकी जगह, सामने प्रकट हो रहा है—एकाएक आँखों के सामने उपस्थित हुए महासागर की तरह महाशून्य !

अबोध अभागिनी कन्या थककर सो गई थी । राधे पुरोहित उसे बार-बार देखते । कभी पूरा कमरा आकाश की तरह भित्तिहीन होकर टँग जाता । कभी माँ से लेकर, प्रेमिकाओं, पत्नियों और पुत्रियों—तिहतर वर्षों की उम्र तक में अपने से जुड़ी सारी मारी आकृतियाँ एक साथ दिखने लग जातीं । राधे पुरोहित एक बार चीख भी उठे थे । अरुंधती घबरा गई थी । 'बाबू' कहते उसका एकाएक उनके वक्ष से आ लगना—जैसे कहीं अज्ञात लोक की उड़ान भरते में एकाएक पृथिवी आ टकराई हो । राधे पुरोहित कहना चाहते थे कि यह मृत्यु के आतंक की चीख नहीं, बल्कि अपने संपूर्ण-भूत, वर्तमान, भविष्य तीनों के आकस्मिक साक्षात्कार के प्रति एक अबोध बच्चे का-सा संबोधन-शून्य उच्चारण मात्र था``लेकिन कह कुछ नहीं पाए । बस, अस्थियों का ढाँचा-भर रह गए वक्ष पर पुत्री को कोमलता की-सी करुणा में अनुभव करते रह गए । एक स्वर पहाड़ से प्रथम बार बाहर को प्रकट होती धारा के प्रवाह-सा फूटने को हुआ जरूर कि— 'बेटी, मनुष्य मृत्युंजय माना गया ठहरा । इसमें घबराने की बात कहाँ हुई ?'

राधे पुरोहित कहना यह भी चाहते रहे—और अगर मृत्यु से मैं डरूँ, तो फिर तुझसे क्यों

नहीं ? मृत्यु मुझे जितना अपनी ओर खींचती है, इससे कहीं ज्यादा तो तू अपनी ओर···और तुम दोनों के बीच में रात-भर त्रिशंकु की तरह लटका रह गया ।···मेरे लिए तो, बेटी, मृत्यु की और तेरी आकर्षण-शक्ति में कोई अंतर रहा नहीं ना ?

मगर राधे पुरोहित बिलकुल मौन रहे । धीमे से उन्होंने अपनी दाईं हथेली फैलाई और अरुंधती के भयाक्रांत ओठों को ढाँप दिया था । जैसे जल से भरे ताँबे के लोटे के ऊपर हथेली रखी हो । अरुंधती के भीतर व्याकुलता जैसे उनकी हथेली को बेधती आत्मा का शब्दमय कोष तक व्याप गई हो । उन्हें अपना हाँफना कुमौली-पार की पर्वतों की श्रेणियों तक जाता अनुभव हुआ ।

भोर की लालिमा के फूटते ही वैतरायण के कोटर में से गौरैया के बच्चे अपनी पीली-पीली चोंचें नीचे की ओर लटकाकर, एकाएक उन्हें इस तरह खोल देते हैं कि चीं-चीं-चीं के उनके समगान से अंतरिक्ष तक भर गया जान पड़ता है । उनकी चीं-चीं-चीं-चीं के साथ ही एक अनाविल सृष्टि हो गए होने की-सी आत्मभ्रांति आभासित होने लगती है । समस्त सृष्टियों का रचयिता, अपने सूक्ष्मतम रूप में, उनके अस्तित्व में स्वयं को झिलमिलाता-सा जान पड़ता है और राधे पुरोहित के हाथों में ही नहीं, प्राणों तक में स्पंदन जागने लगते हैं—

एकोत्वं सर्व भूतांतरात्मा···रूपे रूपं प्रतिरूपे बहुश्च

हे पिता, हम समस्त भूताभूतों में, नाना प्रकार से और नाना छवियों में, स्वयं तू विराट ही प्रतिरूपित होता रहता है । सरोवर में के जल की तरह एक तेरी ही आभा सबमें विद्यमान रहती है—हम मृत्यु को नहीं, तुझे प्राप्त हों—हम मृत्यु को नहीं, तुझे प्राप्त हों—हम मृत्यु को नहीं, तुझे—

वैतरायण के वृक्ष की कोटर में उत्पन्न गौरैया के बच्चों को ध्यान से देखते हैं कभी राधे पुरोहित तो भोर की पहली आभा में ये उनके ही लिए संदेश लिए उपस्थित हुए-से अनुभव होने लगते हैं—

'सर्वधर्म परित्यजाव्य मामेकं शरणं व्रज–'

कहने को जाने कितना कहना चाहते रहे होंगे रात-भर, लेकिन फिर

राधे पुरोहित को लगता है, इन बच्चों के कोटर में रहते-रहते ही उन्हें यह शरीर त्याग देना होगा···और तब इस सुनसान घर की देहरी पर बाहर को सिर झुकाए अरुंधती बैठी रहेगी । उसकी करुणा-भरी आँखें गौरैया के बच्चों की चोंचों की तरह उघड़ेंगी···उसकी तीखी नाक में सोने की फुल्ली धूप से चमकती रहेगी···दिवंगत पिता की स्मृति में आँखों से आँसू ढुलकते रहेंगे, चिड़िया के बच्चों की चोंचों से फिसलकर गिरते चावल के दानों की तरह अरुंधती नाक में लगी सोने की फुल्ली के पास आँखों का सारा जल थोड़ी देर को ठहरा ही रह जाएगा, राधे पुरोहित की स्मृति में···

इस समय खिड़की के पार प्रकृति के विस्तार को झाँक रहे हैं, राधे पुरोहित, तो लग रहा है, कहीं यह अरुंधती के प्रति संवेदना की जगह, अपने प्रति प्रचंड आसक्ति तो नहीं ? कहीं अपनी मृत्यु के बाद अरुंधती के अरक्षित भविष्य के प्रति चिंता की जगह, अरुंधती से छूटकर अपने चले जाने का संताप तो नहीं अटकाए हुए है प्राणों को पिंजरे में पंछी की तरह ? राधे पुरोहित को लग

रहा है, अरुंधती से शायद कह नहीं पाएँगे कि प्राण त्यागते समय अपनी सोने की फुल्ली को वह उनके मुँह से डाल दे···और जन्म-जन्मांतरों के लिए हिरण्य प्रतिभा हो जाय उनके निमित्त ।

गौरैया के बच्चों ने अपनी पीली-पीली चोंचें अंदर समेट ली हैं । राधे पुरोहित की आँखों में एक चमक-सी उतर आई है—आत्मजा की नाक से लगी रहने वाली सोने की फुल्ली को उन्हें उदरस्थ कर लेना होगा । **आत्मात आत्मादाय आत्मेवाविशस्यते,** अपने अंश को अपने में ही ··एक अजीब-सी आशंका हो जाती है । मृत्यु के उच्चारण के लिए रेत के महासागर में पड़े मत्स्य की तरह खुल आने वाले उनके मुँह में से सोने की फुल्ली कहीं नीचे तो नहीं गिर पड़ेगी ?

पीली-अधखुली चोंचें फिर बाहर झुक गई हैं । गौरैया का जोड़ा वापस लौटा नहीं है । राधे पुरोहित अपनी आँखों से नीचे उतार लेते हैं—

ओम्ब्रह्मणे देवाय ओम् विश्वे देवानि ओम्

लगता है, सारे स्मरण और उच्चारण सिर्फ अपने और अरुंधती को, यानी अपनी समस्त आसक्तियों को झेल सकने के लिए हैं । एक अक्षरों से परे का-सा श्लोक है, जिसकी व्याख्या अत्यंत कठिन है । हालाँकि एक व्याख्या कल रात ही शेष हो चुकी यह शब्दहीन प्रतीत होती, अपने वेग से सारे द्युलोकों को चीरती-सी वह प्राणांतक चीख और क्या रही होगी—सिवा व्याख्या के ?

आँगन में ठहरा कुहासा छँटने लग गया । सूरज की किरणें दूर-दूर के वृक्षों में टूटे हुए सूतों की तरह लटकती दिखाई देने लगी हैं । लगातार देखते रहने पर, चारों बेटियों की आकृतियाँ एक साथ उभरती हैं । तीनों के ऋणों से मुक्ति के बाद, अब सिर्फ अरुंधती ही शेष रह गई है । बार-बार अपनी कल्पना में राधे पुरोहित अरुंधती का वधू-वेश रचते हैं । बार-बार अरुंधती को तीखी नाक में से छोटी-सी फुल्ली निकालकर, सोने की वृत्ताकार बड़ी नथ पहनाने लगते हैं···लेकिन तभी एकाएक हाथ छूट जाता है । ओठों को बीचोबीच से अर्द्धचंद्राकार काटती, नथ बाईं कनपटी पर से फिसलकर नीचे गिर पड़ती है···राधे पुरोहित **'या देवि सर्वभूतेषु'** कहते हुए अपनी आँखें ऊँची उठा देते हैं और उनकी डबडबाई हुई आँखों में पलकों के सफेद छिदरे बाल नदी-किनारे के वृक्षों की तरह झुक आते हैं । लगता है, अरुंधती अधूरा वधू-वेश रचाए सामने बैठी है । राधे पुरोहित के पौरोहित्य के अभ्यस्त ओंठ काँपने लगते हैं—**कन्या कनक सम्पन्ना कनका भरणैर्युताम् दास्यामि तुभ्यं पितॄणां तारणायच ।**

एकाएक राधे पुरोहित अपने सिर को 'ना-ना' की मुद्रा में झटक लेते हैं । आँखें मूँदते ही, पलकों के सफेद छिदरे बाल तालाब के किनारे की काँस की तरह चुभते हैं ।···नहीं, अब अंतिम क्षणों में अरुंधती का कन्यादान संभव हो नहीं पाएगा ।

तीन बेटियों को दान में दे चुके । चार बहुएँ बेटों की ला दीं । अरुंधती रह गई है···लेकिन जाने क्यों इस अंतिम बेला में उन्हें पितर-मुक्ति से भी बड़ी वस्तु आत्म-मुक्ति लग रही है । राधे पुरोहित को लग रहा है, वे चिल्ला उठना चाहते हैं— 'तेरा पूरा वधू-वेश मुझसे रचा नहीं जाएगा, बेटी ! नहीं, अब किसी तरह तेरा कन्यादान कर लेने तक जीवित रह जाने की प्रार्थना महाकाल से

करने में असमर्थ हूँ—तेरा आधा वधू-वेश विष्णु रूप वर के लिए रच देने के बाद, आधा अपने समूचे अस्तित्व के साथ सिर्फ आँखों के छोटे-से सारे समुद्र में सिमट आए मुझ मरणासन्न पिता के लिए छूट जाता है...अब सिर्फ अपना दान, सिर्फ अपने ही मोहों का विसर्जन शेष रह गया है ।

जब तक में वैतरायण के कोटर में से बाहर झाँकते हुए गौरैया के बच्चे सयाने होंगे और उनकी उड़ान अनंत की जगह आँगनों को नापने लगेगी—तब तक में उनका पार्थिव शरीर...“बाबूऽऽ-”

‘**ओम्‌विष्णुर्विष्णु**’ करते हुए, राधे पुरोहित ने धोती के पल्ले से अपनी आँखों को पोंछ लिया । श्रीखंड की सिल्ली को ठीक से पकड़ते हुए, सामने की ओर देखना शुरू किया । अरुंधती ठिठककर खड़ी हो गई थी । गाढ़े की वासंती किनारी की धोती में उसका रुआँसा चेहरा और भी करुण लग रहा था ।

गौरैया ने बच्चे जने होंगे, तभी यह भी रोहिणी नक्षत्र की तरह उदित हुई और उनकी रात की मरणासन्नता से भयाक्रांत, सीधे भाई-भाभियों के यहाँ दौड़ी—और अब वहाँ से अपना जैसा मुँह लिए वापस लौटी यह दरिद्र ब्राह्मण कन्या ? राधे पुरोहित ने अनुमान लगा लिया, नीचे चुपचाप खूब रोकर, अब पिता के पास आई होगी ।

अपनी गोखुरी चुटिया को राधे पुरोहित ने धीमे से आर-पार तक हिलाया और हँसने की चेष्टा में उनके दाँत सँड़ासी की तरह खुलकर रह गए...“आ, इधर मेरे पास आ । क्या-क्या दिया तेरे भाई-भाभियों ने तुझे ?”

पास आई, तो राधे पुरोहित ने उसे अपने सामने बिठा लिया । अरुंधती के प्रति ध्यान केंद्रित होते में अपने अस्थिपंजर से बाहर निकल जाने की-सी अनुभूति होती है । सामने ही जीर्ण-शीर्ण चौकी पर भगवती की कांस्य-प्रतिमा है । चतुर्भुज विष्णु की भी । अरुंधती भी...राधे पुरोहित को लगता है अपने अंदर-ही-अंदर के जितने व्याकुल और निरीह होते जा रहे हैं, बाहर आकृति उतनी ही डरावनी होती जा रही है...अरुंधती की आँखों में आतंक की छाया और ज्यादा गहरी हो आई है, शायद । तो क्या राधे पुरोहित अपना आतंक इस भयाकुल कन्या में आरोपित कर चुके हैं ?

राधे पुरोहित का एक हाथ अपने माथे पर चला गया । दूसरा, अरुंधती के कंधे की ओर अपनी कँपकँपी को राधते हुए-से, कहते गए—“ब्राह्मण की कन्या होकर भी इतनी विचलित होती है तू ? मैं तेरा पिता हूँ, प्रेत नहीं हूँ । क्यों भाग गई तू भाई-भाभियों के पास ? जिन मूर्खों ने अपने पिता के अहंकार से बड़ा अपनी अहंमन्यता को समझ लिया है...जो ये समझते हैं कि मैं तुझे उनकी शरण में सौंपते हुए, तेरी पालना की याचना करूँगा...जिन क्षुद्रों को पता नहीं कि राधे पुरोहित ने जिंदगी-भर अपने यजमानों के द्वारा दिए हुए दान और दक्षिणा से बड़ा सिर्फ अपने ‘कल्याणमस्तु’ और ‘स्वस्ति’ के उच्चारणों को माना...सुन, बेटी, मैं प्राण त्यागने भी लगूँ, तो घबराना मत । अपनी हथेली मेरे माथे पर रख देना । अपनी नाक से छुआकर गंगाजल...देखना, कहीं तेरी काँपती नाक में से सोने की फुल्ली मेरे मुँह में न गिर पड़े ।...और...और जब प्राणों का हंस कैलास को उड़ चले—तब तू सिर्फ मेरे इस डरावने अस्थिपिंजर को मत देख...देखने की

कोशिश करना अपने उस पिता को, जो अपने-आपसे मुक्त होने के लिए तुम्हारी नाक की सोने की फुल्ली से भी ज्यादा छोटा हो चुका··हरे राम ! वाणी वश में नहीं रह गई है ।···ला, पथरी पर के श्रीखंड से मेरे माथे पर त्रिपुंड तो रचा दे, बेटी । आज आराध्य देवों से भी मुक्ति ले लेता चलूँ···अब मूर्तियों को चंदन रचाने का मोह भी शेष रहना ठीक नहीं···"

चंदन की पथरी अपनी ओर खींचते हुए, अरुंधती ने अपने पिता की ओर देखा । लगा, मृत्यु से जूझते-जूझते यह वृद्ध सचमुच छोटा पड़ता जा रहा है । कल रात कैसी कातर चीख निकली थी···अरुंधती···

कितने घने जंगल हैं—उस पार के सिमखल्या, फुलाड़ी और आगार तथा इधर चर्नोली-डालाकोट गाँवों के सिरहानों की ओर ? लगभग साठ साल से भी ऊपर की पुरोहिती में कितनी बार और कहाँ-कहाँ के जंगल पार नहीं किए होंगे उन्होंने ? आज ये सारे इसी एक शब्द से गूँजते क्यों जान पड़ते हैं—अरुंधती···अरुंधती···अरुंधती···

एकाएक ही उन्होंने उसके सिर को वक्ष से लगा लिया—"तू डरना मत—"

"बाबू, डर मुझे नहीं लगता है । कभी-कभी तुम ही डर जाते हो । कल रात क्यों रो रहे थे इतना ? मैं यही सोचकर चली गई थी, बड़ी भाभी आ जाएँगी, तो तुम्हें सहारा हो जाएगा ।··· मैंने तो उनसे सिर्फ इतना ही कहा था, आज हमारे यहाँ आ जाओगी··भाभी हँसने लगीं । कह रही थीं, 'आज क्या जरूरत पड़ गई है हम लोगों की ?' छोटी भाभी भी वहीं बैठी थीं । कह रही थीं, अंतिम समय आ गया—'धन बताने को बुला रहे होंगे ! हमारे पहाड़ में तो यही रिवाज हुआ । लोग जाने कहाँ-कहाँ धरती तक में गाड़ देने वाले हुए···'वो दोनों हँसने लगीं । मैं चुपचाप वापस आ गई । अभी आज भोर-भोर गई, तो भी··तो भी···"

"चुपचाप नहीं, रोते हुए··नहीं सहा गया न तुझसे अपनी भाभियों का व्यवहार ? अरे, तू मेरी आत्मजा है । जिसे मैं नहीं सह सकता, तू भी नहीं सह सकेगी । मैं उनके अहसान झेल सकता होता, तू भी झेल लेती । अपने आश्रित पुरुष का अपमान नारी झेल ही नहीं सकती । आश्रित और आश्रयदाता का अहंकार एक ही होता है, पुत्री··रात मैंने तुझे सपने में देखा था··मगर इस समय ठीक से स्मरण नहीं आ रहा···"

"बाबू, आश्रित तो मैं हूँ । आप तो शरणदाता हुए ।"

हरे राम··कृष्णा हरे··कन्या अपना स्वभाव कहाँ छोड़ती है ।

कौन जानता है कि अरुंधती ने कुछ कहा भी कि नहीं ? अपने ही भीतर एक हवा जैसी चलती है और जंगल में का जैसा सन्नाटा बोलता सुनाई पड़ता है । अरुंधती ज्यों-की-त्यों वक्ष से लगी थी । राधे पुरोहित को अपना स्वप्न दृश्य स्मरण हो आया । जाने कहाँ से व्याध के बाण से बिंधी-सी अरुंधती दौड़ी आ रही है··बाबू··बाबू··वा !···और जाने कब को अपनी विदीर्ण वत्सलता में काँपते हुए-से, एकाएक विशाल गरुड़ पक्षी हो गए हैं—शायद, वृद्ध जटायु !···और अरुंधती को जानकी की तरह अपने जर्जर पंखों के बीच दबा लिया है पूरी शक्ति से··और चारों तरफ सिवा एक सतरंगे शून्य के और कुछ नहीं है··जाने कैसा प्रचंड प्रभंजन काल उपस्थित हो

गया है¨ कितने प्रचंड वेग से उड़ानें भर रहे हैं वो¨¨और एकाएक ही उनके चक्कर चूर हुए डैनों की पकड़ से अरुंधती छूट जाती है—पृथिवी की ओर उल्कापात की तरह गिरती हुई—

राधे पुरोहित, अपनी उँगलियों को फैला लेते हैं । अरुंधती का पूरा चेहरा घिर जाता है । राधे पुरोहित कहना चाहते हैं— 'बेटी, शरणदाता तो एक वह परमात्मतत्त्व, यानी मनुष्य का अपना ही आत्मज्ञान होता है । अपने ही लिए शरण खोजता हुआ कभी आश्रित, कभी आश्रयदाता बनता रहता है । मैं तो तेरा कर्जदार हुआ । तुझ पर मेरा ममत्व ही मेरा ऋण-शोध ठहरा ।¨¨और मनुष्य तो जितना असमर्थ, पराश्रयी अपने जन्म के समय, उतना ही मृत्यु के क्षणों में ही हो जाने वाला हुआ । तब वह अपने विस्तार के लिए शरण खोजता, अब विसर्जन को । ऐसे में, जिसके सहारे उसने जन्म और बचपन को झेला, उस माँ—और जिसके सहारे अपनी वृद्धावस्था या मरण को झेला ऐसी कन्या में उसके लिए क्या अंतर रह जाता ? जन्म लेने को दस महीने माँ में रहे और कल रात-भर में अपने सारे मोहों को तुझ में आरोपित करना तुझ में ही रह गया, पुत्री ! ताकि शांति से देह त्याग सकूँ¨ मोहों से घिरी काया की नियति यही होती¨ कभी रो-रोकर यह दिखाया होगा कि जन्म ग्रहण कर लिया और अब तेरे सामने आत्म-प्रलाप कर-करके यह दिखाने में लगा हुआ कि—मर रहा । कहीं मैं अपनी मृत्यु के भय से सचमुच तो नहीं घबरा गया ?'

अभी भी कहाँ स्पष्ट हो रहा कि कह रहे हैं कि सिर्फ चित्र बोल रहा है । आत्मा गुहा हो चली । जाने कितने भित्तिचित्र¨ कितने भित्तिचित्र¨ यहाँ से वहाँ तक उड़ान मारते¨

अस्थि-पिंजर ज्यों-का-त्यों, मगर आसपास इतना जल कैसे इकट्ठा हो गया है ?¨ देखा है कभी, मिट्टी के घड़े में भरे हुए पानी को छीजते हुए ?¨¨और घड़ा ज्यों-का-त्यों, अपनी कुंडली पर पड़ा हुआ¨?

राधे पुरोहित को लग रहा है, कल रात की ही तरह फिर काले-काले बादल पुंज उनकी आँखों के आगे घूमने लग गए हैं । अपनी थरथराती झिल्लीदार उँगलियों से ढँका अरुंधती का चेहरा देखकर उन्हें लग रहा है, किसी गौरैया के अंडे पर चिपके चमगादड़ को देख रहे हैं क्या ? जिस बच्ची के अंदर अभी जीवन का बोध ही बिलकुल प्रारंभिक स्थिति में होगा, उसे मरण की कठोर नियति से परिचित कराने की यह क्रूरता¨ कहीं यह ममत्व की जगह आतंक को आरोपित करने की वृत्ति तो नहीं ?

राधे पुरोहित सब कुछ अपने ही अंदर दोहराते हैं । राधे पुरोहित को न बोलते भी सामने की भगवती और विष्णु की मूर्तियों और अरुंधती को संबोधित करते होने की-सी अनुभूति होती है ।

एकाएक ही हुआ कि अरुंधती के चीख उठने से पहले ही उँगलियों को हटा लेना होगा । राधे पुरोहित उँगलियों को अपने माथे पर वापस ले आते हैं । लगता है, यह अपने अंदर ही विसर्जित होती चेतना को एकाएक थिरा लेना है । अरुंधती के प्रति सचेत हो आना, मृत्यु के प्रति सजग होने की स्थिति नहीं है क्या ?

राधे पुरोहित बताना चाहते हैं कि कल रात ही, जब प्राण छूट जाने की आशंका हुई थी, तब कितनी-कितनी काली छायाएँ दिखने लगी थीं । उतने काले-काले प्रतिबिंबों को कोई व्यक्ति बर्दाश्त

कैसे कर सकता है ?

राधे पुरोहित का कहने का मन हो रहा है, कल रात मैं उतनी जोर से चीख क्यों उठा ? इस भय से कि मर जाना है ? या इस विवेक के ही आने कि अपने आज तक के जीवन में सैकड़ों के नामकरण और सैकड़ों के मृत्यु संस्कार निबटा दिए, लेकिन अपने जन्म और मरण के संस्कारों से वंचित रह गया ? अब जाना है पूरे रात-भर की मरण-चेतना के बाद, दूसरों के नहीं, अपने ही माध्यम से अपने जन्म और मरण को जाना जा सकता है···अपनी मृत्यु के क्षणों में ही व्यक्ति अपने जन्म को भी झेलता है। उससे पहले उसके जन्म को किसी दूसरे ने झेला होता है।···जिस तरह वह मरण को प्राप्त हो रहा है, ठीक उसी तरह उसने जन्म भी ग्रहण किया होगा, या नहीं—यह जिज्ञासा कितना बड़ा अँधेरा माँगती है ? अपने टटोले जाने के लिए इतना गहन अंधकार, जिसमें अचानक ही सूई की नोक जैसी कोई चीज चमकती दिखाई दे जाने की प्रतीक्षा की जा सके।

सोचते-सोचते आँखें अंदर धँस जाती हैं। त्वचा पसलियों पर से छिलकों की उतरती हुई-सी लगती है। राधे पुरोहित को फिर लगता है, अंतिम समय आ गया है। अरुंधती को कहने को होते हैं कि—'बेटी, जरा मेरे काँपते हुए अस्थि-पिंजर को तो देख बालू के घड़े जैसा शरीर ज्यों है, मगर प्राणशक्ति पानी की तरह छीजती चली जा रही है। मेरे आसपास कितना पानी फैल गया है ?—इसी पानी में बहता-बहता किसी समुद्र की ओर तो नहीं चला जाऊँगा ? मुझे दोनों हाथों से थाम ले तो···'

अरुंधती अपने काँपते हुए, शब्दहीन पिता को देखती है—"बाबू, तुमको बहुत जाड़ा लग रहा है ? कंबल ला देती हूँ।"

राधे पुरोहित अरुंधती को हाथ पकड़कर बिठा लेते हैं—"तू चुपचाप मेरे सामने बैठी रह।"

अरुंधती सहमी-सी बैठी रह जाती है।

राधे पुरोहित को लगता है, उनके उच्चारणों को यह अबोध कन्या झेल नहीं पाएगी। राधे पुरोहित अपनी स्मृति को पीछे लौटाने लगते हैं—"कल रातभर मैं जागता रहा। मेरे लिए तू आसन पर की भगवती की मूर्ति की तरह निश्चल हो गई थी। मैंने देखा, मेरे चारों ओर असंख्य काली-काली आकृतियाँ घिर आई हैं। मैंने गरुड़-पुराण पढ़ रखा है। अपने यजमानों की मृत्यु-शय्या के पास कुशासन पर बैठकर, मृतात्माओं को सुना रखा है। जिनके जैसे कर्म होते हैं, उसी तरह के लोक से आत्मा को ले जाने वाले गण उसके लिए भेजे जाते हैं।···मगर मैंने कल रात जाना, सारे गण मनुष्य के अपने ही मन के अँधेरे में से जन्म लेते हैं। अपने ही आत्मज सारे मोहों और आतंकों को झेलने के लिए मनुष्य पुराणों और धर्मग्रंथों की रचना करता और उनकी शरण में जाता है। जब लगता है कि देह छूटने का समय आ गया—उस समय पूरी पृथ्वी अपने से छूटती लगती है। अपने रचे सारे लोक, सारे ब्रह्मांड छूटते जाते हैं। उस समय अपने जाने के लिए कहीं अन्यत्र कोई लोक शेष रहा दिखता नहीं। अपने आगे कुछ भी नहीं दिखने और अपने पीछे सारी पृथ्वी को छूटता हुआ पाने के दुःख और आतंक में चक्राकार घूमती आँखों को झेल सकने के लिए ही सारे कल्पित लोकों की सृष्टि हुई है, बेटी।"

राधे पुरोहित के समस्त उच्चारण उनकी आँखों में ही डूब जाते हैं—"बिना अपने आगे के लिए कोई-न-कोई विकल्प, कोई-न-कोई लोक रचे मनुष्य मर नहीं सकता। जितनी बड़ी भूख के साथ उसने जन्म लिया उससे कहीं बड़े मोहों और स्वार्थों के साथ वह मरण को लेता है। मरण का क्षण ही अपने पुनर्जन्म का क्षण होता है।···हरे राम, तू सोच रही होगी बुड्ढा सन्निपात में आ गया है ?···"

बड़े बेटे नन्दावल्लभ के घर में से शंखनाद फूटकर बाहर आ रही है। राधे पुरोहित अपनी कल्पना में नन्दावल्लभ के ओठों को शंख-मुख को घेरते देखते हैं। नन्दावल्लभ जब छोटा ही था, अपनी माँ के पयोधरों पर भी ऐसे ही ओंठ टिकाया और नाना प्रकार की कौतूहल भरी शब्दहीन ध्वनियाँ निकाला करता था।···पत्नी के सामने की चारपाई पर सोए राधे पुरोहित को तब यह स्थिति साफ-साफ अनुभव होती नहीं थी।

राधे पुरोहित को हँसी फूट पड़ने को होती है। लगता है, नन्दावल्लभ के माध्यम से अपने को जान रहे हैं। दिवंगता माँ और पत्नियों की स्मृति ही आती है। किशोरावस्था की संगिनी शारदा पंडितानी अभी भी जीवित है। पिछले महीने राधे पुरोहित के आँगन से होती गई थी, तब लाठी से रास्ता टटोल रही थी। कहीं यह भी···।

राधे पुरोहित कैसे समझाएँ अरुंधती को कि बिना अपने सारे अतीत को दोहराए, बिना अपने अंधकार में डूबी काली आकृति जैसे भविष्य को उसमें आरोपित किए उनके लिए अपने वर्तमान से मुक्त होना संभव नहीं है। वो कहने को होते हैं—पुत्री, यह जीर्ण काया छूट जाएगी, सारा असार संसार छूट जाएगा, लेकिन तुझमें से मेरी आसक्ति नहीं छूट पाएगी।···और जब तक आसक्ति नहीं मरती, मेरा कहना कैसे संभव हो सकता है ?···लेकिन सारे शब्द जैसे पानी में डूब जाते हैं। जाने क्यों एकाएक ही अनुभव होता है कि अथाह जल के बीच बैठे हैं। चारों तरफ ही नहीं, ऊपर-नीचे भी सिर्फ पानी ही पानी है। पानी के भीतर बोले गए शब्द भी पानी में ही रह जाते हैं। प्राणों में करोड़ों में भीलों में फैला हुआ कंपन है। सचमुच एक कँपकँपी-सी छूटती अनुभव होती है। अपनी इस हड़बड़ाहट में राधे पुरोहित कह बैठते हैं—"दूसरों के लिए पुराणों के वाचन, दूसरों के स्थापित किए देवताओं के स्तवन से सैकड़ों लोगों के मरणोत्तर संस्कार मैंने निबटा दिए, मगर मेरे मरणोत्तर संस्कार कौन निबटाएगा, बेटी ?"

पिता के आकस्मिक प्रश्न को अरुंधती सँभाल नहीं पाती। कह बैठती है—"बाबू, नन्दा दाज्यू एक दिन कह रहे थे, जिन बेटियों को ही पुत्र-रत्न मानकर बाबू सारी कमाई कन्यादान में देते रहे, वो ही आकर गति-किरिया भी करेंगी, हम क्यों करें ? कहते थे, बड़ी सावित्री अपना सिर मुँड़ा लेगी, छोटी अरुंधती पिंडदान देगी···मगर हम कन्याओं के हाथों का तो सब कुछ निषिद्ध हुआ ?···बाबू, मुझे क्या हो गया है ? मैं क्या-क्या बक रही हूँ···तुम मुझे किसके सहारे छोड़ के जा रहे हो ?"

राधे पुरोहित का दायाँ हाथ वक्ष से चिपट कर बिलखती अरुंधती की पीठ पर चला गया है। कितनी घनी लटी है। गोठ में की लक्ष्मी बाँछी की पूँछ को पकड़ लेने की-सी अनुभूति हो

रही है ।

एक छोर पर राधे पुरोहित पूछ रहे हैं—"बेटी, लक्ष्मी बाँछी को घास भी डाली है या नहीं ? उसके लिए गोग्रास की पिट्ठी पीस दी है या नहीं ?" दूसरे छोर पर, राधे पुरोहित का मन हो रहा है अरुंधती की लटी को आगे की तरफ घुमाकर अपने गले में डाल लें—मैं तुझे क्या सहारा दूँगा अब, बेटी । अपने प्राण त्याग सकने को तेरा सहारा खोज रहा हूँ । जिस क्षण अपने कल रात के उपजे ज्ञान से मुक्त होकर मैं सिर्फ अपने मोह में रह जाऊँगा, उस समय ही तेरे अनाश्रिति का प्रश्न ज्यादा बेधेगा । तब मैं सिर्फ तेरी चिंता से व्याकुल होने लगूँगा˙˙ यानी तुझमें अपने मोहों का विसर्जन कर लूँगा । अभी तो, तेरी ही नहीं, अपनी चिंता में भी व्याकुल हूँ । ज्ञान और मोह, दोनों में एक साथ जीने का क्षण तेज रोशनी और अपने अँधेरे में एक साथ जीने का क्षण होने वाला हुआ । मृत्यु के इस त्रिशंकु-क्षण से मुक्ति जरूरी ठहरी ।

ये पहाड़ भी जीवधारी हैं । गर्मियों में कैसे तपते, वर्षा ऋतु में लहलहाते और इस शरद में कैसे मनुष्य की भाँति ही धूप और कुहासे से घिरे भासित होते हैं ! नदी के नाम की पतली धाराएँ नीचे घाटियों में बहती हैं । कुहासा जैसे उन्हीं में से आपकी तरह ऊपर को उठता, ऊपर पहाड़ की चोटियों तक छाने लगता है । आदमी के लोभ-मोह-भय और हर्ष-विषाद भी तो एक कुहासा ही ठहरे । जाने कितनी गहरी घाटियों से उठने और कितने ऊँचे तक छा जाने वाले हुए ।

जाने कौन आवाज-सी देता है—यार स्वार्थी ब्राह्मण ! प्रेतयोनियों में तुझ-जैसे ही लोग जाते होंगे । मरण में से भी पुनर्जन्म खोजने वाले दुर्दांत स्वार्थी !

राधे पुरोहित को लगता है, मुट्ठियों को नहीं, आँखों को भींच लेने और सोचे हुए को शब्दहीन उच्चारणों में बदलने की चेष्टा में ही उनका पूरा पिंजर हिल रहा होगा, सर्दी में नहीं । लग रहा है, जब तक अपने सोचे के आतंक से इस तरह की शारीरिक प्रतिक्रियाएँ होती रहेंगी, चित्त स्थिर न हो पाएगा । अनुभूति से मुक्ति चिंतन और चिंतन से मुक्ति सिर्फ शब्दहीन उच्चारणों के माध्यम से ही संभव लगती है, क्योंकि जो शब्दों में बाँधा जा सके, वह अनंत नहीं होगा । जबकि कल रात-भर कुछ ऐसी मोहविष्टि रही कि मरण अनंतता में लय होना है । एक अबूझ और असीम अंधकार में वह पक्षियों की तरह उड़ना अभी भी स्मृति में उपस्थित जैसा है ।

राधे पुरोहित सोचते हैं, अरुंधती की उपस्थिति का बोध उनको खुले उच्चारणों से रोक रहा है । समीप ही पूजा की चौकी पर रखा शंख राधे पुरोहित की आँखों के आगे घूमता है । काँपते हुए ओंठ अरुंधती के माथे पर टकराते हैं—और ऐसी शब्दहीन ध्वनियाँ फूटती हुई-सी लगती हैं, जैसी सिर्फ जन्म ग्रहण करते हुए बच्चे के मुँह से˙˙˙

फिर माँ की, पत्नियों की और प्रेमिकाओं की˙˙ फिर नन्दावल्लभ से लेकर अरुंधती तक अपनी आठों संतानों की˙˙ यानी अपनी ही स्मृतियाँ घेर रही हैं । नन्दावल्लभ ने क्या कहा था—उनकी मरणोत्तर क्रियाएँ बेटे नहीं निबटाएँगे, बेटियाँ मुंडन कराएँगी ?

"जा बेटी, कह आ उस मूर्ख से कि ब्राह्मण का तारण सिर्फ उसी के हाथों से होता है जिसने सैकड़ों के जन्म और मरण के संस्कार अपने हाथों से निबटाए, वह मृतकान्नभक्षी ब्राह्मण एक

अपनी मरणोत्तर-क्रिया नहीं निबटा सकेगा ? लो, कहाँ रखे है जौ-तिल, कहाँ रखी है गौग्रास के लिए पिसी हुई पिट्ठी···?"

बाबू···बाबू···बाबू···

"हरे राम, तू डर क्यों गई है ? क्या सचमुच बहुत विकराल ह्रो गया हूँ मैं ? मगर मुझे ऐसा क्यों लग रहा है, बेटी कि मैं अंदर-ही-अंदर एक छोटे-से बच्चे की तरह असमर्थ और निरावरण होता जा रहा हूँ ? जो कुछ सोचना नहीं चाहिए, सोचता और जो कुछ तुझसे कहना नहीं चाहिए, कहता चला जा रहा हूँ···मगर तू मुझे रोक मत। मेरे सारे उच्चारण समाप्त हो जाने दे। तू डर मत···तू मेरी आत्मजा हुई···आहा, देख तो तेरी लटी कैसे लक्ष्मी बाछी की पूँछ-जैसी घनी ? कितनी काली-काली ? तेरा स्पर्श कितनी शांति देता है ?"

अरुंधती का चेहरा जैसे कहीं शून्य में स्थिर हो गया है।

राधे पुरोहित को लगता है, इतने निरावरण आत्म-प्रलाप के द्वारा किसी भी औरत, किसी भी माध्यम को कुछ क्षणों के लिए स्थिर किया जा सकता है। तो क्या उनको जन्म देते समय, उनको पहली-पहली बार अपनी आँखों से एकदम विवस्त्र देखते हुए माँ भी इसी तरह स्थिर हो गई होंगी ? अंदर-ही-अंदर कोई वस्तु कितनी तेजी से नंगी होती जा रही है ? यहाँ 'जीर्णानि वस्त्राणि' का क्षण निकट आ चुका क्या ?

अरुंधती का स्थिर चेहरा हौले से काँपता है, तो राधे पुरोहित का मन उँगलियों से जकड़ लेने को होता है—उनमें फिर ऐसे शब्द एकत्र होने लगते हैं जिनका उच्चारण कठिन है। वो कहना चाहते हैं—'हो सकता है, तू एकाएक इतनी स्थिर किसी आतंक से हो गई हो ? हो सकता है, अपने वृद्ध पिता के पागलपन पर तुझे विस्मय हो आया हो कि अबोध कन्या के आगे न जाने कैसी-कैसी निषिद्ध बातें कहता चला जा रहा है बुड्ढा ?···मगर मनुष्य अपनी पराकाष्ठाओं में दूसरों की पात्रता-अपात्रता खोजता ही कहाँ है, बेटी ? पराकाष्ठा में तो वह अपने शब्दहीन ओठों के लिए पयोधर और अर्थहीन संबोधनों के लिए पत्थरों को खोजता चला जाता है। जन्म देने की वेदना से छटपटाती माँ से भी दूध और आतंकित कन्या से भी शरण माँगता है। दूसरों को माध्यम बनाकर जीने और मरने की आत्म-ग्लानियों से गुजरता मनुष्य ही तो मुक्ति खोजता है न ?'

सोचते-सोचते अपना संतुलन खो बैठने पर, राधे पुरोहित को एक रोमांच-सा होता है कि क्या हर मरने वाला उनकी तरह अपने व्यतीत के पुनर्वासन की स्थितियों से गुजरता होगा ?

राधे पुरोहित को लगता है, कुछ ही देर पहले दाईं हथेली को अरुंधती के मुँह पर से हटाते हुए, उन्हें अपने को इस जगह से ही पृथक् करने की-सी अनुभूति हुई थी। अरुंधती को ही नहीं, अपने संपर्क में आए हुए हर व्यक्ति को···पूरा संसार छोड़ देने का-सा अहसास होता है और राधे पुरोहित अरुंधती को कसकर छाती से चिपका लेते हैं।

अरुंधती व्याकुल हो उठती है—"बाबू, रो क्यों रहे हो ?"

अब राधे पुरोहित कैसे समझाएँ कि—बेटी, मुझे रोने की नहीं, सिर्फ बहने की जैसी अनुभूति होती है।

वैतरायण के कोटर में से गौरैया के जोड़े की पूँछें इस ओर लटकी हुई हैं।

राधे पुरोहित फिर एकाएक प्रश्न पूछते हैं—"तूने क्या कहा था अभी कि नन्दावल्लभ मेरे मरणोत्तर संस्कार नहीं करेगा ? उस मूर्ख को तूने नहीं समझाया कि मेरे मर जाने के बाद जो कुछ वह करेगा, वह सब मेरे नहीं, उसी के संस्कार होंगे ?¨तूने नन्दावल्लभ के घर शंख गूँजता भी सुना है ?¨जब उसका जन्म हुआ था, उस समय कोई और घर में नहीं था। तेरी माँ ने शरमाते हुए मुझसे कहा था, पुत्रजन्म के समय शंख बजाना होता है¨और धोती का किनारा अपने दाँतों में दाब लिया था¨"

अरुंधती पूछती है—"चाय बना दूँ, बाबू ?"

राधे पुरोहित हवा में उठी हुई अपनी दाईं हथेली को नीचे गिराकर, अरुंधती के बाएँ कंधे पर फैला लेते हैं—"अब मेरे लिए जीवन भोजन-व्यंजनों में जीने के लिए शेष नहीं रहा। सिर्फ कल रात-भर के महाकंप का पुनर्वाचन करके, मैं मुक्त हो जाना चाहता हूँ। जन्म लेकर मनुष्य जिस महाजाल को मकड़ी की तरह अपने इर्द-गिर्द बुनता है एक दिन उसके सारे तंतु खुद उसे ही समेट देने होते हैं¨तेरे चारों बड़े भाई तेरी बड़ी माँ से हुए। बड़ी की मृत्यु के बाद, मैं तेरी माँ को लाया। तुझको मिला चार कन्याएँ सौंपने के बाद, वह भी चली गई—नन्दावल्लभ क्या कहता था, सारी कमाई बाबू दान-दहेज में अपनी कन्या-रत्नों को ही देते रहे ? उस मूर्ख से तूने नहीं कहा कि राधे पुरोहित ने जब दिया, सिर्फ अपने को ही दिया है ? वह ऊपर वैतरायण पर बैठा पक्षियों का जोड़ा तुझे दिख रहा है न ? उनकी पूँछें पीछे को लटकी हुई हैं। बच्चों को चारा खिला रहे होंगे। दोनों बच्चे सयाने होंगे, भुर्र-भुर्र करते उड़ जाएँगे¨चारों बेटे सयाने होकर इसी तरह उड़ते-उड़ते गए, पुत्री। यही सृष्टि का नियम हुआ। कोई मनस्ताप नहीं रखना है। जिंदगी-भर तमाम लोकचारों को निभाते-निभाते आखिर राधे पुरोहित भी तेरे सामने मुँह करके बैठ गया है, मगर उसके पास तुझे देने को कुछ रह नहीं गया।¨पीठ की तरफ से कोई अदृश्य शक्ति अपनी ओर खींच रही है। नन्दावल्लभ नहीं आएगा ? जरूर आएगा। उससे कह देना, बेटे-बेटी का भेद करना मनुष्य दूसरों से सीखता अपने से नहीं। तूने गोग्रास देने के लिए चावल भिगो रखे थे, पीस दिए, या नहीं ?"

"सवेरे ही पीस दिए थे।"

"मेरे पास ले आ, बेटी। तेरे पिता राधे पुरोहित का तर्पण मैं अपने ही हाथों से कर जाऊँगा। नन्दावल्लभ आएगा और 'पिता हो' कहते हुए संस्कार देने लगेगा, तो उससे कह देना 'मैं ही पिता हूँ' का उच्चारण करे।¨अगर जिस क्षण उसके कंठ से ऐसा उच्चारण फूट गया, वह अहंमन्य बड़ा भाई तेरे लिए पिता-तुल्य ही हो जाएगा¨मैं अपनी सारी आत्मग्लानियों से मुक्त हो जाऊँगा।¨और नहीं फूटे उसके ब्राह्मणत्व से ऐसा उच्चारण, तो तू मेरी कन्या है ना¨तू अपनी संरक्षिका स्वयं बन जाना। भिक्षा माँग-माँगकर उदर-पोषण कर लेना, निषिद्ध कर्मों से भी जीवित रह जाना, मगर उस अहंकारी की शरण मत खोजना।¨सवाल तेरा नहीं है, बेटी। तेरे रूप में वह अहमन्य राधे पुरोहित को ही अपनी शरण में याचक के रूप में खड़ा पाएगा। मुझे मेरे इस

अहंकार से मुक्ति कैसे मिलेगी··सिर्फ तुझे प्रचंड अहंकारिणी बनाकर, अपने संस्कारों का तुझमें विसर्जन करके ही मैं मुक्त हो सकता हूँ··देख तो मेरी वाणी पानी की तरह बहने लगी है। ओम् विष्णुर्विष्णु··विष्णुर्विष्णु··तू घबरा मत··मैं इस जल-प्रवाह में चुपचाप बह पाऊँगा··ला तो कहाँ हैं जौ-तिल··जरा अपनी नाक की फुल्ली से छुआकर, मेरे मुँह में गंगाजल डाल दे···"

राधे पुरोहित की हथेली पिसे हुए चावलों पर फैल जाती है।

अरुंधती चिल्ला उठती है—"बाबू, तुम पागल हो गए हो··बाबू, पागल हो गए हो···"

राधे पुरोहित मुट्ठी भींच लेते हैं—"ओम् विष्णुर्विष्णु···"

अरुंधती करुण स्वर में बिलखती भाग गई है। सीधे नन्दावल्लभ के पास चली गई होगी ?···

हे राम, कन्या उनके पुनर्जन्म को झेल नहीं पाई है।

राधे पुरोहित को एक ही क्षण में असंख्य शव दिखाई देते हैं। राधे पुरोहित के अँगूठे से लगे श्रीखंड के त्रिपुंड उनके कपालों पर चमक रहे हैं। उनके द्वारा पढ़े हुए पंचांगों और पुराणों का, उनके द्वारा विसर्जित किए जौ-तिल और पिंडों का चारों ओर ढेर लग गया है।···असंख्य नर-नारी किसी अदृश्य समुद्र में की तरह तैर रहे हैं···अरुंधती दौड़ रही थी, तो उसकी लटी कैसे पीठ पर फैली हुई थी···आँगन में बँधी लक्ष्मी बाछी की पूँछ···

··कन्या कनकसम्पन्नां कनकाभरणैर्युताम्। दास्यामि विष्णवेतुभ्यं··दास्यामि विष्णवेतुभ्यं···

भाई, भाभियों और पड़ोसियों को साथ लेकर अरुंधती लौट आई है। आँगन में पहुँचते ही, अरुंधती चीख उठती है··बाबू···

अरुंधती की बड़ी भाभी को याद आ रहा है, जिस दिन उसका पहला-पहला बेटा सिर्फ कुछ दिन जीवित रहकर ही मर गया था, वह भी ठीक उसी तरह चीख उठी थी।

आँगन में सब लोग जुड़ आए हैं।

लक्ष्मी बाछी की पूँछ राधे पुरोहित के बाएँ हाथ की मुट्ठी में दबी है। उनके दाएँ हाथ को लक्ष्मी बाछी धीरे-धीरे चाट रही है। उँगलियों के जोड़ों में पिसे चावलों की पिट्ठी लगी है···और ··राधे पुरोहित के ओंठ किसी अनंत उच्चारण की-सी मुद्रा में खुले के खुले ही रह गए हैं।

अहिंसा

'खाट बिनाय लो, खाट !' की आवाज लगाते हुए, मोहल्ले की सँकरी गलियों से गुजरते में भी उसका ध्यान बिंदा पर ही था। गाँव से यहाँ शहर, मेडिकल कालेज से सटे अस्पताल तक पहुँचना, अब कहीं ज्यादा सिलसिलेवार स्मृति में घुमड़ता जाता है। अब, जबकि बिंदा को आखिर-आखिर अस्पताल में भर्ती कर लिया गया है। कई दिनों की भागमभाग के बाद, इस कमजोर तथा रुग्ण औरत को अस्पताल के भीतर जगह मिल जाने पर, जैसे किसी विशाल मंदिर के गर्भगृह में पहुँचने की-सी शांति अनुभव हुई है। और अब तक इसकी काया को लगातार पीठ पर लादे रहने की-सी थकान ही नहीं, बल्कि माथे पर गिद्ध की भाँति मँडराती हुई-सी असुरक्षा और डर से भी थोड़ी-सी राहत।

अभी उसे चारपाई नहीं, जमीन पर ही जगह मिली है, लेकिन अस्पताल की हद में होने का अहसास ही कुछ कम नहीं। परसों तक तस्कीन न थी। गाँव से कस्बे तक बैलगाड़ी और फिर वहाँ से टेंपो में शहर के बस-अड्डे तक लाने, और फिर रिक्शे से अस्पताल तक ले जाने की अवधि में, कई बार, पीठ पर लेकर उतारना-चढ़ाना पड़ा था उसे। रात-दिन घर-गृहस्थी के कामों में ताँगे की घोड़ी की तरह खटती औरत का चलने-फिरने तक को दूसरों का मोहताज हो जाना, यह कोई सामान्य संकेत न था। और दरअसल हालत के एकाएक कहीं-से-कहीं पहुँच चुकने का यह साक्षात्कार ही जगेसर को एक-एक क्षण चाँपे रहा था और पहली बार उसे इस दुष्कल्पना में जाना पड़ा कि क्या अब बच्चे अपनी माँ को वापस लौटता नहीं देख सकेंगे ? जो औरत मरणांतक यातनाओं के बीच भी बच्चों को यह आश्वासन देती, जाने कैसे मुस्कुराती, बड़े इत्मीनान से बोलती आई है कि, 'जिनावरों को ठीक से रखना। हम जल्दी ही वापस लौटूँगी।'—उसको इस रूप में वापस ले जाना कि बच्चे 'अम्मा !' चीखते हुए छाती पर गिर भी पड़ें, तो भी वह आँखें खोलकर देख तक न सके···

'खाट बिनाय लो खाट !' जगेसर अचानक अँधेरे में चीखता-सा चिल्ला उठा। धूप चमचमा रही थी। भयंकर उमस में धूप त्वचा को और ज्यादा झुलसाती मालूम पड़ती थी और प्यास शरीर के जोड़ों में से फूटती हुई-सी। धूप-उमस में काम करने या चलने-फिरने का अभ्यास न हो, ऐसी बात नहीं, लेकिन यह भीतर की सारी आर्द्रता को लीलती-सी प्यास तो, शायद, अब से पहले कभी न लगी होगी कि मोहल्ले के एक नलके से दूसरे तक का फासला पार करना कठिन हो जाए।

शहर पहुँचते ही पहले सीधे मोती के डेरे पर गए थे तीनों । छोटे गोविंदा को, उसने वहीं से घर वापस भेज दिया था कि अब कोई डर नहीं, सारा कुछ सँभल जाएगा ।

ऊपर किसी मकान के बारजे से पुकारना-सा सुनाई पड़ा, तो जगेसर ने तुरंत सिर उठाकर देखा, लेकिन पूरी इस सावधानी में कि कहीं भ्रम ही न हो । कोई पुकारता है, 'ए सब्जी वाले !' या 'ए रद्दी वाले !' तो भी 'ए खाट वाले !' की-सी आवाज सुनाई पड़ती है और उम्मीद जुड़ा जाती है । लगता है, जिसने पुकारा है, उसने देख लिया है कि इस चिलक धूप में यह आदमी गाँव छोड़, यहाँ शहर में दर-बदर क्यों मारा-मारा फिर रहा है ।

कहानी तो, बस, इतनी-सी है कि अस्पताल के बरामदे में दो दिन, दो रात पड़ी रहने वाली औरत आखिर किसी तरह भीतर जगह पा गई है और कुछ इलाज भी शुरू होता मालूम पड़ता है । ऐसे में मेहनत की कमाई में से उसके लिए कुछ दवा-दारू और फल-डबलरोटी-दूध का इंतजाम करने का परितोष ऐसा है कि शायद, कभी न था । आज सुबह मौसमी के दाने में छेद करके, रस निचोड़ते में वह जैसे जीभ को कोशिश करके, चिड़िया की चोंच की तरह आगे को करती रही थी—और उसकी उदास आँखों में जैसा जल-भरे पोखरों को भी छोटा करता हुआ-सा फैलाव था; विषाद का ही नहीं, उसे पति के रूप में अपने रोम-रोम में समो रहे होने का—वह सब अत्यंत दारुण होते भी, अपूर्व था । इस औरत के साथ बिताए लगभग बीस वर्ष उन कुछेक क्षणों में आइने में पड़ते प्रतिबिंबों की तरह भीतर इकट्ठा हो आए थे । इसे घरवाली के रूप में देखने और महसूस करने का ऐसा अवसर, शायद, इससे पहले कभी उपस्थित न हुआ था ।

महीने-भर से भी लंबी बीमारी की चपेट में, जिस्म से अब लगभग बुझती-सी यह औरत, अपने भावनात्मक रूप में जैसे संपूर्ण आभा में प्रकट होती चली जा रही है । कराहती भी है, तो लगता है कि सह सकने की सारी सीमाओं के टूट जाने पर ही इसकी पकड़ छूट गई है । कभी-कभी तो आभास होता है कि बीमारी जितना इस औरत के शरीर के वजन को कम करती, उतना ही इसकी आत्मा के वजन को बढ़ाती चली जा रही है । अपने वजूद में अब यह एक पृथक् संसार हो गई-सी मालूम पड़ती है और इसे पीठ पर लिए टट्टी-पेशाब के निमित्त ले जाते में लोगों का देखना न चुभता है, न संकोच में डालता है । अलबत्ता याद आता है कि बरसों पहले जब हैजे, और फिर मियादी बुखार ने तोड़कर रख दिया था, तो यह औरत अपनी नाक तक को भूल गई मालूम पड़ती थी । खुद जगेसर मारे दुर्गंध के उबकाने लगता था, इसे दूर हट जाने को कहता था कि कहीं इसे भी हैजा न हो जाए, लेकिन इसको नाम सुड़कते तक नहीं पाया कभी । पहले जैसे बच्चों की साफ-सफाई करती थी, इसमें कोई फर्क न था । इसके द्वारा गीले कपड़े से पोंछे जाने के स्पर्श अभी तक ज्यों-के-त्यों हैं ।

'ए खाट वाले' की आवाज दुबारा आई, तो जगेसर ने कुछ ज्यादा ध्यान देकर देखा और इत्मीनान होते ही, संकेत करके बताई सीढ़ियों पर से होता, ऊपर बरामदे तक पहुँच गया ।

पूछने पर वह सिर्फ बान का भाव बताता है और यह कि तराजू साथ नहीं है, लेकिन गुच्छे तौले हुए हैं । बिनाई की मजदूरी खाट वाले के विवेक पर छोड़ देने के हालाँकि दोहरे संकट हैं,

लेकिन जब सब कुछ ऊपर वाले के भरोसे छोड़ देने का अवसर उपस्थित हुआ पड़ा है, तब आदमियों पर भी छोड़ने में ज्यादा बाधा नहीं और कुल मिलाकर परिणाम गलत नहीं निकले हैं, कल भी बारह रुपयों की कमाई हो गई थी, आज भी यह दूसरी खटिया पर हाथ लगाना है ।

वह कुछ कह नहीं सकता कि क्या बिंदा का दुःख उसमें समाया हुआ साथ-साथ चल रहा है कि लोगों का रुख प्रायः सहानुभूति का जैसा मालूम पड़ता है । या उसके चेहरे पर एक सहज-निश्छल आदमी होने की-सी जो प्रतिच्छाया है, जिसके चलते अपने परिवार ही नहीं, बल्कि इलाके-भर में भलेमानसों में शुमार होता है उसका, इसका कुछ प्रभाव है ? संयोग कि टेढ़े और बहसी कम, ढंग के ग्राहक ज्यादा मिल गए, शुरू में उसके ही ध्यान में कहाँ था ? वो तो मोती रिक्शा वाला जीता रहे और उसकी शहर वाली औरत कि बिंदा को भी कुछ बतियाने का सहारा हो गया—उसे भी काम सूझ गया कि हाँ, ठाली बैठे रहने से फायदा ? बान-बसूले का भी बंदोबस्त मोती का है । बरसों पहले की दोस्ती को भूला नहीं ।

जाने अभी कितने दिन अस्पताल में पड़े रहना होगा । जी बना लिया है कि सब छूटें, छूट जाएँ—यह दुख का साथ नहीं छोड़ना है । अब तो जिंदगी का एकमात्र सार इसमें है कि इस देवी-सरूप औरत के इलाज में कहीं कोई कसर न छूटे । साढ़े चार सौ तो साथ लेकर चला है । अभी और बंदोबस्त करना पड़े तो हिचकना नहीं है । यह वक्त न तो पैसे का मुख देखने का है, न अपनी तकलीफ और फजीहतों से बेसब्र होने का । यह तो रोम-रोम से एक ही प्रार्थना का वक्त है—'हे परमेसर—'

जाने क्या है कि भगवान् का स्मरण करता है जगेसर, तो सारा वृत्तांत सामने रखने की जरूरत नहीं रह जाती । अनुभव होता है कि जो वह खुद नहीं जानता, उसे भी जानने वाला जानता है । उससे किसी का क्या छिपा है ?

वह अधेड़-सी औरत थी । इस वक्त घर में अकेली । गुड़ के साथ पानी लेती आई, तो कुछ क्षण अपने में ही थमा-सा रह गया जगेसर । मन में यही हुआ कि बनाने वाले, तूने सचमुच कितनी बड़ी बनाई है पृथ्वी ! पानी का अकाल यहाँ कहीं, किसी में नहीं । किसी में थोड़ा कम, किसी में ज्यादा ।

अँगोछे से पसीना पोंछते हुए, गुड़ की डली के साथ पूरा लोटा-भर पानी पी गया जगेसर एक साँस में, तो जाने क्यों एकाएक लगा कि पानी सिर्फ उसी के गले में नहीं उतर रहा है । उसे याद आया कि जब गिलास या लोटा ऊँचा करके पानी पिया करती थी, तीतरी की अम्मा—यानी बिंदा—तो कैसी गट्ट-गट्ट की-सी आवाज की एक लयबद्ध श्रृंखला बनती जाती थी और उसका औरत होना कैसे अपनी पूरी पारदर्शिता में प्रकट होता जान पड़ता था । अब तो चम्मच से पिलाने की नौबत आ गई…।

खाली लोटे की ओट करके सावधानी से उसने अपनी आँखों को अँगोछे से ऐसे पोंछ लिया, जैसे पानी पीते में बिखरा जल हो, आँसू नहीं, लेकिन रोकते-रोकते भी गले से कुछ रुँधी हुई-सी आवाज निकल ही गई । इसे भी डकार लेने के से बहाने बचा लेना चाहता था वह कि उस

अधेड़ औरत ने पूछ ही लिया—"लगता है, तुम्हारे घर में कुछ विपदा है, भइया ? मौसम भी तो यह मार हारी-बीमारी का है⋯"

जगेसर को साफ लगा कि उस महिला ने, शायद, यहाँ तक कल्पना दौड़ाई है कि कहीं घर में हाल में ही कुछ गमी न हुई हो । तुरंत स्थिति को सँभालता-सा, संक्षेप में वृत्तांत देता गया । हाथ रुके नहीं, बिनने में लगे रहे । जब थोड़ा सुन चुकने पर भी सामने मोढ़े पर बैठी औरत में सुनने का भाव ही बना रहा, तब नदी के प्रवाह में पैर उखड़े की तरह, विस्तार में चला गया और अपने को फूट-फूटकर रोने से बचाने की सारी कोशिशें जैसे पक्षियों की तरह उड़ान भरती-सी, जाने कहाँ दूर-दूर निकल गईं । जैसे कोई भरा घड़ा एकाएक तड़क जाए, अपने भीतर इकट्ठा हुआ सहेजे रखना कठिन होता गया और आखिर जगेसर ने अपने को ऐसा कर लिया, जैसे जड़ हो गया हो । चेतना सिर्फ इतनी रखी कि इस सामने बैठी औरत के सिवा, बस, परमात्मा देख-सुन ले । तमाशा लगाने से तो सिर्फ बदहवासी बढ़ती है । विपदा प्रत्येक से, प्रत्येक जगह बखानने की वस्तु कहाँ । दो दिन, दो रात बरामदे में ही पड़ी रह गई बिंदा, तो अस्पताल से संबद्ध मालूम पड़ते डॉक्टरों से लेकर जमादारों तक—किस-किस के आगे नहीं रोया-गिड़गिड़ाया, किसके पाँव नहीं पकड़े जगेसर ने—लेकिन अस्पताल हरेक के लिए अलग-अलग कहाँ सुन सकता है । वहाँ तो सब एक हैं । यहाँ जगेसर अपने-जैसा, दुःख में डूबा एक हो सकता है, वहाँ अनेक हैं और हरेक एक ही किस्म के अँधेरे में घिरा मालूम पड़ता है । आदमी आखिर अपने दुःख को कहना ही नहीं, सहना भी दूसरों से ही सीखता है । एक किशोर वय का लड़का उनके सामने-सामने दम तोड़ गया था, बरामदे में ही, और बिंदा की आँखों से कैसे आँसुओं की लड़ी-सी बँध गई थी ? उसका माँ होना कैसे पूरी पृथ्वी को बेधता-सा मालूम पड़ता था ? लगता था, जैसे अपने दोनों बच्चों को उसने अपनी काँखों में दबा लिया है और उन्हें लिए-लिए जाने कहाँ, किस लोक को उड़ जाना चाहती है—जहाँ जीते-जागते आदमी को एक क्षण में मिट्टी के ढूह में बदल डालते, काल के कराल दाढ़ों की पहुँच न हो ।

सामने बैठी अधेड़ औरत ने 'कहने से दुःख बँटता है ?' जैसे जो भी वाक्य सांत्वना में कहे, उनसे जगेसर को अपने रिक्त हो गए-से अस्तित्व में एक-एक लोटा पानी उँड़ेले गए होने की-सी अनुभूति होती रही । इस अवकाश में वह यही तय करता रहा कि लौटते में भी एकाध किलो मौसम्बी जरूर खरीद लेनी है । आग लगी है चीजों के दामों को । दुकानों पर बैठे लोगों को देखो, तो आतंक उपजाते दिखाई पड़ते हैं और फलों-दवाओं की बिक्री करते बैठे लोग, भलेमानसों की-सी प्रशांतता में बैठे होने की जगह, जिंदगी और मौत के सौदागरों की तरह घूरते मालूम पड़ते हैं । खास तौर पर अस्पताल के इर्द-गिर्द की दुकानों में तो दाम पूछते डर लगता है । तीन मौसम्बियाँ, पूरे तीन रुपए में आई थीं । जबकि कम-से-कम दस-पंद्रह दाने रोज मिलें, तो कहीं तृषा बुझे, तो बुझे ।⋯

अचानक जगेसर का हाथ कुछ ढीला पड़ा, तो सामने की ओर देखा, दुःख कह चुकने पर, अब कुछ अजीब-सा संकोच अनुभव होने लगा है। वह भीतर जा चुकी थी। जगेसर ने कुछ इत्मीनान से लंबी साँस लेने के बाद, माथे का पसीना पोंछा, जो आँखों के पपोटों तक बह आया था और आँखें पिराने लगी थीं। एक-दो बार बसूले से पाये-पाटी ठकठकाने के बाद, जगेसर ने अदवान डालनी शुरू कर दी। उसके भीतर कहीं यह हिसाब भी चल रहा था कि अभी, शाम होने तक में, एक-दो खाटें और बिनी जा सकती हैं। बढ़ईगीरी और बान की बिनाई जगेसर की उँगलियों और हथेलियों में जज्ब है। जैसे मकड़ी जाला बिनती हो, जगेसर को भी बान कहीं अपने में से ही निकलती मालूम देती है।

लगभग बीस साल की हो चली गृहस्थी, मगर इतने निकट और ध्यान से देखने का संजोग जाने क्यों अब पहली बार जुटा आभासित होता है, जबकि यह औरत अस्पताल की खाट से आ लगी है और इसे रोम-रोम से देखते होने की अनुभूति जितने गहरे अनुराग में करती है, उतनी ही दहशत में। कुछ ही दिन पहले तक सारी गृहस्थी इस पर टिकी थी और अब यह औरत घर की भीत-सी ढह गई जान पड़ती है। खाट बिनने में ध्यान बार-बार अस्पताल की तरफ चला जा रहा है।

वह महिला जाने क्यों अभी भी सामने बैठी थी। वैसे ही, भीतर तक झाँक रहे होने की-सी मुद्रा में। जगेसर को जान पड़ा, दुःख बाहर तक आ गया है और आँतें समेटने की-सी साँसत महसूस हो रही है। उस महिला के मुँह पर सहानुभूति की छाया-सी थी। जगेसर को लगा, खुद दुःख को देखे होने की एक समरसता है इसमें। जगेसर आगे बिनना शुरू करे, इससे पहले ही छोटी-सी कटोरी में थोड़ा सरसों का तेल रख गई। रूखे हाथों बिनने में बान फँसती है, तो लय भी बाधित होती है—हाथों में खराश भी।

महिला कुछ देर चुपचाप बैठे रहने के बाद, फिर भीतर को चली, तो उसने अंदाज लगाया कि खाट की बिनाई पूरी होते देख, पैसे लेने गई होगी। तीन किलो बान के पंद्रह रुपए—बिनाई जो दे दे। हालाँकि कई बार का उसका अनुभव है, खास तौर पर गाँव-पट्टी का, कि गुड़-पानी पिलाने या, लाही-चना-सत्तू खिलाने में तत्परता दिखाने वाली औरतें, पैसों में कटौती करने का इरादा बना लेने के बाद ही सदाशयता बरतती हैं। खाटों की बिनाई या दस्तकारी का काम समाप्त होते ही, उनके चेहरे पर की चिकनाहट भी खत्म हो जाती है और मजदूरी के सवाल को वो लगभग नैतिक धरातलों तक उठा ले जाती हैं कि 'भइया, आजकल तो जहाँ आदमी का बिस्सास करके, बिना पहले से मजूरी ठहराए काम कराओ नहीं कि समझो, टेंटुआ पकड़ लेंगे।'

बिंदा की झूला झूलती-सी जिंदगी से लेकर, रोजंदारी की खाँटी व्यावहारिकताओं तक का वितान जगेसर को एक साथ घेरता है, तो ध्यान हटाना कठिन हो जाता है। इतना ठीक-ठीक समझने में भी उसे कुछ वक्त लग गया है कि वह अधेड़ औरत उसे बरामदे से भीतर की तरफ आने का संकेत कर रही है। इतनी-सी बात समझते भी जगेसर को कुछ वक्त लग गया कि एक खाट और बिनने को कह रही हैं।

जब तक दूसरी खाट के लिए अनेकानेक पाटियों और पायों में से अनुपात में छाँटने, चूल बिठाने और आखिर बिनाई का भी काम समाप्त किया जगेसर ने, और फिर बैठने के कुछ पट्टे भी ठीक-ठाक किए, इतने में बरामदे में की रोशनी मद्धिम पड़ती चली गई। सूरज, अब अपराह्न में, मकान के पश्चिम वाले पार्श्व में हो चुका। तब तक मकान-मालिक भी आ गया और जगेसर को अच्छा लगा कि यह भी भला आदमी निकला। जगेसर के काम पर पूरा संतोष व्यक्त करते हुए, उसने पत्नी के कहे अनुसार पूरे बयालिस रुपए पकड़ा दिए और जगेसर को इतना हिसाब लगा लेने में कुछ भी वक्त नहीं लगा कि साढ़े चार रुपए के हिसाब से बान के मिल गए, बारह की मजदूरी हो गई। नोटों को उसने पहले बसूले और फिर बान से छुआने के बाद, माथे से लगाया और तब बड़े जतन से अंटी में कर लिया। यह बसूला ही तो है, जो दाएँ हाथ का हिस्सा बन गया-सा मालूम पड़ता है और जब भी, जितनी देर इसे बरतता है जगेसर, दम बना रहता है। रोजंदारी गाँठ में बँधी मालूम पड़ती है। यह कला साथ न होती, तो बिंदा के लिए कुछ पसीना बहा लेने का परितोष कहाँ सुलभ होता ?

कल संध्या भी लौटा था, तो फर्श पर पड़े-पड़े ही उसने पश्छिम की तरफ वाली खिड़की की ओर आँखें घुमाई थीं। धीमे स्वर में बोली थी—'जिनावर घर लौटते होंगे, सरोती बाँ-बाँ करती होगी, तो तीतरी को ये होगा कि गैया भी 'अम्मा-अम्मा' पुकारती है।'

'नमस्ते हजूर' कहकर, विदा लेते, सीढ़ियाँ उतरते जगेसर को एकाएक हुआ कि 'इस औरत में अब मुँह का बोलना कम, आँखों का कहना ज्यादा होता जाता है', बीस साल की गृहस्थी और वह भी ऐसी कि एक-दूसरे से पृथक् रहने के दिन उँगलियों में गिने जा सकेंगे, ले-देकर कहीं दूर-दराज की बारातों में, या यहीं, कभी-कभार खेती या गाँव-पट्टी का काम न होने पर शहर में मोती रिक्शा वाले के डेरे पर का समय अलग होता होगा, लेकिन ऐसा एक-एक क्षण का साथ तो पहले कभी अनुभव हुआ नहीं।

अपने असहाय और पंगु पड़ गए होने पर, यह औरत जगेसर के भीतर चलने-फिरने लगी है। क्या कह रही थी कल, उसी गोधूलि वाले क्रम में, कि 'हमारे निस्बत तुममें इतनी ममता का अनुमान हम पहले कभी नहीं लगाई थीं',—और उसके दोनों मजबूत, खुरदरे हाथों को अपने कमजोर हाथों में ले लिया था। मालूम पड़ा था कि सारी शक्ति खींचे ले रही है अपने में। जगेसर को कुछ न सूझा था, बुझी-बुझी-सी आँखों से, बस, जनरल वार्ड के सिनेमाहालनुमा कमरे को यहाँ से वहाँ तक टोहता रह गया था।

एक जो तसल्ली प्रारंभ में, अस्पताल तक पहुँच जाने और यहाँ आर-से-पार तक की भव्य इमारतों, लोगों को मौत के मुहाने से बाहर निकालने में निष्णात लगते से डॉक्टरों-नर्सों की आवाज ही को देखते बँधी थी, वह अब टूटती जाती मालूम पड़ती है। सिर्फ तीन दिन में बीस-पचीस से कम लाशें अस्पताल से बाहर जाती नहीं देखी होंगी जगेसर ने। मौसम्बी लेने निकला था, तो तीन लाशें एक ही ताँगे में लदी निकल रही थीं और बड़ी देर बाद मालूम पड़ा था कि दुर्गंध भी उन्हीं की थी, जो ताँगे के काफी आगे निकल चुकने पर नाक तक पहुँची थी और जगेसर को लगा था

कि ऐसी भयावह और दुस्सह गंध जानवरों में से नहीं फूटती । मरा आदमी ढोरों से भी डरावना क्यों हो जाता होगा ?

अभी सीढ़ियाँ भी पूरी तरह नहीं उतर पाया था कि उस सँकरे सन्नाटे में लगा कि वह आवाज दे रही है क्या ? कानों में 'तीतरी के बाबू ! तीतरी के बाबू !'-सा बजता मालूम पड़ा और फिर जगेसर को मोती के डेरे पर जाने का धैर्य नहीं रहा । बान भी खत्म थी और बसूला झोले में कर लिया था । दौड़ भी पड़े, तो कोई बाधा न हो । हाँ, आधे रास्ते में दो जगह वह फिर भी अटक गया । एक जगह मौसम्बी लेते-लेते, कपड़े की छोटी-सी दुकान पर और फिर हनुमान जी के मंदिर के पास । घंटे-घड़ियालों की आवाज, मंदिर की जगह, अपने भीतर से उठती मालूम पड़ती है । बिंदा तो कुछ पढ़ी-लिखी है; भजन-कीर्तन भी कर लेती है, वह सिर्फ ऊँट की तरह बलबलाकर रह जाता है । भीतर जाकर हनुमान जी की भव्य, विशाल और आद्यंत सेंदूर-रंगी प्रतिमा के दर्शन करते और प्रसाद चढ़ाते वक्त भी उसे और कुछ नहीं सूझा, सिवा इसके कि ऐसे वक्त में वह बिंदा की जिंदगी के अलावा और किसी भी कामना या प्रार्थना में कहाँ होगा ।

उसके पहुँचने तक में, अस्पताल जगमगाने लगा था । बाहर की सरहदों को उलाँघता-सा, वह वार्ड की तरफ बढ़ा, तो साँसों का चलना सुनाई पड़ने लगा । कहीं ऐसा तो नहीं कि वह दम तोड़ चुकी हो और उसकी आत्मा ने आवाज दी हो कि— 'तीतरी के बाबू ! तीतरी के बाबू !'

जगेसर, कुछ क्षणों को, वार्ड की दिशा में जाते लंबे बरामदे की एक रेलिंग से लगकर खड़ा हो गया । अपना हाँफना सुनते-सुनते ही, उसे याद आया कि जब साल-सवा साल की हुई, तो जगह-जगह छिपती फिरती थी, और वहीं से एकाएक आवाज देती थी—इसी में तो 'तीतरी' नाम रख दिया बिंदा ने ? उसका हाथ एकाएक झोले में चला गया और बसूले की धार से लगकर, अँगूठा कट जाने की अनुभूति भी उसे तब हुई, जब तीतरी के लिए खरीदी हुई छींट को टोह लिया । हाथ बाहर निकालकर देखा, चुभा-भर था कोना । शायद, खून भी दो-चार बूँद निकलकर थम गया । इतने विराम में ही जगेसर ने अपने लिए यह तसल्ली भी खोज लेनी चाही कि अगर कहीं-कुछ अनिष्ट की बात हुई होती, तो मोती की घरवाली और साथ की औरतों का धाड़ मारकर रोना यहाँ तक आ रहा होता । बिंदा वाला वार्ड यहाँ से अब कुछ दूर नहीं ।

हाँफ के कुछ संतुलित होते-होते, जगेसर को हुआ कि ऐसी बदहवासी ठीक नहीं । जब प्राण-पण लगाकर उसका इलाज कराने का संकल्प है, तो यों हड़बड़ाने से काम चलेगा नहीं ।

बिंदा जैसे उसी के इंतजार में थी, देखते ही उसकी सुनसान-सी आँखों में एक समरसता आ गई । नहीं, उसके चेहरे की रंगत चाहे जितनी फीकी पड़ी हो, मगर आँखों की आब में कहीं कोई कमी नहीं आई है । वैसी ही आर्द्रता और चमक, जो उसके देर से लौटने पर रोशनी की तरह

कौंधती मालूम पड़ती है और फिर जैसे एक इत्मीनान में होती-सी, अपने में ही अंतर्धान हो जाती है। ज्यों-त्यों थोड़ा-सा प्रसाद जीभ से छुलाने और इतने में ही तीतरी के कुरते-सलवार की छींट को ठीक से देखते और फिर तहाकर, अपने सिरहाने रखते तक में वह जैसे लगातार आलोक-वृत्त में बनी रही। रोग की चाँप से अपने को बिलकुल पृथक् कर चुकी-सी¨लेकिन फिर जैसे अपने एकाएक उमड़ आए अनुराग और स्मृतियों का बोझ ढोने में असमर्थ-सी, अवसन्न पड़ गई। जगेसर को ही नहीं, मोती की घरवाली को भी इतना समझने में थोड़ा वक्त लग गया था कि उसकी कृशकाया मूर्च्छना में आवृत्त हो चुकी है।

इंजेक्शन देने के बाद, हल्का सुधार दिखाई पड़ा। इस बार आए डॉक्टर साहब ने, एक और कम गंभीर मरीज की चारपाई खाली करवाकर, बिंदा को उस पर करवा दिया था और अब वह जमीन से कुछ ऊपर निकल आई मालूम पड़ रही थी।

इस बीच दो नर्सों के अलावा, तीन-चार डॉक्टर इकट्ठा हुए थे और डॉक्टरों में कुछ अंग्रेजी में ही बातचीत होती रही थी। बड़े मुटल्ले डॉक्टर की बातों पर छोटे, विद्यार्थीनुमा डॉक्टर बतखों की तरह सिर हिलाते जाते थे। उनके अंग्रेजी वार्तालाप ने जगेसर के लेखे जैसे पूरे अस्पताल को अपने में समो लिया था। इससे जहाँ जगेसर को चिंता हुई थी कि बिंदा का रोग गंभीर मालूम पड़ता है, वहीं कहीं यह उम्मीद भी कि शायद, अब कुछ ढंग के इलाज का बंदोबस्त जरूर होगा। नहीं तो किसे पड़ी है कि एक गरीब औरत को जमीन पर से उठाकर, चारपाई पर लिटाए जाने का इंतजाम करता फिरे और उसके बारे में अंग्रेजी में बातचीत करे।

डॉक्टर इतनी हिदायत देते कि मरीज अगर पानी या फलों का रस पीना बंद कर दे, तो तुरंत खबर करें—ग्लूकोज चढ़ाने का इंतजाम किया जाएगा—बाहर निकल गए, तो सहानुभूति में इकट्ठा हुए अन्य मरीजों के कुछ तीमारदारों के साथ जगेसर भी बरामदे में निकल आया और बड़ी देर तक अपनी विपदा सुनाता तथा उनकी सलाहें सुनता रहा। निचोड़ सारा था यह कि जब तक में ढंग से इलाज शुरू कराने की नौबत आए, ज्यादातर गंभीर रोगी इलाज की सीमा से बाहर पहुँच चुके होते हैं। बेहोश होने के घंटा-भर बाद इंजेक्शन लगाने को पहुँचे थे डॉक्टर साहब और अब ग्लूकोज चढ़ाने की बात आई, तो जाने कहाँ गुम हुए, यह पता करने में ही घंटों लग जाएँगे। हैं बहुत जानकार, मगर यहाँ अस्पताल में तो उड़नतश्तरी ही हैं। अलबत्ता जिसकी गाँठ में कुछ दम हो, इनकी कोठी पर जाके करा ले इलाज, तो जान की गारंटी है।

वार्ड के झाड़ूवाले और चपरासी का भी जोर देकर कहना यही था कि "भइया, या तो पैसा देख ले आदमी, या मरीज की जान। अब हाल तो जो है, सो है। गवरमिण्ट क्या नहीं जानती, जिसके कि हजार आँख-कान, जो हम-तुम जानेंगे ? मगर हकीकत है यही कि यहाँ तो इलाज करवाए वो, जिसकी पोलिटिकल पहुँच हो, या और कोई नजदीकी जान-पहचान या पहले डॉक्टरों के घर पर दक्षिणा दे आए मरीज को दिखाकर, तब अस्पताल में भर्ती कराए¨जिस इत्मीनान और एहतियात से ये अपनी कोठी पर देख लेंगे मरीज को, अस्पताल में तो हर्गिज न देखेंगे।"

इन लोगों के बार-बार के जिक्र में जगेसर को भी डॉक्टर साहब का नाम याद हो गया और

एकाएक ही उसने जैसे अपनी पूरी ताकत लगाकर, लेकिन पूरे संयम के साथ पूछ लिया, "हम अपनी घरवाली का इलाज इन डॉक्टर गुदौलिया साहब की कोठी पर करा लें, तो कुछ उम्मीद—"

चपरासी और जमादार की तरफ से जवाब यों मिला कि उम्मीद नहीं, सोलह आने पक्की बात।

इन लोगों की बातों में एक खास तरह की अनुभवसिद्धता थी। वे संशय से परे मालूम पड़ते थे। उनमें से किसी ने यह भी बतला दिया कि उसकी घरवाली के पाँव में तो 'गेंगुरिन' मालूम पड़ता है। लगभग आधा अँगूठा काला पड़ चुका है। पेट में जाने अल्सर हो कि टियूमर, ये तो डॉक्टर ही बता सकते हैं, और यहाँ बीमारी है क्या इतना ही पता करने तक में भी ये लोग हफ्ता-भर से कम न लगाएँगे और औरत में इतनी बर्दाश्त दिखाई नहीं पड़ रही।

जगेसर भीतर लौटा, तब मोती भी आ चुका था, उसकी घरवाली के परिचय की दो औरतें भी वहाँ बैठी थीं। जगेसर को लगा कि असमंजस में पड़े रहने का वक्त यह है नहीं। उसने, जैसे सारी उपस्थिति को अपने आप से परे झटकते हुए, मोती की घरवाली के पाँवों पर मत्था टिका दिया और फूट-फूटकर रोता चला गया। वह हक्का-बक्का उसके सिर को थामे रह गई। जाने कैसे उसके मुँह से अचानक ही निकला—"हमारे जान दिए से तुम्हारी घरवाली की जान बचती हो, तो बोलो—सब डॉक्टर लोग और ऊपर वाले के बस की बातें हैं, भइया, कि कौनो तुमरे-हमरे ?"

जगेसर ने सिर उठाया, आँखें पोंछीं और एक साँस में सारी बात कह गया कि अगर कल सुबह-दोपहर तक यहीं बिंदा की तीमारदारी में खुद रहने का वचन दे मोती की घरवाली, तो वह गाँव हो आए।

स्टेशन के प्लेटफार्म पर गाड़ी का इंतजार करते उसे याद आया कि मौसम्बियाँ, सेब का दाना और डबल रोटी के साथ पचास रुपए का एक, और पाँच-पाँच के दो नोट तो दे आया था मोती की घरवाली को और कैसे क्या करना है, इतना सहेजता आया था—लेकिन तीतरी के लिए खरीदा कपड़ा तो भूल आया वहीं, साथ ले आया होता, तो तीतरी को कहने को हो जाता कि 'तुम्हारी अम्मा ने भिजवाया है'... खैर, बिंदा की जान रही, तो अगले फेरे में छुटका के लिए भी कुछ कपड़े ले लेगा और तब दोनों को साथ-साथ सिलवा भी देगा।

गाड़ी आठ बजे तक आने की बात है, सवा आठ पर छूटेगी। दोपहर बाद से कुछ खाया नहीं है। भूख भी ऐसी हो गई कि कभी तो एकाएक फूटती मालूम देती है, कभी पेट ही सूख गया जान पड़ता है। ऐसा पोंछते-पोंछते तक में ही फिर तेजी से उमसता पसीना तो कभी देखा न था। कहीं पानी की कमी में तो ऐसा नहीं।

किसी तरह मन साधकर, वह ठेले की तरफ बढ़ा। पाव-भर पूरी-साग लेने के बाद, एक किनारे बैठ गया और खाते-खाते ही तय करता रहा कि रात कितनी भी देर से पहुँचे कस्बे, गाँव को पैदल ही चल देना है। भीतर से कहीं कोई बोलता जाता है कि यह देर लगाने का वक्त

नहीं। कहीं भी सीटी बजती है, तो अपनी ही गाड़ी आते होने का-सा भ्रम होता है और हाथ का ग्रास हाथ में ही थमा रह जाता है।

नल तक जाकर पानी पीते में, बिंदा की मूर्च्छना के बाद से सुनसान हो आई-सी देह फिर आँखों में उमड़ती चली आई और जगेसर कुछ देर रोता, पानी से आँखें छपछपाता ही रह गया। आखिर ट्रेन आई, तो मन में आया कि काश, इसका ड्राइवर अपनी जान-पहचान का हुआ होता।

गाँव से दूसरे ही दिन लौट आया जगेसर।

जब तक मोती ने बहुत जतन से रिक्शा चलाते, डॉक्टर गुदौलिया की कोठी तक पहुँचाया दोनों को, शाम के पाँच बज चुके थे। मन में डर था कि कहीं ऐसा न हो कि वे लोग तो यहाँ पहुँच गए और डॉक्टर साहब वहीं अस्पताल में ही मरीजों को देख रहे हों ? लेकिन खेमकरन जमादार का भरोसा था। उसने वादा किया है कि उनके पहुँचने तक में साइकिल से वह भी वहीं होगा। डॉक्टर साहब से इलाज की रकम तय करने का जिम्मा भी उसी का है। खुद अपने लिए उसने बीस भी मुश्किल से लिए हैं अभी कि 'तुम्हारी तसल्ली को रखे लेता हूँ, नहीं तो मरीज अपने पाँवों चलता वापस लौटने लगे, तभी खुद भी कुछ लेते अच्छा लगता है।'—लेकिन जाने चार-पाँच दिनों में ही क्यों ऐसा हो गया है कि नर्स हो, चपरासी हो, या जमादार—जब तक इन्हें कुछ पैसा न मिल जाए, खुद को तसल्ली नहीं हो पाती। कभी-कभी तो सारे लोग पैसे के अनुपात में हिलते-डुलते, चलते-फिरते नजर आने लगते हैं और दहशत होती है।

हालाँकि शुरू-शुरू में लगता था कि कहीं झिड़क तो न देंगे, लेकिन अब तो गुल्लक का-सा छेद दिखाई पड़ता है हरेक में। फिर भी, दुनिया तो दुनिया है और सचमुच बहुत बड़ी है। कब, कौन और कहाँ, किस भेष में मददगार बन जाएगा, पहले से कौन जान सकता है ? आखिर ये मोती और इसकी घरवाली लछमनिया भी इस दुनिया में हैं, जो बिना किसी रिश्ते-नाते के दुःख में साथ दे रहे हैं। इसी सिलसिले में उसे अनेक लोगों की याद हो आई। खाट बिनाने वाली उस अधेड़ औरत और उसके गंजे पति की भी।

बिंदा को उतारकर, कोठी के 'नर्सिंग होम' वाले हिस्से के लंबे-से बरामदे में लिटाने के बाद भी, कुछ वक्त लग गया जगेसर को इतना अनुभव करने में कि सिर्फ ये ही लोग नहीं हैं। अनेक लोग हैं, जिनमें से कुछ सामान्य, तो कुछ संपन्न घरों के मालूम पड़ते हैं। वातावरण जरूर यहाँ का बड़े अस्पताल से काफी भिन्न है। नर्सिंग होम के पूरे वृत्त में एक खास तरह की संक्षिप्तता और स्वच्छता है। दरिद्रता, गंदगी और दुर्गंध का कहीं अस्तित्व नहीं। कूलर के चलने के शोर के अलावा, एक संभ्रांत किस्म का, गरुएपन से भरा सन्नाटा-सा मालूम पड़ता है, जिसमें बाहर लॉन के किनारे के अशोक-वृक्षों के हवा में डोलने की आवाज तक सुनाई दे जा रही है। बीच-बीच में इधर-उधर बैठे या डोल रहे लोगों का आपस में बोलना या साथ के मरीजों को दिलासा देना शुरू करते ही, यह कोठी भी अस्पताल का एक टुकड़ा बनती मालूम पड़ती है। खास तौर पर बरामदे में की फिनाइल-गंध से। 'नर्सिंग होम' का काँच की खिड़कियों वाला छोटे-छोटे कई एक

कगरों में बँटा लंबोतरा हिस्सा, अब मद्धिम-से आलोक में हो गया था।

डॉक्टर गुदौलिया इस बीच दो-तीन बार बाहर आए। उनका आना और लौटना इतना यंत्रवत् था कि जगेसर हाथ जोड़े उठता, लेकिन अगले ही क्षण जुड़े हुए हाथ अलग कर लेने पड़ते थे। अपने को विसर्जित करते हुए-से खालीपन में, चुपचाप नीचे बैठ जाना पड़ता। आखिर-आखिर खेमकरन आया, उसके चेहरे पर किला फतह कर चुकने की-सी चमक थी। उसने बताया कि पहले सिर्फ एक सौ रुपए देने हैं, बाकी बातें मरीज को ठीक से देख लेने के बाद तय करेंगे डॉक्टर साहब !

एक बात तय है, खेमकरन के व्यवहार से ढाढ़स बँधता है। दहशत से कुछ उबरने का-सा आभास होता है और यह आस कि रास्ता आगे तक जाता है।

यों तो डॉक्टर गुदौलिया ने ही अस्पताल में भी देखा था, लेकिन यहाँ वैसी अफरा-तफरी में नहीं। लगभग पंद्रह मिनट तक का समय देने के बाद, उन्होंने जो बताया, उसका सार यह था कि मामला बहुत 'सीरियस' है और आज या कल तक में ही ऑपरेशन करना होगा। मरीज के लिए अलग कमरा लेना होगा, ताकि उसकी तीमारदारी ठीक से हो सके और ऑपरेशन के पहले खून और ग्लूकोज चढ़ाया जा सके···जितनी देर डॉक्टर गुदौलिया इलाज का इंतजाम समझाते रहे, जगेसर को बिंदा को मौत के मुँह से बचा लिए जाने की व्यवस्था किए जाने का-सा एहसास होता रहा। इसीलिए वह डॉक्टर गुदौलिया के इस आकस्मिक सवाल का सहसा कुछ उत्तर ही नहीं दे पाया कि "तुम्हारी घरवाली तमाखू या बीड़ी-सिगरेट तो नहीं पीती है ?"

जब तक वह कुछ कह पाता, डॉक्टर गुदौलिया इतनी हिदायत देते भीतर की तरफ निकल भी गए कि "यह सब बंद करना होगा"···भौंचक खड़ा जगेसर, डॉक्टर साहब को खेमकरन को मरीज को बाहर निकालने का संकेत करते और फिर किसी दैवी शक्ति की तरह अंतर्धान होता-सा देखता रह गया। वो तो बाहर जा चुकने पर, जब खेमकरन ने बताया कि "गैंगुरिन की बीमारी में बीड़ी-सिगरेट बहुत नुकसान देते हैं",—तब कहीं जगेसर बता पाया कि नहीं, उसकी घरवाली को ऐसा कोई व्यसन नहीं।

उन्हें फिर दूर बरामदे में ही बिठाकर, खेमकरन, 'नर्सिंग होम' के भीतर चला गया। जगेसर अब स्वयं ही इस प्रतीक्षा में हो गया कि देखें, लौटकर, खेमकरन कुल कितना खर्चा बतलाता है। इतना आभास उसे हो चला था कि ये जो कुल जमा लगभग बारह सौ रुपए उसके पास रह गए हैं, ये भी, शायद, कुछ कम पड़ें, भीतर काँच-घर का सारा तामझाम ऐसा था कि 'पैसा-पैसा' बोलता मालूम पड़ता था। एक ऐसा लकदकपन और चकाचौंध, जो जगेसर जैसे लोगों को भीतर तक छीलती चली जाए कि 'कहो, है तुम्हारी इतनी औकात ?'

खेमकरन के वापस आने तक की अवधि के लिए, उसने अपने को प्रार्थना करते होने की-सी आर्द्रता में पाया और खुद को यह अनुमान लगाने में व्यस्त कर लेने की कोशिश की कि यदि दो हजार तक में भी बात बन जाए, तो पाँच-छै सौ की और व्यवस्था करके देने के लिए वह जो चाहे, सो वचन दे देगा। हालाँकि सिवा नाम-मात्र को जैसी साथ देती कुछ पैतृक जमीन गिरवी रखने

या आधी-तिहाई जमीन बेचने के और कोई जुगाड़ बिठाना अब, शायद, संभव न होगा--खास करके इतनी तुरता-फुरती में। छोटा भाई तो कल भी यही कहता था कि चाहे सब कुछ बिक जाए, मगर भाभी को जिंदा वापस आना चाहिए और साथ आने की जिद भी कर रहा था, लेकिन उसने बहू को ही साथ लाना ज्यादा उचित समझा। झाड़ा-पानी जाते में बालगोविंद क्या मदद करेगा, दोनों को साथ ला नहीं सकता। तीन छोटे-छोटे बच्चे ही घर पर छूट जाएँगे तब--दो उसके, एक भाई की लड़की।

इतनी देर में अब जैसे पहली बार जगेसर ने बाईं आँख को अपने पूरे जिस्म पर से पृथक् करते हुए, बहू की ओर घुमाया। वह घूँघट काढ़े, जिठानी के सिरहाने बैठी थी। मोती की घरवाली के साथ रोते-सिसकते में अपने-आप में काँपती मालूम पड़ती थी वह और जगेसर को अचानक याद आया था कि जब गौने के बाद इसे लिवा ला रहे थे, तब भी यह रंगीन कपड़ों की गठरी बनी-सी काँपती रही थी।

खेमकरन आया, तो जाने क्यों अपनी चाल और आकृति में कुछ परिवर्तित हुआ-सा मालूम पड़ा जगेसर को और जैसे ही उसने बिलकुल पास आकर, अपना मुँह खोला, दाढ़ उकासता-सा जान पड़ा--"कुल साढ़े तीन हजार का बंदोबस्त बैठ रहा है, भइया--"

उसने लगभग फुसफुसाते हुए कहा था, लेकिन जगेसर को लगा कि इतने जोर से चिल्लाया है कि शोर से कानों में एक ठंडा और गहरा सन्नाटा भर गया है। जब तक वह ठीक से उबरता, खेमकरन ने सारे ब्यौरे इस प्रकार थमा दिए कि साढ़े तीन हजार भी रियायती मालूम पड़ें।

दो-तीन बोतल ग्लूकोज, फिर मेल के खून की बोतलें, अनेक कीमती दवाएँ और इंजेक्शन--और पहले पेट का ऑपरेशन करने के चौथे-पाँचवें दिन ही, पाँव के अँगूठे को काटकर अलग करना--इसमें हफ्ते-भर तो यहीं, नर्सिंग होम में ही रहना होगा। दूध-बिस्किट, फलों के रस वगैरह का इंतजाम भी इसी में।

वह ऐसे निर्भ्रांत स्वर में बोल रहा था, जैसे कोई धार्मिक प्रवचन कर रहा हो। जगेसर के लिए यह कल्पना करना कठिन था कि ऐसा निष्णात व्यक्ति अस्पताल में जमादार की नौकरी करता है। वह जब जगेसर की तरफ से जवाब पाने की तैयारी में अपने आप चुप हो गया, तब जगेसर ने सारी स्थिति बतलाई और फिर जैसे अस्पताल में मोती की घरवाली के, वैसे ही सारा असमंजस तोड़कर, यहाँ खेमकरन के पाँव पकड़ लिए।

आखिर, उसका रोना थमा, तब भी जान सिर्फ इतना ही पाया कि फैसला उसे ही करना है। खेमकरन ने साफ कह दिया कि "भइया, इलाज बेहतर से बेहतर करे के खातिर तो हम डॉक्टर साहिब के कहि सकित ही--अउर, मुला हमरी थोड़ी मानित भी अहें, मगर पइसा-कौड़ी के मामले में गुस्साय जात हैं कि, 'ये क्या कोई पंसारी की दुकान है ?' अब तुम लोग सोच-विचार के आपस में जब मन बने, तो काल्हि-परसों में ले आवा--मगर हालत मरीज के बहुत सीरियस बा।"

जगेसर को लगा कि उसकी एक-एक बात कील-सी गड़ रही है। जैसे अपने को किसी पाप से अलग कर रहा हो, आखिर खेमकरन के पाँवों पर से अपने हाथ हटाए जगेसर ने, तो लगा कि

किसी बासी मुर्दे पर से हाथ हटाए हैं।

जगेसर का जवाब सुनकर, खेमकरन फिर भीतर गया, लेकिन तुरंत लौट आया और बताया कि ऑपरेशन तो डॉक्टर साहब पूरा पैसा मिल जाने के बाद ही करेंगे—हाँ, चार-पाँच सौ की कमी हो जाए, वो बात दूसरी है कि मरीज को 'रिलीज' कराते वक्त चुकता करते जाओ।···लेकिन इसके साथ-साथ एक बात काफी धीमे स्वर में यह भी जरूर बतलाई खेमकरन ने कि यदि ज्यादा पैसा खर्च करने की गुंजाइश न हो, तब डॉक्टर साहब कल-परसों में कभी अस्पताल में ही ऑपरेशन कर देंगे और मरीज वहीं भरती भी रहेगा। तब सिर्फ सवा-डेढ़ हजार में काम चल जाएगा, जिसे अभी 'एडवांस' दे जाए जगेसर, तो वापस तुरंत अस्पताल में भर्ती किए जाने और 'बेड' मिल जाने में भी कोई दिक्कत न होगी। डॉक्टर साहब अभी फोन कर देंगे। खेमकरन साथ-साथ वापस जाएगा और सब व्यवस्था खुद करा देगा। कई-एक बातें उसने और भी कहीं, जो जगेसर को लेकर नहीं, बल्कि समय और सरकारी बदइंतजामी को लेकर थीं।

खेमकरन की बातें सुनते-सुनते, अब पहली बार उसे अनुभव हुआ कि जो चीज इस बीच बार-बार पत्थर की सिगड़ी के जलाए जाने पर शुरू-शुरू में उठते जहरीले धुएँ-सी उसके पूरे अस्तित्व में इकट्ठा होती चली जा रही है, यह न तो सिर्फ मृत्यु-भय है और न बदहवासी—इसमें कहीं खून को भादों की धूप की-सी झुलसन में करता गुस्सा भी है—और नाक तक उफनकर आती-सी नफरत भी। इधर जाने क्यों उसे एकाएक कै कर बैठने की-सी बेचैनी महसूस होने लगी।

खेमकरन क्या उसके भीतर की हलचल को भाँप रहा होगा ? यह आदमी एकाएक किस कदर काँइया प्रतीत होने लगा है और बदशक्ल। डॉक्टर गुदौलिया गोरे मांस की गुदड़ी-सा है, यह उतना ही काला। और चेहरा, जैसे काँच की कोई खाली गोल-मटोल शीशी हो—जैसा पदार्थ भर दो, वैसा ही आभास। अभी घंटा-भर पहले तक कैसा ढाढ़स बँधाता जान पड़ता था, अब गिद्ध की तरह उकड़ूँ बैठा प्रतीत होता है। जगेसर को एक लहर-सी आई कि थाम ले क्या गला इस हरामजादे का कि अभी कल तक तो बताता था कि हजार-बारह सौ तक का खर्च बैठ जाएगा और आज मूँड़ हिलाता कहता है कि हजार-बारह सौ देने पर इतना तो हो सकता है कि भर्ती कर लें डॉक्टर साहब और 'बेड' दे दें, मगर ऑपरेशन तो दो-ढाई हजार एकमुश्त मिलने से पहले नहीं करेंगे। वह तो गरीब होकर भी छाती खोले दे रहा है। यहाँ तो पैसे वाले भी, जहाँ तक हो सके, कटौती कराने में ही जोर लगाते हैं और मजबूरन डॉक्टर साहब को अपना नियम पक्का बना लेना पड़ा है फलाँ ऑपरेशन इतने से नीचे नहीं। और फिर नहीं, तो किसी के लिए नहीं। यहाँ आने वाला हर आदमी मरीज है और उसके साथ व्यौहार एक रहे, तभी साख बनी रह सकती है। आखिर सैकड़ों-सैकड़ों मील दूर तक के लोग यहाँ इनसे ऑपरेशन करवाने चले आते हैं।

एक बार तो मन में आया कि इस बिचौलिए को एक किनारे छोड़कर, वह सीधे डॉक्टर गुदौलिया के पाँवों पर ही मत्था टेक दे और प्रार्थना करे कि ऑपरेशन आज ही कर दें। कल-परसों तक में थोड़ी-सी तबीयत सँभल जाए बिंदा की, तो वह बस दो-एक दिनों में ही बाकी के पैसे भी

जरूर चुकता कर देगा । कौन यहाँ से सैकड़ों कोस दूर है उसका गाँव । कुल जमा छै-सात घंटे लगते हैं पहुँचते । किंतु जितना अब तक में वह डॉ० गुदौलिया को चलते-फिरते, बात करते और कल अस्पताल में टोह पाया है—और जैसा भी उसका आदमी का अब तक का अनुभव है—खेमकरन जैसे सैकड़ों-हजारों का बाप मालूम पड़ता है यह । किस कदर तोताचश्म और पृथ्वी से किसी अन्य लोक का वासी है यह ! अपनी सारी इंद्रियों को जाने कब का लील चुका मालूम पड़ता है । इसकी एक-एक बात, एक-एक कदम के चलने से मालूम पड़ता है कि इस तक पहुँचने का एक ही उपाय है—जैसे यह रास्ता दे । जो कुछ यह खुद देखना और सुनना चाहे, इसके अलावा सारी चीजों के प्रति यह वज्र-बहरा मालूम पड़ता है । बाहर आता है कभी, तो जब तक आप हाथ जोड़ने को हों, तब तक यह अन्यत्र हो चुका होता है । गोरी खाल से मढ़ा जिंदा ढोल जान पड़ता है यह, जाने कहाँ को लुढ़क पड़े ।

'पिशाच !'—बड़ी मुश्किल से इस एक शब्द तक पहुँच पाया जगेसर, जबकि उसकी चेतना में अचानक यह संशय कौंधा कि कहीं सारी रकम एकमुश्त पहले ही इसीलिए न माँगता हो यह डॉक्टर कि हो सकता है, ऑपरेशन कामयाब न हो ?

अब पहली बार ये हुआ जगेसर के मन में कि क्या बिंदा को अंतिम रूप से खोने का वक्त सिर पर मँडराने लगा ? कैसा कराहना हो गया है उसका—कितना सूखा और दारुण । बहू ने दोनों हाथों से उसके बताए अनुसार ही कई बार रस निचोड़ा है मुँह में, लेकिन मालूम पड़ता है कि सब बाहर बह आता है । कनपटी के पास की नसें नीली पड़ गई हैं और दूर से ही दिखती हैं । मान लो कि सिर्फ भर्ती करके निकल जाओ और रुपया इकट्ठा करने में दो दिन लग जाएँ और जब तक लौटो—

"जब ऑपरेशन बाद में होना है, तब यहाँ छोड़कर क्या करना है ?" एकाएक ही उसने अपने को पूरी तरह संयत करते और मोती की तरफ मुड़ते हुए कहा । फिर खेमकरन की तरफ पलटते हुए, एक हजार रुपए गिने, सौ-सौ के दस नोट । जब तक वह अपना हाथ आगे बढ़ाए, जगेसर खुद उठ खड़ा हुआ, "चलो, भइया दे आवें डॉक्टर साहब को, ठीक है, अस्पताल में ही कर दें ऑपरेशन—"

इस वक्त आरामकुर्सी पर पसरे, कोल्ड कॉफी के मग में 'आइसक्यूब' छोड़ते, डॉक्टर गुदौलिया को रुपए थमाते हुए, वह एक क्षण को वहीं खड़ा रहा । वहाँ एक निरपेक्ष किस्म के स्वीकार के अलावा और कोई प्रतिक्रिया न देख, आखिर बिंदा को अस्पताल वापस ले जाने की चिंता में हुआ, बाहर निकला कि खेमकरन ने चिकौटी-सी काट ली, "हमारा अकीन न हुआ तुमको ? क्यों, भइया ?"

जगेसर को सँभलकर कुछ कहते, थोड़ा वक्त लग गया । इतना तुरंत मन में आ गया कि अभी इस आदमी से बिगाड़ ठीक नहीं । बोला, "हमारी पूछो, जमादार साहब, सो हम ई खातिर भीतर गये रहे कि डॉक्टर साहब के कानों में इतनी बात डालते जाएँ कि हुजूर, अगर घरवाली की जिंदगी बच गई, तो हस्पताल में ऑपरेशन होने पर भी मुँहमाँगी रकम चुकता करेंगे—किंतु सामने

पड़ गए, तो यही डर लगा कि कहीं डाँट न दें कि गँवार हमारे सामने रुपल्ली बजाता है।"

अपनी सारी कड़ुआहट को पचाकर, निहायत सधे ढंग से बोलते में, अब खुद एक चालाकी की-सी अनुभूति हुई उसे और लगा कि ऐसे ही सीखता होगा आदमी एक बालिश्त दक्खिन की जगह, एक बालिश्त उत्तर की तरफ से बोलना। अचानक ही वह फिर स्मृति में डूब गया कि कब, किस अवसर पर और कितने साल पहले कहा होगा बिंदा ने अपनी बालिश्त को गले के पास से हृदय की तरफ ले जाते हुए, कि—'तुम यहाँ से बोलते हो, तीतरी के बाबू—दक्खिन से !'

प्रसंग और वक्त तो ठीक-ठीक नहीं, लेकिन अपने वक्ष पर उँगलियाँ फैलाए, अपूर्व प्रफुल्लता में डूबे बोलती बिंदा का चेहरा जरूर याद आ गया, जिसे अब ढूँढ़ोगे इस औरत में, तो कोसों-कोसों तक कहीं दिखेगा नहीं।

कोठी के चरमर-चरमर आवाज करते लोहे के फाटक के बाहर निकलकर पहले खुद रिक्शे पर बैठकर, तब बिंदा को गोद में सँभालते हुए, जगेसर फिर जाने कहाँ तक डूबता चला गया कि गोद में असहाय बच्चों की-सी दीनता में पड़ी बिंदा से भी कुछ बोलना हो नहीं पाया। कल जब से यह औरत मूर्च्छित हुई थी, तब से उससे बातें करना या इसके सामने पड़ना भी इस पर बोझ डालना मालूम पड़ता है। देखते, बतियाते ही इसकी आँखें गाय की-सी हो आती हैं, और इसकी दीनता और वेदना को सहना कठिन हो जाता है। अगर कोई कहे कि अपना अँगूठा काटकर फेंको जगेसर, तो देखो कि इसका अँगूठा ठीक हो जाता है—अपना पेट उघाड़ दो आर-पार तक—जगेसर को, शायद, देर न लगेगी, मगर यहाँ तो, बस, निचाट बेबसी के सिवा कुछ नहीं।

रिक्शा हनुमान मंदिर वाले चौराहे से गुजरने लगा, तो जगेसर ने अपने बाएँ हाथ में लिटाए-लिटाए ही थोड़ा-सा ऊँचा कर लिया बिंदा के सिर को, और रो पड़ा। वह साफ देख रहा था कि बिंदा बिलकुल बेहाल हो चुकी है। उसमें दीये की लौ के कहीं भीतर ही डूब चुके होने का-सा निढालपन आ गया था। वह डर गया कि कहीं यह अस्पताल तक पहुँचने से पहले ही दम न तोड़ दे।

अस्पताल पहुँचते ही, उसने बीस रुपए और पकड़ा दिए खेमकरन को, इतना जानते भी कि डॉ० गुदौलिया के साथ भी इसका कुछ-न-कुछ हिसाब होगा जरूर।

बिंदा को बिस्तर पर लिटाने के कोई घंटा-भर में ही, खेमकरन ने बताया कि डॉक्टर गुदौलिया ने अस्पताल में नर्स और जूनियर डॉक्टरों को भी फोन कर दिया है। कुछ ही देर में दवा-इंजेक्शन का भी इंतजाम होता ही होगा और ग्लूकोज भी चढ़ाया जाएगा और ग्लूकोज चढ़ाते ही मरीज की बेचैनी भी कम हो जाएगी, हालत भी कुछ सुधर जाएगी। यह जो बार-बार की बेहोशी है, यहाँ से वहाँ, वहाँ से यहाँ तक की फटीग भी इसमें कारण है। इतना बताने के साथ ही, खेमकरन ने एक पुर्जा भी पकड़ा दिया कि "ये दवाएँ और ग्लूकोज की शीशी तनिक लेते आओ।"

लगभग दस बजे रात कहीं जाकर बिंदा की हालत कुछ सँभली और उसने कहा तो कुछ नहीं, लेकिन मुँह पर हाथ फिराया, तो लगा कि पहचान रही है। दस-पाँच मिनट बाद, वह कुछ

बोलने भी लगी और धीमे से उसने सुगनिया की गोद में हाथ रखकर, कुछ बोलकर और कुछ संकेतों से घर-गाँव और बच्चों से लेकर, जानवरों तक का हाल पूछ लिया ।

मोती के जिद करने पर, वह उसके डेरे की तरफ़ चल पड़ा । बहू को सहेजता गया कि बस, घड़ी-भर में लौटता हूँ । दोनों हौली होते डेरे तक पहुँचे, तब तक मोती की घरवाली आलू-अंडे की रसदार सब्जी और चावल पका चुकी थी । ये औरतें भी कमाल हैं । इन्हें गौर से देखो तो संसार चलाती मालूम पड़ती हैं । रात आठ बजे तो लौटी थी यह अस्पताल से और अब ग्यारह बजते होंगे ज्यादा-से-ज्यादा । वह तो जहर मान लेता, मोती ने ही समझाया कि कहीं ऐसा न हो कि खुद खाट पकड़ लेनी पड़े । वह सचमुच बेहद थक चुका था और अपने भीतर उजाड़ बोलता-सा मालूम पड़ने लगा था उसे । माथे और पीठ में दर्द और जकड़न भी थी और फिर वही न बुझती-सी प्यास । पकौड़ियों के साथ अद्धे से भी कम ही ली होगी उसने नारंगी, मगर एक समतलता आ गई है । पूरा एक कागजी नींबू गार दिया था मोती ने उसके गिलास में, इससे प्यास भी अब वैसी नहीं रही । बिलकुल मद्धिम-सा नशा था, लेकिन इस ऊष्मा में आज कितने दिनों के बाद जगेसर बड़े संतुलन से देर तक बतियाता रहा, मोती और उसकी घरवाली से । बहू के लिए खाना लेते, लौटने लगा, तो मुड़ा और फिर, लेकिन धीमे से, लछिमनी के पाँव छूता बोला—"तुम देवीरूप हो, मरतों को सहारा दे रही हो ।"

अस्पताल मोती के डेरे से ज्यादा दूर नहीं, यह भी एक सुभीता है । बिंदा बच जाए, तो एक दिन यहीं, मोती के डेरे पर दावत करेगा जगेसर और एक बढ़िया-सी धोती जरूर लेकर देगा लछमनिया को । उड़ती नजर से देखो, तो क्या दिखता है इस अधेड़ औरत में ? दाँत तीन-चार टूट चुके और वो भी ठीक सामने के, मगर बाकी के चूना-कत्थे के खाए हुए से दाँतों के बीच सहसा मालूम नहीं पड़ते कि टूट चुके । बोलती है, तो आधी आवाज डूब जाती है । झाँइयों से पूरा चेहरा ढँका पड़ा है ।···लेकिन भीतर जाने क्या है इस औरत में कि इसके पाँवों तक में ऊष्मा मालूम पड़ती है । उस हरामजादे खेमकरन के पाँव छुओ, तो कैसा मरगिल्लापन-सा महसूस होता है उँगलियों की पोरों में, जैसे कोई मरा पड़ा चूहा छू लिया हो—और उस साले डॉक्टर गुदौलिया की तो पाँवों की पिंडलियों तक में साँप का-सा चिकनापन है ।

रात के लगभग एक बजे बिंदा की तबीयत फिर एकाएक ही खराब हुई, तो जगेसर जाने कहाँ-कहाँ किसी डॉक्टर या नर्स को तलाशता दौड़ता-भागता रहा । मगर खेमकरन तक मिला नहीं, अलबत्ता एक-दो तीमारदारों ने जरूर कहा कि इस आधी रात में जाने कहाँ सिनेमा देखते, ताश खेलते, शराब पीते या ऐश करते होंगे डॉक्टर लोग ।

लगभग ढाई बजे दो नर्सें पकड़ में आईं और उन्होंने कभी घड़ी देखी, कभी बिंदा की नाड़ी और चुपचाप वापस लौट गईं । लगभग आधे घंटे बाद दुबारा आईं और दो इंजेक्शन देकर पुनः वापस लौट गईं । अपने आप में वो—खास तौर पर रात के इस पिछले पहर के सन्नाटे और गाढ़ेपन में—तिलस्मी पुतलियों-सी मालूम पड़ती थीं । कितने भी गंभीर रोगी को देखते में, किसी के चेहरे और आँखों में ऐसी निष्प्रभाविता दिख सकती है, कल्पना करना कठिन था । ऐसा ठंडापन तो

जानवरों के डॉक्टरों में भी नहीं देखा है जगेसर ने। अलबत्ता कभी-कभी जो एक काली-सी नर्स आती थी, उसका व्यवहार बिलकुल भिन्न था। वह कुछ-कुछ लछमनिया की तरह व्यवहार करती मालूम पड़ती थी।

बहू नींद का बोझ न सँभाल पाने से खाट से सिर लगाए-लगाए सो गई। जगेसर ने अब पूरे वार्ड को आर-पार तक गौर से देखा। इस बीतती रात में भी जाने कितने जागे हुए थे। दो मरीज तो प्लास्टिक की मच्छरदानी में बंद ऐसे मालूम पड़ते, जैसे बरसों से यों ही पड़े हों—बिना हिले-डुले, और साँस लिए। उनके सिरहाने बड़े-बड़े लंबोतरे-से हंडे रखे हुए थे और नाक में नली टँगी हुई। ऊपर ग्लूकोज और खून की बोतलें। देखो, तो सारा वातावरण कुछ ऐसा कि लगे, पृथ्वी से कटकर, कहीं किसी नरक में पहुँच गए हैं क्या। किसे देखो, अपनों को कि दूसरों को ? दिन में इतना भयावह नहीं होता है वातावरण ! इस वक्त तो मौत चहलकदमी करती-सी मालूम पड़ती है और पंखों के चलने से होती आवाज तक से दहशत टपकती है। इधर बिंदा की तरफ देखो, तो कलेजा काँपता है। कौन जानता है कि इंतजार करते बच्चे माँ को लौटा देख भी पाएँगे कि नहीं ?

सुबह का उजाला फूटने के साथ-साथ बिंदा का सख्त पड़ता हुआ चेहरा, कुछ नम हुआ, वह पहली बार कुछ चैन की नींद में मालूम पड़ी, तो बहू के कहने पर जगेसर बाहर बरामदे में चला आया और जाने कितनी कल्पना और आशंकाओं में डूबता-उतराता, आखिर घाम चढ़े जागा। अब एक-एक पल यही प्रतीक्षा थी कि किसी तरह ऑपरेशन हो जाए। एक अबूझ-सा सन्नाटा भर गया है। देखता, सुनता और महसूस करता—सब, जैसे बस, बिंदा के इर्द-गिर्द तक सिमटकर रह गया है। न आसमान में उड़ते पक्षियों को देखने की स्मृति रहती है, न सड़क पर चलती हलचल की। इंद्रियों का स्वाद ही उड़ गया है।

दोपहर तक में एक बार डॉक्टर गुदौलिया आए तो, लेकिन नर्सों से अंग्रेजी में ही कुछ बतियाते और बिंदा के सिरहाने टँगे चार्ट को घूरते हुए निकल गए। आखिर जगेसर को खेमकरन ने ही बताया कि ऑपरेशन, शायद, आज भी नहीं कर पाएँगे डॉक्टर साहब। खून की जाँच हो रही है, मेल के खून की बोतलें पहले मँगाकर रखनी होंगी।

दोपहर, बहू और लछमनिया को पास में कुछ छोड़, अन्य तीमारदारों के साथ बरामदे में जा बैठा जगेसर और भारी उमस के बाद एकाएक झमाझम बरसती वर्षा को देखता, थोड़ा इस तसल्ली में हुआ कि मौसम में शीतलता आ जाने से बिंदा को भी कुछ चैन पड़ेगा। पंखों का तो वार्ड में ये हाल है कि कब चलना शुरू करेंगे, कब बंद होना—कुछ ठीक नहीं। हाँ, प्राइवेट वार्डों में बिजली प्रायः दिखाई पड़ती रहती है।

प्रसंग छिड़ते ही अस्पताल की अंधेरगर्दी और डॉक्टरों के रवैये पर एक के बाद एक का मुँह खुलता गया। दो-तीन जन तो ऐसे थे, जिन्हें पंद्रह-बीस दिनों से भी ज्यादा हो गए थे,

अस्पताल में अपने मरीजों को भर्ती कराए । जगेसर को मालूम पड़ता है कि गिनती के दिनों में ही, वह खुद भी इसी संसार का हिस्सा हो गया है । अस्पताल में पहुँचने के दिन में यह एक रहस्यलोक जान पड़ता था और कुछ सांत्वना देता हुआ । अब एक ठोस यथार्थ की तरह, भीतर की जानें कितनी तरलता से सोख चुका । अब लोगों को ऐसा कहते सुनना कतई कुछ अजूबा नहीं लगता कि यहाँ सरकारी दवाएँ तो चोरबाजारी में चली जाती हैं, और न जाने कितनी नकली दवाएँ सरेआम बिकती हैं ।

एक कहीं दूर के किसी कस्बे के जूनियर हाईस्कूल के अध्यापक महोदय थे, जो भीतर के प्रायः अखबारों में डूबे दिखाई पड़ते थे । अपनी माँ की तीमारदारी करते में भी कुछ पढ़ते जाते आभासित होते थे, क्योंकि उनकी तरफ जब देखो, ओंठों के बुदबुदा रहे होने का-सा भ्रम होता था । उनके कहने का सार यों था कि जब मेडिकल कॉलेजों की भर्ती में लाख-पचास की घूस चलती है और मेडिकल-परीक्षाओं का एक-एक पर्चा तीस-तीस चालीस हजार में बिकता है, तब यहाँ गरीब मरीजों का इलाज जी लगाकर कौन उल्लू का पट्ठा डॉक्टर करेगा ?

ये अस्पताल तो इन डॉक्टरों के लिए अपने-अपने ग्राहक खोजने के सेंटर हो गए हैं, साहब ! पता करिए, तो मालूम पड़ता है कि शायद ही कोई डॉक्टर हो, जो या तो खुद नर्सिंग-होम खोले न बैठा हो, या किसी नर्सिंग-होम में पैसा न बँधाए हो । दाँत का डॉक्टर दाँत, आँख का डॉक्टर आँख और हाड़-गोड़ का डॉक्टर एक्सरे की मशीनें घर में लगाए बैठा है और लूट मचाए है । इस ससुरी सरकार से कोई पूछे कि तब ये साली बड़ी-बड़ी लाल-लाल बिल्डिंगें काहे खड़ी किए हो ? लेकिन पूछिए क्या, उल्लू के पट्ठों को भी तो उल्लू बनाना है—और सरकार भी चलाना है, तो कुछ-न-कुछ करना जरूर है—लेकिन यहाँ आओ, तो आधे से ज्यादा ऊपर वाले पर रहो ! कहते हुए, उन्होंने दोनों हाथ उठा लिए और पहली बार बताया कि तीन साल पहले इसी अस्पताल में उनका बड़ा बच्चा जाता रहा था ।

जाने किसने कहा कि "डॉक्टर क्या हैं, पिशाच समझिए—आदमी की जिंदगी की कोई कीमत नहीं इनके लिए । आदमी इनके सामने-सामने दम तोड़ रहा हो, लेकिन बिना नोटों की गड्डी पकड़ाए, ये इलाज नहीं करेंगे, तो नहीं ही करेंगे ।" जगेसर को लगा कि कहीं उसने ही तो नहीं कहा ?

अब मास्टर साहब पालथी मारकर बैठ चुके थे और अपने अनुभवों से, अखबारों को पढ़कर और यहाँ लोगों से बहस-मुबाहिसा में जाने कितना इकट्ठा किया हुआ, वो बीड़ी के एक-एक कश के साथ बरामदे में झाड़ की तरह गिराते ही चले गए कि डर, घृणा और गुस्सा लोगों के चेहरों पर ऐसा हो आया कि उँगलियाँ बढ़ाइए और छू लीजिए !

बरसाती पानी कहीं ऊपर छत पर एकत्र होने के बाद नलकों से नीचे गिर रहा था और अपने शोर से नदी के बहते होने का-सा भ्रम निर्मित कर रहा था । मास्टर साहब ने नीचे की ओर संकेत करते

हुए, बीड़ी का ठूँठ बरामदे से बाहर उछाल दिया—"आप लोग जानते हैं; अभी हफ्ते-भर पहले यहीं नीचे एक डाकू एम०एल०ए० भर्ती था, और यही चपड़गंजू डॉक्टर ढोल दिन में चार बार हाजिरी बजाता था। दो-तीन राइफिलधारी चमचे एम०एल०ए० साहब के साथ तैनात रहते थे हमेशा और—सुना है, किसी ने इस मुटके के कान में पान चबाते हुए ये बात डाल दी थी, ऑपरेशन से ठीक पहले, कि 'अगर हमारे विधायक जी को कुछ हुआ, तो तुम्हें भी साथ ही जाना होगा—वो ऊपर !'—और धाँय !—कारीगर तो साला है ही ये, छाती में से गोली ऐसी सफाई से निकाल दी कि चौथे दिन डाकू विधायक जी—वो-ओ-उधर लॉन में टहलते नजर आ रहे थे। ऐसे होता है अब सही इलाज। यहाँ वार्ड में ससुरा गेंडे के-से सींग करता कब आता है, कब निकल जाता है—कुछ हवा ही नहीं लगने देता।"

"सुना है, ऑपरेशन के लिए ढाई हजार रुपए विधायक जी के इलाके की गन्ना मिल के मालिकों की ओर से दिए गए थे।—इन्हें खबर पड़ी, तो हाल पूछने आए डॉक्टर को किसी रैफिलये ने एक ही झटका दिया कि—'ए मोटू, हमसे भी फीस लेने लगे ? दो घंटे के भीतर रकम वापस नहीं पहुँचाई विधायक जी के पास, तो हमारी फीस शुरू हो जाएगी !'—इसने घंटे-भर में लौटा दिए। अब तो, भइया, या पैसा, और या बंदूक—इसके सिवा कोई काम कायदे से करा नहीं सकते—"

"सरकार तो इनसे खुद कहती है कि हमारी दुकान भी चलती रहे, अपनी भी चलाते रहो। साले सौ में अस्सी डॉक्टर या घूसखोरों, हराम की कमाई वालों के घरों से आ रहे हैं और या नेताओं-मिनिस्टरों के—इनको गरीबों का दर्द ब्यापेगा ? हमें कुत्ते को मरता देख तकलीफ होती है, इनके लेखे आदमी मरा कि नाकारा ढोर मरा—"

"कुछ भले डॉक्टर भी हैं बेचारे—बड़ा ध्यान रखते हैं, गरीबों का भी—बड़ी सांत्वना देते हैं—"

"अरे, सौ में दस भले क्या कर लेंगे ? किसी आदमी का सारा जिस्म कोढ़ से गला हो, बस, एक हाथ ठीक-ठाक हो, तो उसे नीरोग कहेंगे आप ?—और भइया, ये जो देखते हो कि आखिर कुछ तो लोगों की देखभाल हो रही है, इलाज भी होता ही है, मरीज चंगे होकर भी यहाँ से निकलते ही हैं—तो आखिर सरकार की गाड़ी भी चलनी ही है। एकदम ही अँधेरा कर दें, ओ आज नहीं, तो कल—कल नहीं, तो परसों—एक न एक दिन बलवा जरूर हो जाएगा—"

"अरे, साहब, इस मुल्क के लोगों में अपने ऊपर हुए जुल्मों के खिलाफ बलवा करने की ताकत होती, तो आज ये हालत ही क्यों होती ? इस वक्त यहाँ गप्पाष्टक लगाने बैठे हैं हम लोग, तो मालूम पड़ता है कि कुछ सोचने-समझने वाले लोग हैं—लेकिन भीतर से मरे हुए। डॉक्टर की तरफ हाथ जोड़ो, तो वो कुत्ते के दुम हिलाने के बरोबर भी अहमियत नहीं देता। है हम लोगों में दम कि गरेबान पकड़ लें और कहें, 'क्यों बे, उधर कहाँ देख रहा है ?'—जरा-सा नाराज हो गया तो जाने क्या खुराफात कर दे मरीज के साथ, इसी अंदेशे में इन हरामखोरों के लिए सिवा 'साहब जी, साहब जी' के कुछ निकलता नहीं जबान से—"

बहस जोर में ही थी कि तभी हल्ला आया कि डॉक्टर लोग हड़ताल पर चले गए हैं, किसी चपरासी ने किसी डॉक्टर को जूते से पीट दिया है, दवा चोरी का इलजाम् लगाने पर—और—

मास्टर साहब उठ खड़े हुए, इतना कहते हुए कि "यहाँ बहानों की कौन कमी है ? कभी यहाँ प्राइममिनिस्टर, गवर्नर और चीफ मिनिस्टर साहब आ गए हैं शहर में—आपका मरीज दम तोड़ रहा है—आप नीचे-ऊपर, दाएँ-बाएँ मारे-मारे फिर रहे हैं, मगर डॉक्टर साहब लोग नदारद हैं !—नर्स ने जमादार को चप्पल मार दी, जमादार ने नर्स का झबला नोंच लिया—डॉक्टर ने कंपौंडर, कंपौंडर ने डॉक्टर का गला पकड़ लिया है—कभी साला स्टाफ हड़ताल पर चला गया है—इंकलाब जिंदाबाद··कभी सफेद कोटुवे हड़ताल पर चले गए हैं, सब सालों के हराम के पैसे पक्के हैं—भुगतिये आप ! मुर्दाबाद हो गया है मरीज का हालत बिगड़ते-बिगड़ते, उठाइए, टिकड़ी पर लटकाइए—और गंगाजी के किनारे पहुँच जाइए—बड़ा पुन्न है, गंगा मइया की गोद में, जी-भर राख बहाइए—"

जगेसर ने देखा कि बीड़ी का धुआँ मास्टर साहब की नाक और मुँह से नहीं, आँखों से भी निकलता मालूम पड़ रहा है । वह चकित था कि भीतर वार्ड में ताश के पत्तों में की तस्वीर-सा घुन्ना बैठे रहने वाला यह आदमी, इस वक्त एक साथ इतने ठिकानों से कैसे बोल रहा होगा ?

लोगों की बातचीत में जाने कहाँ कोई, किसी कुत्ते का-सा प्रसंग आया था कि जब बरामदे में से ज्यादातर लोग उठ चुके, तब जगेसर को याद आया कि सात-आठ साल पहले गाँव के कुत्ते को मुर्गा खा जाने के गुस्से में जान से मार डाला था उसने । और तब भी सावन-भादों की-सी झड़ी थी और दूसरे दिन इकट्ठा हुए पानी में कुत्ते की फूली हुई लाश पर कौवे बैठे दिखाई पड़े थे—और जाने कितने दिनों तक ठीक खाना खाते समय वह दृश्य याद आने लगता था, और सारा स्वाद जाता रहता । उसे याद है कि वह कुत्ता, जब भी जगेसर इधर-उधर निकले, आकर पाँवों से लिपटता, प्यार करता था । उसकी हत्या की ग्लानि जाते-जाते बहुत वक्त लग गया कि मरे मुर्गे को लौटना नहीं था, इस जीव की हत्या से क्या मिला ?—अकारथ की हिंसा ।

पानी अभी भी झमाझम बरस रहा था । लंबे-उजाड़ बरामदे में जगेसर अकेला ही रह गया था । अब एक नई चिंता शुरू हो गई थी । डॉक्टरों की हड़ताल हो गई है, तो बिंदा का ऑपरेशन कैसे होगा ? तभी बहू आती दिखाई दी, तो-जगेसर जैसे बैठा-बैठा ही उठ खड़ा हुआ—कहीं···

लेकिन वह रो नहीं रही थी । उसने सिर्फ इतना बताया, घूँघट निकाले-निकाले ही, कि अभी-अभी बिंदा की आँख खुली । सिरहाने रखा तीतरी का कपड़ा खोजने लगी थी उसे दिखाने, कि पता चला, कपड़ा जाने कहाँ गया, कौन उठा ले गया ।

जगेसर समझ गया कि बहू, शायद इतना पता करके तसल्ली देना चाहती है बिंदा को कि चोरी नहीं गया, जेठ जी ने सँभाल के रख दिया है कहीं··चाहता जरूर था कि खुद भी जाकर बताए, लेकिन घुटने सुन्न हो चुके-से मालूम पड़े, इतना ही बोला—"जाने दो, और ले लेंगे ।"

हड़ताल तीन दिन तक नहीं खुली। बिंदा ने दम तोड़ दिया। तब आसमान साफ था और दोपहर का वक्त। गाँव के कुछ लोग भी पहुँचे थे उसी दिन और तीतरी भी थी उनके साथ।

जाने क्या हुआ कि जैसे सब कुछ स्थिर हो गया भीतर। बिंदा का आकार देखने की चेतना तक जाती रही। गंगा में विसर्जन हो चुका, अधजली बिंदा का, तब हुआ कि विसर्जन से पहले एक झलक तो चेहरा देखना था। धरती से गई आकृति फिर इस जन्म में कहाँ लौटती है। बिंध्या मइया के दर्शन को गए थे, बरसों पहले खिंचवाई थी फोटो, एकदम धुँधली पड़ चुकी। दो-चार दिन तो काटने कठिन हो गए। कहीं अपने में ही घूमती-फिरती-सी अनुभव होती रही। लगे कि अलग-अलग हिस्सों में बँटी हुई, बिखरी पड़ी हैं भीतर सारी स्मृतियाँ, लेकिन अब आज दसवीं की है, तो वह अपने पूरे आकार में भीतर विद्यमान है। पंडित मंत्र पढ़ रहा था, तो आसपास जीवंत, चलती-फिरती मालूम पड़ती थी और आती थी, पाँवों के बजने की-सी आवाज !

शाम को भाई और बहू को अपने पास बिठाया उसने और कहा—"हमारा जी नहीं लग रहा यहाँ, शहर जाएँगे। वहीं कुछ अरसा मिहनत-मजूरी करेंगे। बड़े दिनों तक भी खबर न लगे, भइया, तो जौन है तौन, कौनो फिकर करे की जरूर नाहीं बा।"

भाई ने बहुत कहा कि कम-से-कम तेरहीं निबटाकर जाए, मगर उसका जवाब सिर्फ इतना रहा कि तेरहीं वहीं शहर में, गंगा मइया के किनारे निबटाएगा, जहाँ बिंदा का विसर्जन हुआ।

बात ये है कि ज्यों-ज्यों समय बीतता जाता है, त्यों-त्यों और उपस्थित होती जा रही है वह। बच्चों को देखता है, छूता है—यहाँ तक कि यदि गाय को भी, तो उसको स्पर्श किए होने की-सी अनुभूति होती है और जी उचाट हो जाता है। याद आता है हर वक्त उसका हाथों में हाथ लिए टुकुर-टुकुर घूरना और आँखें भर लाना।

सुबह वह कंधे पर एक झोला डाले, और थैला हाथ में लिए बाहर निकला, तो दोनों बच्चे काफी दूर तक साथ-साथ आते और फिर धीरे-धीरे अपने चाचा-चाची के साथ, पीछे ही छूटते चले गए। गाँव की बगिया पार कर चुकने पर मुड़ा वह, तो चारों को एक जगह स्थिर पाया। बस, इसके बाद मुड़कर नहीं देखा पीछे जगेसर ने।

शहर पहुँचने के बाद दो दिन उसने या मोती के डेरे पर ही विश्राम किया, या सिनेमा देखने चला गया। इस अरसे में पूरा व्यतीत उसमें तालाब में इकट्ठा होते पानी की तरह जगह बनाता रहा। उसमें ढेर सारा माल-असबाब लिए जंगल के रास्ते चलते हुए का-सा चौकन्नापन भर गया। अपने भीतर घुमड़ते को लोगों के द्वारा देख लिए जाने का भ्रम होता रहा उसे और इसी में उसने खुद को मोती और उसकी घरवाली के प्रति भी कछुए की तरह समेट लिया।

शहर पहुँचने की तीसरी सुबह वह लगभग तड़के ही थैला हाथ में लिए निकला और हालाँकि फासला यहाँ तक का दो-ढाई किलोमीटर से कम न होगा, मगर उसे लगा कि मोती के डेरे से उठाया हुआ कदम, सीधे डॉक्टर गुदौलिया की कोठी के रिहायशी हिस्से की तरफ वाले

फाटक पर ही रखा है। भीतर का फासला समाप्त होते ही, बाहर भी नहीं रह गया जान पड़ता है।

एकाएक ही जाने क्यों याद आ गया उसे वह क्षण, जबकि वह पूरे एक हजार की रकम एकमुश्त दे आया था, आरामकुर्सी पर पसरे पड़े डॉ० गुदौलिया को, लेकिन उनके चेहरे पर किंचित् भी कोई भाव उदित दिखाई ही नहीं पड़ा। पर उस दिन जब उस अधेड़ भली औरत के यहाँ सिर्फ बयालीस रुपए मिले थे उसे, वो भी छै सेर बान के मिलाकर, तो वह जैसे भीतर तक बिजली के से प्रवाह में हो गया था। आदमी के जितना फर्क जानवरों में कहाँ।

उसे ध्यान आया कि हो सकता है डॉ० गुदौलिया उसे पहचान भी न पाएँ ? आज तो दाढ़ी बने सिर्फ तीसरा दिन है और घुटे हुए सिर में बाल सूत-भर भी नहीं हुए अभी··· लेकिन अब वैसी हड़कंप अलबत्ता नहीं रह गई कि जरा-जरा-सी बात पर बेचैनी, अधैर्य, असमंजस या गुस्सा महसूस होने लगे। अब एक खास तरह की स्थिरता है। चित्त में भी, दिमाग में भी।

उसने देखा कि डॉक्टर गुदौलिया बाहर लॉन में ही टहल रहे हैं। उधर एक कोने पर माली अपना काम कर रहा था। यह इत्मीनान कि इनके यहाँ तो मरीजों के सिलसिले में आते रहते होंगे लोग, जगेसर को बेफिकरा बनाए था। वह इंतजार करने लगा। जब तक में डॉक्टर साहब का रुख उसकी तरफ हो, उसने अपने को पूरी तरह अवसाद और विनम्रता के आवरण में कर लिया और लॉन में चहलकदमी करते डॉक्टर को टुकुर-टुकुर देखता रहा।

डॉक्टर गुदौलिया के भीतर आ जाने का संकेत करने पर, उसने फाटक के ऊपर की सिटकनी को हटाया, तो दाएँ हाथ में लाल स्याही में खुदा अपना नाम 'जगेसरनाथ' साफ-साफ दिखाई दे गया। बिंदा का नाम उसके बाएँ हाथ में खुदा हुआ है। इसी तरह बिंदा के दाएँ हाथ में जगेसरनाथ, बाएँ में खुद का नाम। जब एक-एक कर, दोनों हाथ जले होंगे, कैसा महसूस किया होगा उस नेक औरत ने ? और छाती, जिस पर छुटका-तीतरी को दूध पिलाते में, वह जगेसर के सामने भी धोती का पल्ला कर लेती थी ? और माथा, जिस पर लाल बिंदिया रचा लेती, तो मेले को तैयार होती-सी मालूम पड़ती थी ? और···और···जगेसर को लगा बिंदा का चिता पर जलना अब फिर धू-धू करने लगा।

"नमस्ते, हजूर !" कहते हुए, वह थोड़ा झुका और दोनों हाथ जोड़ दिए। सुबह की ताज़गी में डॉक्टर गुदौलिया भी कुछ नम पड़े-से दिखाई दे रहे थे। ठीक पहचाना नहीं उन्होंने। जगेसर को ही बताना पड़ा कि कुछ ही दिन पहले जिस औरत का अँगूठा काटने और पेट फाड़ने वाले थे डॉक्टर साहब, उसी की घरवाली थी वह—और उसी ने एक हजार रुपए एडवांस दिए थे।

बातें, शायद, तल्ख थीं, लेकिन उसके कहने के ढंग में कहीं कोई कडुआहट नहीं थी। कुछ याद पड़ते ही, डॉक्टर गुदौलिया ने 'ओ, दैट वुमन—' जैसे जगेसर से नहीं, शून्य में किसी से कहा और अफसोस जाहिर किया कि डॉक्टरों की हड़ताल हो जाने से ऑपरेशन टाइम पर नहीं हो

पाया। अफसोस, बल्कि कहें कि कुछ नाराजगी, उन्होंने इस बात पर भी प्रकट की कि निचले तबके के कारिंदों की गुंडागर्दी सें डॉक्टरों के लिए मरीजों की ठीक से देखभाल करना मुश्किल हो गया है।

रुपयों के बारे में उन्होंने कुछ नहीं कहा।

जगेसर को लगा कि डॉक्टर गुदौलिया के रुपयों वाली बात को चुपचाप गटक जाने, और जरा-सी शिनाख्त तक न देने के बाद उनके अत्यंत ही शीतल किस्म के इस काँइयापन पर गुस्से में भभकने की जगह, अब वह भी एक निहायत ठंडी-सी मुसकराहट महसूस कर रहा है—भीतर, आँतों तक में। जगेसर को जान पड़ा कि जैसे किसी पवित्र संकल्प को अपने में अंकुरों की तरह उगता-सा अनुभव कर रहा है वह। अभी कुछ ही क्षण पहले तक ऐसी प्रशांतता कहीं न थी और न इतना संतुलन।

उसने झोले में हाथ डाला और बसूले को, बगैर धारवाली तरफ से अपनी पूरी ताकत से डॉक्टर गुदौलिया के ठीक बीच सिर पर दे मारा। डॉक्टर गुदौलिया की चीख उसके रोम-रोम में काँच के किरचों की तरह गड़ गई।—और अब पहली बार उसकी आँखों में एकाएक कुछ आँसू उमड़ आए, लेकिन इसके बावजूद वह पूरी तरह संतुलित, न सिर्फ इतना साफ-साफ देखता रहा कि कैसे डॉक्टर गुदौलिया का शरीर लद्द से जमीन पर लुढ़क गया है और माली 'खून-खून-डाकू-डाकू !' चिल्लाता भीतर की तरफ दौड़ा है—बल्कि धीरे से उसने आकाश की ओर देखा, तो कहीं थोड़े-से फासले पर ही उड़ती जाती चिड़ियाँ भी उसे साफ-साफ दिख गईं। उनके उड़ने में पानी में तैरती मछलियों की-सी लय है। उनके पंख एक ऐसा संगीत उत्पन्न करते मालूम पड़ रहे थे, जिसे सुना नहीं, देखा भी जा सकता है। बादल कहीं नहीं थे। हवा में सुबह की ठंडक थी, 'नर्सिंग होम' की तरफ के अशोक वृक्ष मद्धिम-सी लय में मंत्र पढ़ते पंडितों की तरह डोल रहे थे। उधर दूर, गंगा का प्रतिच्छाया प्रतीत होता-सा आकार भी, कछारों के बीच, साफ-साफ दिखाई पड़ रहा था, जैसे अभी नींद से जागी नहीं हो नदी, बल्कि अपनी पूरी आर्द्रता में सोयी पड़ी हो।

जुलूस

जब तक वह शक्ल कुछ पहचानते ही दरवाजा तुरंत बंद कर लेने का निर्णय लेती, खुद सब-इंस्पेक्टर हौसलाप्रसाद ने अधखुली हालत में रोके गए दरवाजे को इतने जोर से झटका दिया कि साँकल सड़ाक से सीधे उसके बाएँ हाथ में लगी और न जाने कितनी चूड़ियाँ एक साथ टूट गईं। वह अपने जाने इसी बहाने बड़े जोर से चीखी, ताकि वे तमाम लोग होशियार हो जाएँ और 'मेरा गाँव, मेरा देश' वाली उसी 'स्टाइल' में छत-दर-छत भागते पुलिस की पकड़ से साफ बच निकलें, जिसकी ओर अबकी दीवाली का अपने घर में 'श्रीगणेश' करने की बात करते हुए, खुद उसके बड़े बेटे बुधराम ने संकेत किया था। और याद दिलाया था कि—'अम्माँ, तुम तो खुद ही तारीफ कर रही थीं ना, डाकुओं के मार छत-ही-छत फरात हो जाने की कि भइया, इतना बड़ा जिगरा हो तब डाकू बनता है इनसान ?'

हाँ, फिल्म देखी तो थी और 'कंगना खनकेगा' गाना जान-पहचान वालों के घर की शादियों में, औरतों के साथ मिलकर, गाया भी था। लेकिन फिल्म के दृश्यों को याद करने जितनी फुरसत इस वक्त कहाँ थी ! इतना तो वह पलक झपकते समझ गई कि किसी घर के भेदिए ने ही लंका फुँकवाई है, क्योंकि बुधराम ने इतना तो बता ही दिया था कि दीवाली के चाय-पानी के नाम पर 'दक्षिणा' तो जरूर दे आए हैं, मगर ठिकाना नहीं बताया है कि खास किसके यहाँ खेल होगा। इतनी होशियारी रखना जरूरी भी था, क्योंकि खाकी वरदीवालों का कौन ठिकाना कि हिस्सा पा कर भी जाने किस बहाने आ धमकें ! हालाँकि ऐन महालक्ष्मी की पूजा के आसपास कहाँ-कहाँ नहीं होता जुआ ? चार यार-दोस्त घड़ी भर को ताश खेलने बैठ ही गए, तो कौन सरकार का भट्ठा बैठा जाता है ?

महालक्ष्मी की पहली रात है। इस कमरे में, अब इस वक्त सिर्फ एक लैंप ही सही, मगर बाहर कुछ दीयों और मोमबत्तियों की रोशनी है, तो मुहल्ले वालों के बीच, अपने घर में भी एक उत्सव-सा अनुभव हो रहा है।

बल्कि कहना चाहिए कि अनुभव हो रहा था कि जाने कहाँ से एकाएक जमदूत-से आ गए, कुछ खबर नहीं।

बुधराम की अम्मा, एकाएक ही पुलिस के आ धमकने से, सकते में आ गई थी।

उसका यह अनुमान बेकार गया कि शायद, हाथ में आई चोट कुछ हिचक में डाले कोतवाल साहब

शैलेश मटियानी

को। एक कानिस्टेबिल ने तेज आवाज में झिड़का—

"क्यों, कानों में घड़ा-भर तेल डाले पड़ी रहती हो क्या ? इतना भी नहीं सुनाई पड़ा कि बाप लोग कब से दरवाजा ठकठका रहे हैं ?"

"ई ससुर टरानजिस्टर के मारे न सुनाई पड़ा होगा, साहब !" कहने की तैयारी करते में ही, उसके ध्यान में यह बात भी आ गई कि हो सकता है, गाने के इस शोर में ही अंदर वालों को भी उसकी चीख न सुनाई पड़ी हो ?

जब तक वह पुलिस वालों के अगले सवाल का कुछ जवाब तैयार करने की उतावली में ट्रांजिस्टर की आवाज को धीमा करने को हुई, एक पुलिस वाले ने उसे चील की तरह झपट लिया और बंद करके, हाथ में लटकाए थैले में डाल लिया। लैंप की रोशनी के नजदीकी वृत्त की तरफ हाथ गया, तो देखा कि खून बह रहा है, लेकिन देखना-दिखाना, दोनों फिजूल था। साफ था कि भलीभाँति जानकारी है। उससे सवाल करने की जगह कि जुआ कहाँ हो रहा है, हो भी रहा है, कि नहीं—कोतवाल साहब ने सीधे पुरानी धोती के परदे से पूरे ढँके दरवाजे को इतनी जोर से लात मारी कि वह एक तरफ को झूल गया। हालाँकि ठीक इसी वक्त उसकी नजर कांस्टेबुल लोकमन पंडित पर भी पड़ी, लेकिन वहाँ उसे परिचित होने का कोई चिह्न कहीं नहीं दिखाई पड़ा। इस वक्त वह कोतवाल साहब का ही एक हिस्सा मालूम पड़ रहा था। अगले ही क्षण वह साथ के अन्य लोगों के बीच आँख-ओट भी हो गया।

कोतवाल साहब के—"बाहर लंफू जलाए बैठी है, यहाँ बिजली की रोशनी में कौरव-पांडव जमावड़ा जमाए बैठे हैं। दो सालों के चूतड़ों पर जरा कस के।" कहते ही, पुलिस वालों ने दोनों काम एक साथ शुरू किए। ताश की गड्डियाँ और पैसे बटोर थैले में डालना और लात-डंडे-बेंत भी पूरी लय में चलाते जाना। बुधराम ने घड़ी उतारने में आनाकानी की, तो इतने जोर का झापड़ पड़ा कि मुँह खुलते ही खून बाहर छलक आया।

वह बड़े जोरों से रो पड़ना चाहती थी। भीतर घुसने का उसे न अवसर था, न सिवा और थुक्का-फजीहत के, इससे कुछ हासिल होना था, लेकिन रोना भी इसी हादसे में थाम लेना पड़ा कि लात इस तरफ घूमते भी वक्त नहीं लगेगा। अगल-बगल के सारे तमाशबीन जो जुटेंगे, सो अलग। रोज गाना गाएँगे कि खुद दरशो रानी के इतनी लातें पड़ीं··· वह चुपचाप एक किनारे खड़ी, सातों को एक-एक करके गरदन से पकड़े बाहर निकाले जाते देखती रही, जैसे कसाई बकरों को गरदन से दाबे गोठ से निकालते हैं। उसने महसूस किया कि ट्रांजिस्टर वापस माँगने की तो कौन कहे, इस वक्त तो अगर वह उसके जिस्म पर के कपड़े-जेवर भी उतार लें, तो कुछ नहीं कह पाएगी। सारे पुलिस वाले तिलिस्मी पुतलों की-सी तेजी से अपना काम कर रहे थे और किसी भी तरह के कहने-सुनने से वे बिलकुल ऊपर जान पड़ते थे। वो लोग अपना सारा काम अपनी वर्दी और ड्यूटी के हिसाब से कर रहे थे। उन्हें सामान्य आदमी की तरह, किसी की बात पर ध्यान देने की फुरसत बिलकुल नहीं थी। जितनी देर में वह सारी घटना को ठीक-ठीक अनुभव कर पाती, इतने तक में वे सातों को घसीटते, थाने वाले मोड़ की तरफ निकल चुके।

स्थिति का तकाजा तो, शायद, यह बनता है कि वह, किसी भी तरह संतुलन कायम करके, पास-पड़ोस के कुछ सयानों के पाँवों पड़े, विनती करे। अभी-अभार तो शायद, दो-चार सौ में मान भी जाएँ। जहाँ रोजनामचे में नाम दर्ज हुए, फिर कहाँ आसानी से छूटने हैं! लेकिन सिर्फ सोचते-भर रह गई और जब तक बाहर से कुछ लोग 'क्या हुआ, कैसे हुआ' करते भीतर तक पहुँचते, वह बीच वाले टूटे दरवाजे के पल्ले की तरह ही एक तरफ को झूल गई। गनीमत कि तब तक खटिया के करीब पहुँच चुकी थी।

सुबह तक सारा मामला खुली किताब हो गया।

'दैनिक प्रभात' में पहले ही पृष्ठ पर दाईं ओर दो कॉलम चौड़ा शीर्षक बड़े टाइप में छपा था—'शहर के जाने-माने रईस जर्नलगंज थाने की हिरासत में!'

विस्तृत ब्योरा कुछ इस प्रकार था कि शहर के इतिहास में पहली बार इतना बड़ा जुआ पकड़ा गया। शहर के 'क्रीम' गिने जाने वाले संपन्न संभ्रांत तबकों के लोग पुलिस हवालात में बंद पड़े हैं और साथ में बाहर से न्योते पर आए कुछ रईस लोग भी।

एस०पी० के इस जबरदस्त धावे की जमकर चर्चा थी। पकड़े गए रईसों में कोई भी दस-बीस लाख से कम की हैसियत का नहीं। ऐसा बेअसर कोई नहीं कि जिसके रसूख बड़े अफसरों या नेताओं-मिनिस्टरों तक न हों। एक बड़े सरकारी अफसर के साथ, मुंसिफ साहब के भी पकड़े जाने, लेकिन बाद में भागने का अवसर दे दिए होने का जिक्र था। सारी घटना लगभग चकित करने वाली और किसी हद तक अविश्वसनीय थी। शहर के दूसरे हिंदी-अंग्रेजी दैनिकों में भी, घटना को एक हंगामे की शक्ल दी गई थी। दानिशमंदों के लिए आश्चर्य की बात थी यह कि रात बारह बजे के आसपास जुआ पकड़ा गया था, और सुबह सारा किस्सा अखबार की सुर्खी में! साफ था कि जुआ पकड़ने के पहले ही किन्हीं पत्रकारों को पूरी तरह खबर थी। सिटी एस०पी० ने काफी दूरगामी नजर, पक्के इरादे और योजना के तहत काम किया था। सबसे बड़ी बात, खुद प्रांत की राजधानी में पुलिस महकमे में ही डी०आई०जी० के दामाद शरदेंदु बाबू तक गिरफ्तारों में शामिल थे और साफ है कि सब-इंस्पेक्टर हौसलाप्रसाद की अकेले की इतनी हिम्मत असंभव थी।

बाहर से आने वाले अखबारों में भी लोग इस खबर को ही सबसे पहले ढूँढ़ते रहे थे, लेकिन निराश होना पड़ा था। स्थानीय अखबारों में, शहर के कथित बड़े-बड़े रईसों की गिरफ्तारी का जिक्र तो था, मगर नाम नहीं छापे गए थे। जहाँ-तहाँ संकेत जरूर इस तरह किए गए थे कि लोग अनुमान लगा सकें कि 'एक जाने-माने ऊँचे पुलिस अधिकारी के दामाद' से इशारा किस तरफ है—और 'अभी हाल में ही भारत प्रसिद्ध नेता-अभिनेता के संसदीय चुनाव में जातिवाद का जाल फैलाने वाले' से किस तरफ! शहर के पुराने बाशिंदों के लिए तो इतनी गुंजाइश बना दी गई थी कि वे बड़े इत्मीनान से घोषणा कर सकें कि कौन-सा संकेत साइकिल फैक्टरी वाले गुल्लू

बाबू की तरफ है, कौन-सा तंबू-कनात वाले कल्लू बाबू और कौन-सा बरफखाने वाले मियाँ अशरफ खान संडीले वालों की तरफ !

अंग्रेजी दैनिक में 'ऐन दीवाली की रात शहर के जाने-माने रईसों के घर के चिराग बुझे' शीर्षक के अंतर्गत एक के बाद एक चुटकियाँ लेते हुए, बताया गया था कि कैसे एक ही जाल में शहर के लगभग डेढ़ दर्जन महामत्स्यों को समेटकर, सदर अस्पताल से सटे जर्नलगंज थाने में बंद कर दिया गया और सभी के बैठने को एक दरी-भर डाल दी गई । कैसे बड़े-बड़े रईस सर्वहारा की नियति में डाल दिए गए और उन्हें ठीक शनिवार की आधी रात में गिरफ्तार किया गया, ताकि सोमवार से पहले अदालत से जमानत भी न ली जा सके ।

संवाददाता ने लिखा था कि एक दिन के बादशाह की तरह एस०पी० सिटी ने अपने शक्ति-साम्राज्य का पूरा-पूरा उपयोग कर लिया । साफ है कि कुछ और बड़ी हस्तियों की तरफ से 'हरी बत्ती' पाकर ही, यह ऐतिहासिक दबिश डाली गई । जिन लोगों के कत्ल करने पर भी जल्दी गिरफ्तार होने की कोई उम्मीद नहीं की जा सकती, वो-वो रईस दीवाली की रात के जुए में धर लिए गए थे । जबकि कौन पुलिस वाला नहीं जानता था कि राय साहब की बंगलिया पर हर साल कई-कई रात महालक्ष्मी मनाई जाती है । दूर-दूर के शहरों तक के रईस न्यौते पर आते हैं, जुआ खेलने । एक-एक रात में लाखों का वारा-न्यारा हुआ करता है । रपट में शहर के कई रईसों के बारे में इस तरह के किस्सों के प्रचलित होने का भी जिक्र था कि किसकी फैक्टरी एक ही 'ट्रेल' में खड़ी हो गई—किसका दीवाला पिट गया ।

संवाददाता ने आँखोंदेखा हाल लिखने की-सी प्रामाणिकता और जीवंतता में सारा ब्योरा प्रस्तुत किया था । यह पूर्वानुमान भी कि यों तो जर्नलगंज थाने ने जुआरियों की गिरफ्तारी की घटनाएँ न जाने कितनी बार देखी होंगी, लेकिन यह पहला ऐसा ऐतिहासिक अवसर है, जबकि सुबह-सुबह लोग एक-से-एक धाकड़ रईसों की चमचमाती कारें जर्नलगंज थाने के इर्द-गिर्द चक्कर काटती देखेंगे । बड़े ही सलीके से, यह विस्फोटक और सनसनीखेज खबर भी दी गई थी कि कुछ प्रत्यक्षदर्शियों का कहना है कि जुए की लूट दो-तीन बोरों में भरकर ले जाई गई है । दो-तीन लाख से कम की रकम का अनुमान नहीं है । दूसरे लोगों को कल्पना भिड़ाने की मशक्कत से बचाने की फिक्र में, संवाददाता ने यह भी संकेत कर दिया था कि 'जब पकड़े गए रईस लोग अपनी-अपनी रकम के बारे में थाने में बयान देंगे, तो जाहिर है कि यह लाखों की रकम सैकड़ों में रह जाएगी, ताकि कानून की गिरफ्त ढीली की जा सके । नंबर दो के पैसे से महालक्ष्मी मनाने वाली पूरी रकम हरगिज दर्ज नहीं कराएँगे और नंबर दो की रकम की जगह, इज्जत बचाना जरूरी समझेंगे, इतना पुलिस वाले भी जानते हैं ।'

सिर्फ हिंदी अखबार में पूरे ब्योरे के बाद, आखिर एक पंक्ति में, खुद जर्नलगंज थाना क्षेत्र के ही कुछ अन्य हिस्सों से पकड़े गए जुआरियों का भी उल्लेख था । स्पष्ट है कि बुधराम की अम्माँ के साथ गुजरे हादसे और उसके घर से घसीटे गए छुटभइयों का सारा हाल भी इसी एक पंक्ति की सूचना में अंतर्भूत था ।

गढ़ैया वाले श्रीवास्तव साहब ने तो साफ कह भी दिया कि—"दरशो, तुम्हें मुहल्ले के लौंडे-लपाड़ों की हाय-तौबा पड़ी है—यहाँ रईसों का कोई पुरसाहाल नहीं। देख नहीं रही हो कि कार-स्कूटरों का कैसा जमघट लगा पड़ा है थाने के चारों तरफ ? कल चाहे तबादला हो जाए, मगर झब्बा-भर अमीरजादों की अपने तबेले में नुमाइश लगा कर, जंडैलगंज थाने का नाम तो हिस्ट्री में लिखा ही दिया कोतवाल साहब ने। नहीं तो भइया, इन बड़े लोगों की बेल्ट तक किसका हाथ पहुँच सकता है ?"

भीतर नेताओं और पुलिस वालों के बीच चल रही वार्ता का प्रत्यक्षदर्शी होने की-सी गरिमा में, दूसरा कोई बोल उठा—"देखिए, जल्दी ही मामला 'सेटिल' हो जाना है। राउण्ड टेबुल कांफ्रेंस इज ऑन इट्स पीक !"

वह कुछ सयानों की सलाह पर ही यहाँ, थाने के बिलकुल सामने, वकील साहब के घर पहुँच गई। वकील साहब के घर से लगे संतोषी माई के मंदिर में शुक्रवार की-सी भीड़ इकट्ठा थी। लोग घरों की छतों और बरामदों तक में खड़े थे, जैसे झाँकियाँ निकलने के इंतजार में हों।

थाने में इतनी चहल-पहल शायद ही पहले कभी दिखी हो। सारे लोग जैसे थाने के भीतर कहीं गर्भगृह में एकत्र करके रखे गए रईसों की एक झलक पाने को बेचैन थे। कहीं से कुछ नहीं दिखाई पड़ रहा था कि कहाँ, हवालात के किस कमरे में, रईस लोग बंद पड़े हैं और कहाँ किस कोठरी में छुटभइये जुआरी ! ऐसा जान पड़ता था, जैसे थाने के भीतर एकाएक कोई मायापुरी बस गई है और उसके सामान्य लोगों के लिए अंतर्धान अंतःपुरों में जाने क्या-क्या करिश्मे घटित हो रहे हैं।

कुछ लोग इधर से उधर सारे घटित के चश्मदीद विशेषज्ञों की-सी मुद्रा में आ-जा रहे थे। जब तक में कोई कम जानकार या अनजान उनमें से किसी की तरफ उम्मीद-भरी आँखों से देखता, विशेषज्ञ झटके से गरदन मोड़ते हुए-से निकल जाते। वातावरण में तरह-तरह की अफवाहें स्वच्छंद घूम रही थीं। किसी को किसी के सनसनीखेज किस्से का प्रतिवाद करने की फुरसत नहीं थी। इतना अनुमान सभी लगा रहे थे कि जमानत और रिहाई के लिए लगातार जोड़-तोड़ हो रही होगी और अब इस सारे मेले में जो रोमांचक मोड़ आ सकते थे, वह यही कि या तो आज ही रिहा होकर, थाने से बाहर कार में बैठने को निकलते रईसों को देखें—और या फिर कल सुबह यहाँ थाने से कचहरी की तरफ ले जाए जाते रईसों को, जिसकी कि संभावना बहुत कम आँकी जा रही थी। इतना अंदाजा लोग बिलकुल लगा रहे थे कि यह मेला ज्यादा देर का नहीं, क्योंकि सत्ता और विरोधी पार्टियों के कुछ पुराने नेताओं के अलावा, राजीव गांधी-अमिताभ बच्चन-मार्का युवा नेता भी थाने के भीतर-बाहर चहलकदमी करते दिखाई पड़ रहे थे।

किसी ने धीरे से रद्दा भी कसा, "आजकल के नेताओं का मुख्य पेशा 'क्रिमिनल्स' की जमानतें कराना बन गया···"रचना और निर्माण की आँधी—अमिताभ बच्चन, राजीव गांधी ! का

नारा लगाने वालों में हरामखोर सबसे आगे पाये जाएँगे ।"

"पैसे वालों के सात खून माफ हैं, भइया, मगर एस०पी० ने ये चंद घंटों की नौटंकी अच्छी खड़ी कर दी । इतना बड़ा दाँव लगाने के जुर्म में तो खुद पुलिस कप्तान को जुआ-ऐक्ट में धर लिया जाना चाहिए ।"

कई लोग तो चारों तरफ से ताक-झाँक के बाद, यहाँ तक कहते सुने गए कि चिड़िया उड़ चुकी, पिंजरा सेंत रहे हैं लोग । उनका कहना था कि जब अखबार तक में खबर छपी है, तो लोग लाए जरूर गए होंगे, लेकिन बड़े लोगों का मामला रफा-दफा होते वक्त ही कितना लगता है !

गौतम मास्टर साहब ने तो एक मौलिक जिज्ञासा यह भी उछाल दी थी कि "डेढ़ दर्जन रईसों को सुबह-सुबह की हाजत के लिए कहाँ ले जाएँगे थाने वाले ? उधर सार्वजनिक टट्टीघर में, जहाँ कि हगता हुआ आदमी बाहर से दिख जाए ?"

इसके विपरीत कहीं से पीली कोठी के राय साहब, कन्हई कोठी वाले भुल्लू बाबू—जाने किस-किस के घर से चाय-कॉफी के थर्मस और नाश्ते के सामानों को भीतर ले जाते हुए देखने की सूचनाएँ भी आ रही थीं । यह भी कि थाने के बड़े वाले कमरे में ही एक दरी पर सब लोग इत्मीनान से बैठे अखबार पढ़ते, गप्प लड़ाते और चाय-कॉफी-नाश्ता लेते देखे गए हैं । यानी कि रिहाई में अभी भी कुछ अटक है ।

दरअसल इस रिहाई में अटक वाली बात पर ही बुधराम की अम्माँ की भी टकटकी लगी थी । अपने दोनों बेटों के साथ पकड़े गए दूसरे लड़कों के माँ-बाप-रिश्तेदारों के बीच वह बिना पुलिस-हिरासत के ही अपने को कैद में अनुभव कर रही थी, क्योंकि जुआ उसके घर पकड़ा गया था । इस आरोप से वह कन्नी नहीं काट सकती थी कि जुआ उसकी उपस्थिति में हो रहा था ।

नन्हे के बाप ने तो साफ कह दिया कि वह थाने में यह सवाल भी जरूर उठाएगा कि खुद दरशो को क्यों गिरफ्तार नहीं किया गया ? उसके साथ रियायत क्यों की गई ? पुलिस कांस्टबुलों में लुक्का महाराज के होने की बात भी उसने बाकायदे दूसरों की तरफ सरका दी थी ।

और कोई मौका होता, तो बुधराम की अम्माँ नाप कर बता देती कि खुद कै हाथ, कै अंगुल है मांगीराम, मगर इस वक्त तो खुद की एड़ी में गंद लगी है । बुधराम के बाप के रहते तो इसकी जबान न खुलती थी । इस नन्हे के बाप को तो मुहल्ले वालों के देखते, इसी थाने तक घसीटता ले गया था और खुद इसकी घरवाली ने कबूला था कि हाँ, गलती नन्हे के बाप की है । नौकरी बड़ी नहीं थी, मगर दस दुश्मनों के बीच रोटी हमेशा रुतबे से तोड़ता रहा । आज बरसों से परदेश में है, तो दुश्मन उसका शुमार गुंडों में मान रहे हैं । खैर, वक्त के बीतते, ढँक चुके को उघाड़ने में क्या रखा है, लेकिन जब हमारे गिनाने पर उतरो, तो फिर अपने कर्मों का हिसाब क्यों भूलो ? यह सफाई तो वह कल रात होश में आने से लेकर, अब तक जाने कितनों को, कितनी बार दे चुकी थी कि महालक्ष्मी मनाने के बहाने लौंडे 'चाची, ताई' करते, जिद्द पर आ गए, तो वह क्या करती ? और कौन-सा हजारों-लाखों का वारा-न्यारा हो रहा था उसके घर पर ? सौ-पचास रुपल्ली भी किसी एक के पल्ले मुश्किल ।

अपने ही सोच में खोयी दरशो ने अचानक ही अपना बायाँ हाथ नीचे को कुछ झटका, जैसे भारी पड़ गया हो, तो फिर दर्द महसूस हुआ, लेकिन इसमें क्या शक कि झटका कोतवाल ने दिया था, लोकमन पंडित ने नहीं। और कौन जाने कि क्यों पुलिस वाले उसे घर पर ही छोड़ गए ? मानो कि लोकमन पंडित के कहे से ही छोड़ते गए, तो इस बात में तो कुछ दम तब माना जाए, जब ट्रांजिस्टर और बुधराम की घड़ी भी वापस मिल जाए और देर-सबेर, रिहाई भी हो जाए।

रईसों के लिए चाय-कॉफी-नाश्ते आ-जा रहे होने की बात सुनते-सुनते दरशो का जी बहुत ललचाता रहा कि घर से न सही, हरी चावाले के यहाँ से ही कुछ चाय-नाश्ता भिजवा देती, मगर साहस नहीं जुटा। अब तक यह बात भी काफी फैल चुकी कि छुटभइयों की बड़ी तुड़ैया हुई है। चर्चा तो यहाँ तक थी कि थाने के ठीक बगल के मकान में रहने वाले की बहुओं ने बताया है कि रात तीन-चार बजे तक 'मइया रे, बप्पा रे !' और 'पाँवों पड़ते हैं, हुजूर ! आज से जुआ खेले, सो अपनी माँ का खसम....' जाने कितनी प्रकार की चीख-पुकारों के मारे ठीक से सोने नहीं पाईं।

हालाँकि 'इन धोबनों का कौन ठिकाना, एक की चार लगाती हैं।' कहते हुए, बुधराम की अम्मा ने प्रसंग को टाल देने की कोशिश की थी, लेकिन रात बुधराम के मुँह पर पड़ा कोतवाल साहब का चाँटा दोबारा स्मृति में नाच गया।

इसी बीच दो-एक सयानों ने बताया कि वकील साहब का भी मत यही बन रहा है कि बड़ों की रिहाई हो जाए, तो धीरे से इन लौंडे-लपाड़ों की अर्दास भी लगाई जाए। हाथी निकल जाए, तो छेड़ों को भी रास्ता निकल आएगा।

अचानक ही नन्हे के बाप ने कहा, "और चाहे जो कहो, इन रईसजादों को दबिश में लेके, कोतवाल साहब ने जंडैलगंज थाने का नाम रोशन कर दिया। लोग बता रहे कि गुल्लू बाबू ने तो अमिताभ बच्चन तक की धौंस पेली, मगर हौसलाप्रसाद ने रद्दा कस दिया कि एम०पी० साहब की शिकायत पर ही तो जुए के अड्डे खत्म किए जा रहे हैं।

"हाँ, ये तो वहीं मौजूद थे। कोतवाल साहब ने इनसे भी सलाह-मशविरा किया जरूर होगा कि—मार डाला जाए कि छोड़ दिया जाए।"—रोकते-रोकते भी इतना बुधराम की अम्मा के मुँह से निकल ही गया।

"धीरू भइया बताते थे कि सारी कार्यवाही पुलिस कप्तान ने होममिनिस्टर की शह पर की है। सुना है, इलेक्शन में इनमें से कई रईसों ने लल्लू बाबू की मुखालफत की थी कि इन्हें कांग्रेस (इं) का टिकट न दिया जाए। तमाम कमीटियों में इन्हीं लोगों का जमावड़ा तो है।"

"सही में, हमने तो खुद पुलिस के लोगों से सुना है कि पिछली बार लखनऊ से डी०आई०जी० साहब आए थे और अपने दामाद के किसी मामले में शहर कप्तान को धौंस देते और जलील करते गए थे—एस०पी० ने बता दिया कि वो किस मिट्टी का बना है ! भइया मेरे,

ऐसे अजूबे हवा में नहीं हुआ करते। बड़े-बड़े रईसजादों की हवा निकालने का काम छोटे लोगों का नहीं। आज से पहले कोई सोच भी सकता था कि ये भी हो सकता है? अखबारों में नहीं देखा? 'शहर के नामी-गिरामी रईस जुए के अड्डे से गिरफ्तार' तो कई लोकलों ने छाप दिया, मगर रईसों के नाम छापना भूल ही गए।"

"नाम तो अपने मुहल्ले के लौंडे-लपाड़ों का भी नहीं छापा गया है···"

"ये लो···इनकी और सुनो! नहीं छपे, तो जाओ, इश्तहार दे आओ कि फलाँ-फलाँ हरामजादे हमारे भी थे···हम कह रहे हैं क्या, ये हाँक रहे हैं क्या!"

इसी बीच में किसी ने वीरोंवाली बात उठाई, तो किसी ने फिर थाने की बगलवाली धोबनों का जिक्र चला दिया कि उन्होंने देखे थे, जीप से उतारे जाते बोरे। अब फिर जिस तरह सारी चर्चा बोरों में भरे लाखों रुपयों के कभी के थाने वालों से लेकर ऊपर तक बँट भी चुके होने के मुद्दे पर केंद्रित हो गई, बुधराम की अम्मा की अपना सामान वापस पा सकने की उम्मीद और धुँधली पड़ती गई। यह सही है कि लोगों से थोड़ा बच कर कहीं लोकमन पंडित को देखने पर, उससे चुपके से गुहार करने की बात, न जाने कितनी बार उसके मन में आई जरूर थी, लेकिन थाने का छोटा-सा क्षेत्र तो आज जैसे कुंभ के समय का संगम हो गया है। लोकमन पंडित कहीं दिखाई ही नहीं पड़ा।

सामान्य दिनों में सुबह के समय तो यहीं दातून करते, नहाते या अखबार बाँचते दिखाई पड़ जाता था। इस नाजुक मनःस्थिति में भी जाने यह बात क्यों याद आ गई कि लोकमन पंडित को पुलिस की वरदी में देखो, तो दीगर आदमी है—और सामान्य धोती-कुरते में देखो, तो वह कहाँ! खैर, आज नहीं, तो कल कभी तो सामने पड़ेगा जरूर और तब इतना तो कह छोड़ेगी कि लूटने-पीटने को मुहल्ला ही रह गया? आखिर चुड़ैल तक सात घर छोड़कर चलती है!

सोचने, तय करने के उत्साह में ही बुधराम की अम्माँ ने इतना और साफ-साफ कहने का निश्चय किया कि—'तुम तो, पंडित, सचमुच धोती-कुरता उतारते ही इंसानियत भी उतार फेंकते हो? रात हम सोचे कि पंडित से बिनती करें, लेकिन तुम्हारे तो आँख-कान गायब, सुनो-देखो कैसे? तुम तो आदमी कहाँ, सिर्फ पुलिस का डंडा रह गए?'

हालाँकि कुछ भी कहना चिकने घड़े पर पानी छोड़ना है। नहीं तो चलो, तुम्हारे-हमारे बीच कुछ नहीं, लेकिन लोग तो कहते रहे हैं लिहाज करने वाले को तो इतना भी बहुत है।

अचानक ही याद आया कि इसी सारी फजीहत में दिशा जाना भी टलता गया है और धूप काफी चढ़ आई, अभी तक न बकरियाँ बाहर की गई हैं, न गाय दुही गई। इन दिनों ननकी मायके आई पड़ी होती, तो कम-से-कम घर तो सँभालती। ससुरालियों ने तो तीज-त्योहार पर भेजना भी बंद कर दिया। इसी से तो कहा गया कि बेटी तो पराए घर का धन है।

बेटी की याद आते ही उसका चित्त और दुख में हो गया। पिछले साल आई थी, तो छोटा बच्चा यहीं गुजर गया था। ससुरालियों ने जाने क्या-क्या कहा-सुना होगा! वह एकाएक काफी तेजी से उठी और सीधे अपने घर की ओर चल पड़ी।

दिशा होकर, दाँत माँजने और चाय पीने के बाद, जब तक में वह लौटी, लोगों से खबर मिली कि बड़े लोगों की तो रिहाई हो चुकी।

उसे सिवा इसके कुछ नहीं दिखाई पड़ा कि लोगों की भीड़ में से पहले जगह बनाती, धीमे से चलती कोई कार, चौराहे पर पहुँचते ही तेज रफ्तार पकड़ लेती है। स्कूटरों की पीं-पीं और कारों के भोंपुओं की तरह-तरह की आवाजों के शोर के बीच, वह सिर्फ इतना ही अनुभव करती रही कि बड़े लोगों की वापसी का काम पूरा हो रहा है। रंग-बिरंगे स्कूटरों-कारों का अचानक नींद में से जागते आदमी की तरह का हलचल में और फिर धीरे-धीरे आँखों से ओझल होना, बुधराम की अम्मा को, मेले के बीतने-सा जान पड़ता रहा। अपने पर टूटी विपदा के बीच यह सारा हंगामा उसे दिवा-स्वप्न-सा प्रतीत होता रहा। इन बड़े लोगों की रिहाई कैसे हुई होगी, इतनी दूर तक कल्पना दौड़ाने की शक्ति उसमें नहीं थी। वह तो सिर्फ इस इंतजार में थी कि यह सिलसिला खत्म हो, तो कुछ बुधराम-ननकू लोगों की बात आगे बढ़ाई जाए।

घर से लौटते में वह साहू से बात भी करती आई थी कि जरूरत पड़ गई, तो हजार-पाँच सौ की उधारी का बंदोबस्त करना होगा…मेला उठते देखने की-सी मुद्रा में, वह कुछ देर संतोषी माता के मंदिर के बाहरी हिस्से की दीवार से टिकी खड़ी रही। धीरे-धीरे वह वक्त भी आ ही गया कि दो-चार सयानों को लेकर, खुद वह भी थाने के भीतर तक चली गई, लेकिन वहाँ से सिवा दस-बीस गालियाँ खाने के, और कुछ हिस्से आया नहीं, तब खुद एस०पी० साहब वहाँ मौजूद थे। उनके भौंह चढ़ाकर देखते ही, सारे बाहरी लोगों को बाड़े में घुस आए जानवरों की तरह बाहर खदेड़ दिया गया।

दस बजते-बजते तक चारों तरफ खबर फैल गई कि कल रात जुए में पकड़े गए लोगों का जलूस निकालने की तैयारी पूरी कर चुके हैं थाने वाले।

बुधराम की अम्मा ने पुलिस वालों के द्वारा जेबकतरों, उठाईगीरों, औरतों को छेड़ने वालों, दादागीरी झाड़ने वालों, या जुआरियों के जलूस निकाले जाने के किस्से तो सुन रखे थे, अपनी आँखों देखा कभी नहीं।

उसे यह कल्पना भी इससे पहले कहाँ थी कि थाने वाले वज्र बन जाएँगे और हजार दो हजार तक की पेशकश को भी ठुकरा देंगे ? हालाँकि सयानों का कहना यह भी था कि जहाँ बोरों में भरे बँटे हैं, वहाँ उँगलियों की गिनती में की रकम को कौन पूछेगा आज ? हाथियों की लीद समेटने वाले, बकरों की लेंडी कहाँ हाथ में लेंगे ?

वास्तविकता क्या है, इसे बिलकुल ठीक-ठीक तो, कम-से-कम बुधराम की अम्मा जैसे लोगों की तरफ से सिर्फ ऊपर वाला ही जानता होगा, लेकिन कानों में पड़ने वाली बातें भीतर तक छीलने वाली थीं। इसी बीच कुछ लड़के यह अफवाह ले आए कि उन्होंने बद्री नाऊ को अपना थैला लिए थाने के भीतर जाते देखा है।

इतना वकील साहब भी साफ बतला चुके थे कि अब सोमवार को कचहरी में पेशी के बाद ही जमानत हो सकती है । अलबत्ता कुछ चाय-नाश्ते की व्यवस्था करवा देने का जिम्मा वकील साहब ने जरूर ले लिया और इसी सिलसिले में कुछ दक्षिणा भी ले ली कि पहले द्वारपालों की कुछ अर्चना होगी, तभी भीतर तक सामग्री पहुँचेगी ।

इसी बीच उसे जाने क्यों अचानक ही याद आया कि अभी जब वह दिनचर्या से निबटकर, आनन-फानन में चाय पीकर लौट रही थी, तो गाय बड़े जोर से रँभाई थी—बाँ˙˙बाँ˙˙जैसे बताना चाहती हो कि बुधराम और छोटे की गिरफ्तारी की खबर उसे भी है । जैसे सहेजती हो कि इस बार साथ लेती लौटना ।

उसका मन अनायास ही आर्द्र होता चला गया और उसे लगा कि दहशत और व्याकुलता में वह तेज लघुशंका अनुभव कर रही है । अपनी बदहवासी का अब पहली बार इतना गहरा एहसास हुआ उसे और एक बार फिर घर हो आने का इरादा किया˙˙लेकिन जब तक वह कुछ इत्मीनान में होकर, घर गइया और बकरियों को घास-दाना देने लौटती, एक हल्ला-सा उठा और अबकी बार ज्यादा भीड़ न होने की वजह से उसे भी साफ दिख गया कि कुछ लोग थाने से बाहर निकाले गए हैं और उन्होंने एकाएक ही नारा लगाना शुरू कर दिया है—'जुआ खेलना पाप है—पुलिस हमारी बाप है !'

पुलिस द्वारा कांजी हाउस ले जाए जा रहे आवारा पशुओं की तरह खदेड़े जाते लोगों के उस जलूस को देखते-देखते, बुधराम की अम्माँ की स्मृति में अभी लगभग डेढ़-दो घंटे पहले के, कारों-स्कूटरों की चहल-पहल वाले दृश्य घूम गए । लेकिन उसका सारा ध्यान अपने दोनों बेटों की तलाश में लगा था और बुधराम की पीठ को पहचानते ही, उसके रोम-रोम में कँपकँपी-सी दौड़ गई । कहीं इसकी सरकारी दफ्तर की चपरासीगीरी भी न चली जाए ? कहाँ अगले ही महीने गौना सिर पर और कहाँ यह थुक्का-फजीहत आ पड़ी !

वह सारा संकोच तोड़कर, अर्द्धविक्षिप्त-सी वकील साहब के घर के आँगन तक पहुँच गई और वहाँ से सीढ़ियों पर चढ़ती, सीधे छत पर । वकील साहब की अम्मा और घरवाली तथा कुछ बच्चे वहाँ पहले से धूप में खड़े थे, लेकिन उसे जैसे किसी की उपस्थिति का कोई आभास ही नहीं हुआ । धूप में सूखने को पड़ी मुँगौड़ियों और अचार के मर्तबानों को बचाती, मुँह में आँचल ठूँसती, अपने को बुक्का फाड़कर रोने से रोकती, वह सीधे छत की 'रेलिंग' से लग गई ।

यहाँ से सारा परिदृश्य साफ-साफ दिखाई पड़ रहा था । मुहल्ले के, उसके घर से पकड़े गए लड़कों के अलावा, कई और जगहों के लोग भी भीड़ में थे । अगल-बगल और आगे-पीछे लाठियाँ लिए पुलिसवाले चल रहे थे और नारा धीमा पड़ते ही मारते थे । मार पड़ते ही, जलूस निकाले गए जुआड़ियों का नारा गूँज उठता था—'जुआ खेलना पाप है—पुलिस हमारी बाप है !'

अपने बेटों को उसने एक ही झलक में पहचान लिया। दोनों के ही सिर आधे-आधे मूँड़ दिए गए थे। छोटे के तो अभी कुछ है ही नहीं, लेकिन बुधराम की तो आधी मूँछें भी मूँड़ दी गई होंगी, इतना उसने खुद ही अनुमान लगा लिया और अब पहली बार जोरों से चीख उठी—"तुम्हारा सत्यानाश हो !"

उधर जुआड़ियों के आगे बढ़ते जलूस की तरफ से, फिर वही नारा गूँज उठा—'जुआ खेलना पाप है—पुलिस हमारी बाप है।'

□□